U1014356

当代著名作家美文自选集

有的路只能一个人走

张晓惠 著

中国社会出版社

国家一级出版社·全国百佳图书出版单位

目 录

Contents

第一辑　飞絮犹在肩头

如果没有今生的记忆，还要来生干什么?!如果不能与今世的亲人在来生相逢，或是相逢不相识还要来生干什么?如果没有今生的爱，还要来生干什么?!

第二辑　看大街上人来人往

也许，唯有在历经大风大浪之后，才能阅天上云卷云舒，赏庭前花开花落，心静如水从从容容看大街上人来人往。

第三辑　难忘你那倾城一笑

涌上心间脑海的总是她的笑容：走上吊桥的微微一笑；共进晚餐时的婉然一笑；那个清晨她丽若朝霞的一笑；还有，在那株香樟树下，她回转头来令他松开手枪的，那无比灿烂令万物失色的倾城一笑……

第四辑　只为途中与你相见

左一横右一横的小桥睡着了；左一弯右一拐的小巷睡着了；高一处低一处的马头墙也睡着了；只有月儿没睡着，将小桥小巷马头墙红灯笼黄店幡还有蜿蜒静谧的条条小河映照成了月光下的天上人间。真好，尘世间，有你在。

第五辑　有的路，只能一个人走

独自行走是一种姿态，坦然、自由才是一个人行走的灵魂与底气。如此，一个人走下去，看得见满眼好风景，听得见花开的声音。

第一辑

飞絮犹在肩头

如果没有今生的记忆，还要来生干什么？！如果不能与今世的亲人在来生相逢，或是相逢不相识还要来生干什么？如果没有今生的爱，还要来生干什么？！

飞絮犹在肩头

不知你有没有过这种感觉：在春风拂面柳絮纷扬的清晨，在热汗淋漓蝉儿鸣唱的午后，在四野澄碧桂子飘香的黄昏，你或许在路上行走，或许在房间忙碌，或许就在办公室的窗前漫无意识地向外眺望、凝视，忽然，有一种感觉击中了你。蓦然觉得，在什么时候，在多少年前，也曾有过一模一样的场景：你也正背着包默默然而心情很好地前行，一阵风儿拂过，柳枝轻摇。你有些恍惚，侧目一看，柔白柔白的飞絮飘飘洒洒在肩头鬓间。

你使劲地想，是何时何月何地？十年前？二十年前？怎么也想不起来。但感觉明白无误地告诉你，的的确确有过一模一样的情境。多少次啊，你在恍惚的感觉中与这似曾相识的情境相逢，重新经历一次已经消逝的人生甚至是青春。总说时光不可倒流，真的不可倒流吗？那一刻，你的心、你敏锐的感觉完全与生命中曾经的一瞬切合，与记忆相逢。

生命的旅程已经走了这样的远，人生从青春的飞扬青涩到灿烂如花似乎只是刹那的事情。与记忆相逢的时光隧道中，看见了稚嫩、轻飘继而成熟、稳健的脚步，还有快乐的悲伤的舒心的甚至疼痛的泪水。你后悔吗？不。你在回忆中烦恼吗？你省视内心，仍然是不。有人说，人生最大的烦恼是记性太好。于是哲人说：如果什么都可以忘记，以后的每天都将会是新的开始。于是古人说：有一条路叫黄泉路，有一条河叫忘川水，河上有一座桥叫奈何桥。

其实，没有记忆的人是悲惨的。为什么要忘记呢？记忆中的所有构成活生生的自我，任何人不可替代的自我。都认为死亡是自我的消失，忘记其实不也是生命中悄悄存在的另一种死亡吗？忘记得太快，“死亡”得更快。也有人说，将该忘记的忘记吧。记忆怎能洗掉？那种撼动生命的、刻骨铭心的疼痛，那种心动如潮、心绪如花儿绽放的甜蜜，不也都失去了吗?！情愿记忆，情愿被曾经的伤痛所扰所思，是真实生命的原版写照，在一次又一次与记忆相逢中，感受自己、发现自己甚至痛恨和爱上自己。

于是，你愿意就这样守着一切的记忆，守着不完美甚至有缺憾的人生。甚至在走到生命的尽头时，你也不喝那能忘掉今世的孟婆茶，即使如老人所说的不喝那茶就不能走向来生。如果没有今生的记忆，还要来生干什么?！如果不能与今世的亲人在来生相逢，或是相逢不相识，还要来生干什么?！如果没有今生的爱，还要来生干什么?！你庆幸有着很好的记忆，高兴永远能清晰地看见自己一路走来的脚步。于是，在一个云淡风轻的午后，你走在绿绿的柳树间，任柳絮再次飞上肩头。

诗意地栖居

我是个疏于跑街的人，一日上街却惊异地发现，小城中古巷密集的一块地方已被夷为平地。昔日挤挤挨挨的老房宅、古民居已成了碎砖瓦砾，还有数十处断墙颓垣。那几条有着很好听很书卷气很古雅名字的小巷，将她苍白破败的面庞无奈地向着夏日的艳阳。

曾在淅淅沥沥的小雨中寻访、叩问过小巷。这些三四米宽的小巷，纵横交错如网络，幽静深邃若清谷。是青砖是黛瓦是粉墙，有黑黑亮亮写满沧桑的旧式木排门，有斑驳如枚枚古钱的暗绿色苔藓，还有不知经历了多少朝代黄了又青、青了又黄，却仍在小院墙头上、在四季风雨中摇曳出一派袅娜的城市中已罕见的狗尾巴草。那曾经在小院内向外探出满面明媚粉红的老桃树呢？那曾经吸引着无数孩子目光到夏日就结满了橙黄橙黄的果儿的大杏树呢？那排列整齐、纹理清晰有如图书馆书列的小巷墙壁上密密的小青砖呢？曾经抚摸着它们想，若是这秦砖汉瓦有记忆的话，怕是会讲出若干鲜明诡谲的过往人事，随便抽出一块的话，怕是会若一册泛黄的线装书写满了唐诗宋词吧！这座小城毕竟是有着两千多年历史的古城呢。在有月亮或是没月亮却布满星星的夜晚，在小巷的石板路上走走，很容易就能走进千百年的历史，走进悠悠的岁月。

小时候，住在机关大院宿舍的我们是多么地钦羡住在这些小巷中的同学啊，每家有院子，院子里有天井有大树。我有一个女同学家中甚至是三进的院落，足够我们捉迷藏打游击了。到了端午、七夕、中秋这些节日，小巷深院就更呈现出她的诱人风情：垂在门边上的是绿绿的苦艾，飘在门楣上的是红红的带穗的门迎；粽子的清香在风中送出老远；院子里的小方桌上有面捏的小白兔，是红豆做的眼睛，还有炸得金黄黄的藕饼、肥硕硕的老菱……

而这一切都成了“曾经”。我的眼前是一块空地，那显现或是隐藏着小城历史的砖瓦墙壁尽管破碎，却带着两千多年的记忆缄默不语。烈日中一群人聚集在那儿，正在将哪家大院拆下来的门窗和雕梁画栋的木片木条论斤处理。一联句涌上心头：便断碣残碑，都付与苍烟落照。只赢得：几许疏钟，半江渔火，两行秋雁，一枕清霜。可这儿连半点“渔火”也未曾留下。风乍起，秋霜再也找不到它多年的栖身之所，还有秋雁春燕。

诚然，时代在前进，旧的不去新的不来。问了几个人，都说是古巷要进行旧城改造，造成何样不得而知。

海德格尔呼吁的“诗意地栖居”又顽固地盘桓在心头。想想这么一座始于西汉有着两千多年历史的小城，曾经走过范仲淹、行过施耐庵脚步的古巷，回荡着唐诗宋词吟哦声的这块土地，都变成了清一色的钢筋水泥火柴匣子与小巷树影婆娑间的月色和阳台上那一览无余的月光毕竟有着不一样的质感。没有了“明月松间照，清泉石上流”的意境，即使都是三星、四星级的宾馆，活着也少了许多的韵味。

现代华丽是美，古朴典雅也是美。改造与发展是为了让人们过上更好的日子，然而，好日子不该仅仅是物质享受复制式的进步，从一定意义上讲，精神和文化在人类历史进步的长河中更为重要。我是那么衷心地期盼着古典与新潮在我热爱的这块土地上的融合，期盼着历史和人文有机地嬗递与连接，哪怕是留一条秦砖汉瓦的古巷或是建筑出有民族特色和古民居韵味的住宅，让古巷的清丽月色与广场的七彩霓虹和高楼的泛光灯交相辉映，让五千年文明古国文化的芳香在我们今日的生活中依然飘逸，让生活在电脑网络、信息高速公路上忙碌的人们仍然可以看见星空月色、听得春雨的淅沥、嗅得冬雪的甘甜。拥有厚重深沉的文化根基，感受历史、传统和古典的优美，才能在享有现代物质生活的同时，在精神的家园中“诗意地栖居”。

哭泣的圆明园

一直以为，圆明园是哭泣的。英法联军蹂躏着她的肌体，摧毁着她的骨骼，冲天大火燃烧的是一个民族的自尊。百多年的疼痛如那西洋楼的残垣断壁，穿越百年风雨永远存在。伫立在西洋楼大水法的遗址前，我无法不感受圆明园的疼痛。感受一个民族的屈辱，是那种切肤的痛。

上次去圆明园是十年前。有人说，那么远，没啥看的。我说我肯定要去。

是阴凄凄的天，冷飕飕的细雨和着秋风如刀子一般刮在脸上。沿着浩渺的湖水，我走啊走，不见一个人影儿。最后，终于走到了那大水法遗址——尽管多少次从图片上从教科书中见过这遗址的照片，可当我立在苍苍的天空下，真实地面对着遍地的玉白石块时，仍感到来自心底的震撼！依旧华美——我抚摸着那冰冰凉凉的玉石纹理；依旧精致——那欧式拱门的曲线流畅又不羁；依旧贵族——断碎的罗马石柱在苍天下笔直出一派伟岸和傲然。后来我流泪了，好在周围没人。我没带相机，但那些石块、石柱、石雕连同那灰苍苍的天空一起烙在了脑海，成为心房上一幅永不磨灭的壁画。

十年后的今日，我再去圆明园。对我来说，去圆明园是一种凭吊，一种拜谒，甚至是一种提醒。说出这些我不怕别人说我矫情，我就是这样想的。

进了圆明园，才发现今非昔比。十年前的清寂不复存在，圆明园一片喧嚣。柳绿桃红藤紫，满目春色，昔日皇族的休闲园址，也该咱平常百姓流连赏目。装饰华丽的人力车左右缠着：去福海？去绮春园？就十元，拉您去西洋楼！我说，我就是想自个儿走走。

往前，沿着湖边再往前，穿过紫藤架，右拐，是了，是遗址，大水法遗址。

想不到的是，遗址这儿竟也有这许多的人！一群系着红领巾的孩子尖叫着互掷石子；一群看来是高中生的少男少女咬着冰棍儿在海宴堂遗址前高声唱着“对面的女孩走过来走过来”；几位似干部样的人笑眯眯地摆好阵势在镌刻着“圆明园”字样的石碑前照相。在大水法遗址前，就是那小时在书中看到、十年前在那儿哭泣的五根大罗马柱处，一对情侣旁若无人地拥抱亲吻！

刹那，我有点不知所措。看着这群在破碎的石块遗址前欢笑的老老少少，仰首凝视那高高而破残的罗马廊柱，眼眶和心口都隐隐地疼起来。

历史呢？耻辱呢？血性呢?!

前些年，曾经围绕圆明园需不需要重建有过争议，理智的人们理解了废墟的价值，尊重了历史留给我们残酷的真实，这片废墟留下了。当时，我是为留下拍案叫好的。可今日见到这么多在废墟上、在遗址前欢笑嬉闹的人群，我有点怀疑留下的必要了，在经过那么多岁月之后，眼前这般断壁残垣，是否还能提醒人们记起一个多世纪前的那场噩梦和中华民族的灾难与奇耻大辱？

一阵沙尘扑面而来，豆大的雨点砸了下来，劈头盖脸。欢笑的人群直往外冲。剩下我一人，静静地，在洁白的石块上坐下，对着这大水法遗址，对着这华美残破的罗马石柱和苍天，与这些断壁残垣一起落泪哭泣……

繁春落叶

我不知道这棵树有这样一个名字，从发声来说是“sou luo”——梭椤，很好听，写起来也很好看。我以前从没听说过这种树，也不知道这棵长在南京中山植物园这五十年代就盖起的两层小楼西山墙边，没有任何围栏和防护标识的，如同我们苏北平原旷野地里随处可见的朴素厚实的树，竟是华东地区仅有的一棵梭椤树——植物园的专家称它为“国宝”的。

这株罕见的“国宝”其实真是如此的普通——一般又一般的外貌，高倒是高的，高过这两层小楼的屋脊，树枝丫丫杈杈，交错又舒展着伸向四方。树根处一块大石头用朱色写着醒目的“梭椤”，标明着它是一株不常见的树。由于它外貌的太普通，以至于我们每日里上课下课从它身边走过的时候，只将更多的视线投注给距它不远的纤柔散逸的天竺葵，还有那丛恣肆蓬勃的撒金珊瑚。

人也是势利，打知道梭椤树是国宝后，每每经过它身旁就忍不住多打量多注视。有说是发现了它的树干分分合合，有说是它的形态桀骜不驯。我倒是日复一日地注视着梭椤的叶。初见它时，还遍体苍绿，那种茂密油亮的绿。也就十来天的时间，梭椤树的叶子就不经意地凋落，竟基本掉光了，一片又一片的，还泛着生命光泽的绿叶就厚甸甸地围落在了树根下。不到两天，那落地的绿色竟又溢出片片金黄！这是在绿色四起万花竞相绽放的繁春季节啊！

繁春落叶！这不可解的现象！那两日黄昏，我就一直围着桉椤树打转，满地的金黄叶片在晚风中曼舞飞扬，似乎有很轻很轻的话语透过叶片在四野飘荡，很近又很遥远，清晰又模糊。是桉椤在喁喁低语？是桉椤在浅吟轻唱？我竭力分辨又难以捕捉。半个月亮缓缓地爬了上来，无叶的桉椤映出一幅刚健又宁静的剪影，在苍蓝的天幕下，在如银似水的月光里。

白玉兰紫玉兰红玉兰绽放满树满园，忍冬花蜡梅花杜鹃花香溢四野。我眼里只有桉椤：经过烈日的炙烤、秋风的洗礼、寒冬冰雪的肆虐，却始终以不屈的意志、全部的热情焕发蓬勃的绿色，竟在繁春时落叶！是以繁春落叶来表明另一种生活方式或是生存态度吗？是以繁春落叶来喻示着置身繁华却不求功利的脱俗情怀吗？如若这样，我该敬重您了，桉椤。这样的品格和气质，这样的思考和觉悟，超越熙熙攘攘中浅薄的卖弄和虚荣的张扬，迥异于红尘俗世中锱铢必较的算计和尔虞我诈的谋划。大千世界，几人若你，桉椤！

仰视桉椤，桉椤沉默，稳健笃实又厚重。见了太多的是随俗冬日、枯疏春日、萌绿夏日里的绽放，也见过一些春夏秋冬一直高扬绿色的旗帜，但真的是第一次见到如此大气、脱俗却繁春落叶的桉椤。它是大隐于世。也是啊，世间真正不凡的，大抵以朴素不过的外貌示人。

谢谢你，桉椤！

瓢城古韵

春雨淅沥，不要雨伞，不邀友伴，拂着如许的春风，静静悠悠地穿行在我们这座小城的老巷中。一条条老巷纵横交错如网络，幽静深邃似清谷。走进小巷，多半是为了这些小巷古朴而又儒雅的巷名：浠沧、集仙、板桥、文曲、纯化、儒学……

从热闹的剧场路东西分别岔进，有数条小巷。这些三四米宽的小巷，两侧均是黛瓦青砖粉墙，人、车稀少。踏进这些静幽的小巷，仿佛跨进了流淌的岁月之河。一些颓破的围墙上，摇曳着几株城市里罕见的狗尾巴草，旧式的木排门扣得紧紧的，门楣上贴着红红的门迎，垂着绿绿的苦艾，墙根暗绿的苔藓斑驳如枚枚古钱，向过往的行人诉说着小巷曾有的故事。任思绪随眼前的苦艾啊、苔藓啊、狗尾巴草流淌，一时就有些恍惚：这一条条古巷，哪一块石板上曾留下建安七子陈琳的足迹，哪一扇木门承接过施耐庵先生的叩击？小巷不语，春风不语，只有紧闭着的院门后传出一阵嬉笑声，一树粉白粉白的繁花从围墙内茂盛出一派明媚，是桃？是李？真想去叩一下那百年沧桑黑亮亮的木门，那来开门的是千年前扎抓髻的童子还是身着罗衫的丽娘？

小巷两边的墙壁由无数的小青砖砌成，纹理整齐有如图书馆的书列，随便抽出一块，怕也是一本泛黄的线装书吧，这书上一定写满了繁体字，是唐诗是宋词还是古乐府诗？“先天下之忧而忧，后天下之乐而乐”，春风春雨中，似听得范仲淹先生的吟哦，细若游丝又振聋发聩，这扑面而来的是宋朝的风还是明朝的雨？

踩着百年的青砖路，抚着千年的汉代瓦，走着思着，一抬头，已到了清初著名书法家、爱国诗人宋曹先生的故居。进得门来，宋曹先生手执书卷，傲傲地立在玲珑古雅的庭院。先生当年读书谈艺的“蔬枰草堂”还在，先生挥毫泼墨的“流觞池”还在，会秋堂、桐引楼还在。小小的庭院雕梁画栋，抱水拥竹，奇石嶙峋，曲折有致。说是宋曹先生多次拒绝了做官，是在哪间屋檐下先生一次又一次冷落着朝廷的征召？自号“耕海潜夫”的射陵先生不语，只用深邃的眼神注视着红尘中来来往往的人们。

顺着儒学街往南走，不多远右拐弯，就是南宋丞相陆秀夫的祠堂了。陆公祠不大，却是修葺得好。日寇的炮火，“文化大革命’的动乱，小城人一直全心全意护佑着民族英雄的故居。仰止堂、浩然堂，简朴大气，空灵风雅。忠烈公陆秀夫的塑像屹立浩然堂间，七百多年前负幼帝从容投海与国家共存亡的壮烈之举早已幻化成故乡人民心中永远的彩虹。祠内团团的绿树如烟弥漫，坪间黄的、蓝的、白的小花素素地绽放。一枚完全风干了的柳叶盘旋飘落在大门外的石狮边上，在春阳里金亮亮的，泛溢出生命的辉煌，一如仰止堂上遒劲的“千载孤忠”四个大字，一如这祠间气节凛然不可侵犯的主人，在小城人的心中，散发着凝固又缕缕不绝的清香。

小城的四周都是水，串场、蟒蛇、小牙河。俯瞰去，小城恰似一只倒扣在水中的瓢，因而小城又有瓢城之称。有了水，也就有了死心塌地的守护者——桥。北有北闸，东有建军，南有南门桥，西有登瀛。站在登瀛桥上，古传说中的八景之一“登瀛远眺”中的“红杏青帘柳外城”之景色，由于近年来日新月异的建设，已不复存在，只有桥下2100多年的串场河水日夜奔流不息。汽笛声声拉起，在千年古城泛起遍遍新绿。小城更加波光潋滟，风雅灵动起来。

学会欣赏

当一声鸽哨嘹亮划破城市的天空，你看那道路两侧的花坛中树枝上就绽出了粒粒花蕾点点嫩芽，一片嫣红，满目翠绿。

当缕缕春风拂过乡村的清晨，你看那摇摇摆摆的鹅群蹚下坎沟，小河就欢快地铺上一层绒绒的白，株株小草一起做着深呼吸，漫漫四野忽地就向着蓝天蓬勃起丛丛绿色的火焰。

邻家的女孩穿着格子短裙大声地唱着“Go！Go!”蹦蹦跳跳，那苗条的身姿活泼泼的笑容，让你觉得青春真好！

日日相见的同事，自学拿到了学位又在知识竞赛中获了大奖，真是满心地高兴由衷地赞叹：了不起，太棒了！

五彩缤纷的世界，多姿多彩的生活，就是这样，让心怀纯真向往美好的人们不时地感受无尽的自然美和人性美，欣赏便由此而生。然而，在平常的生活中，我们是否能时时以欣赏的情怀和心态去发现、审视、对待所遇的人和事呢？

一般来说，人人都有欣赏的眼光，也都有需要他人欣赏的心态。但由于人性的弱点，欣赏物容易，欣赏人较难；欣赏远离自己的人易，欣赏近处的人难；欣赏家人和自己容易，欣赏他人和同事则较难；欣赏异性容易，欣赏同性又难。更由于人类共有的特点，“自己的，是最好的”，对他人的所长所优会不屑一顾，甚至嗤之以鼻……加之大千世界纷繁复杂，喧嚣浮躁之中，我们还有没有一颗明净的心灵来分辨泥沙俱杂中的珠贝？转型期中纷至沓来的多元价值观，我们还有没有一双敏锐聪慧的眼力来欣赏那于人生最重要的真善美？竞争拼搏，脚步匆匆，我们还有没有细腻从容的心情来欣赏生活中的一草一木、蓝天白云、湖面上的星星和夕阳晚风中飘来的声声清笛？

生命需要欣赏。那次在珍珠泉，远看水面细雨淅沥，近观方知是无数只泉眼在鼓涌。导游小姐说：鼓掌呀！泉水听到掌声会高兴得很啊！随着我们一行噼噼啪啪掌声响起，奇景出现了：无数粒泉水在掌声中向上翻腾跳跃，在熠熠金阳下玲珑剔透，真如粒粒玉润浑圆的珍珠！原来，连泉水都是需要欣赏的啊！但欣赏，又谈何容易?!

欣赏，是要苦苦修炼的。

欣赏是一种修养，一种沉稳洒脱严于律己尊重他人的风度；欣赏是一种胸襟，容得下他人的才华和长处，同时作为自己不懈地学习和进取的动力；欣赏是一种滤尽了一切利欲渣滓的从容情怀，面对缤纷繁华不会晕眩，衰荣恩怨平静超然；欣赏更是一种哲学，观一花可观一世界，于小草可见大精神。

用欣赏的眼光审视自然与世情，我们会发现大自然和生活原本是这样的美好；用欣赏的心态对待亲人和同事，我们会由衷地感激在这只有一次的人生中，我们得以牵手结缘相聚同行；在欣赏的目光和氛围中工作生活，我们会更加愉悦自信地去做好我们该做的一切、应尽的责任和义务。

一个不会欣赏或欣赏力低下的人，生活的宽度和广度极其有限，多姿多彩的人生韵味和情调也无从领略。学会欣赏，人生之旅途会发现更多的美丽和情韵，自身的胸襟和生存的意义更加博大广泛；用欣赏的心态和眼光待人行事，我们的人生会进入一个更高的境界。

紫藤与苍柏

一树紫柔柔的花儿，缠绵在虬劲的苍柏上。你看，这紫藤枝枝蔓蔓与苍柏缠缠绕绕，这紫藤的花花叶叶都与松针柏叶相依相拥。柔绵与婉约，刚劲与硬朗，如此的相得益彰。早春的阳光，一片一片穿洒在枝蔓与花叶之间。紫藤与苍柏，就这样亦真亦幻地迷离在清冽的阳光里，站成元大都国子监里一帧醒目的风景。

这紫绒绒的花儿呀，风情万种漫拥柏树的全身；这纤细细的藤蔓，柔柔绵绵攀缘上了高高的苍柏树梢。那首歌儿是叫《藤缠树》？“山中只见藤缠树，世上哪见树缠藤。青藤若是不缠树，枉过一春又一春……”眼前这藤与树，这样地缠绕这样地相依，看来看去仔细端详，却再也分不清是藤缠树，还是树缠藤了。是朋友？是兄弟？该是恋人了吧！这样不顾一切的温柔，这样遮天蔽日的相拥——大概已抵达“你中有我，我中有你”的境界了。有人低语：这株柏，还活着吗？一惊，仔细打量，果然，这苍柏的树干是苍黄色的，这柏叶怎么一点儿绿意也不见？倒是这紫藤，活泼泼地将秀雅的紫色，妩媚在柏树的躯干与枝枝叶叶。

这株柏树，为何没有生机？被紫藤缠死了？!

久久伫立。

原来，原来爱与依傍得过于浓烈，竟然可以到扼死另一个生命？

紫藤在向着苍柏一心一意奉献上无际无涯的情恋时，未曾想过这样的凄惨吧？

苍柏在紫藤的甜蜜与温柔中，在全身心的激动中，也未曾知晓自己的生命会过早地消逝吧？

见过许多的藤缠树，也见过许多的树傍花。走千山涉万水，更见过许多相依相傍又自在独立的花与树。

在金陵的中山植物园内，曾见过两株青松，斜侧着上身屹立在一排青松前，站成植物园绿松林独特的风景。日日月月岁岁年年，就这样迎风雨，就这样沐夕阳。

在台湾的阿里山，也见识过两株树，两株大树盘根错节深深地扎于地下，从树干起臂膀却相依相挽，再往上又将绿意葱郁的华盖各自伸向蓝天，坚硬的树干兀自交会出一个大大的“心”形，一块木牌立在树旁：同心树。

在厦门的鼓浪屿，因了舒婷的《致橡树》，更是执着地去寻找木棉花。十月的秋日，硕大的木棉花儿火红火红，都是独自挺拔着树干，将花儿可着劲儿向着旷远湛蓝的天空，绽放出生命的全部光华……

紫藤与苍柏，早知今日，何必当初？

如若，在你们的亲密合一中留一点间隙，让清风在你们中间四季舞蹈；如若，在你们的相依相偎中隔些许距离，让明月可以穿透你们的缠绵；如若，让心在一起舞蹈，手足又挥舞出各自的旋律。那琴上的弦子，不是一根又一根，方能奏响美丽的乐曲？那国子监大殿的柱子，也分列在两旁，这么多的岁月，却又彼此凝视相望……若此，若此，兴许你们还在朝夕相依、四季相守？

紫藤无语，苍柏无声。国子监一片静寂。

唯有亘古不变的白云，在蓝天上，不远不近地相守相望，直至永远。

苍柏轻轻地颤动，寒风中听见一丝叹息：你这愚昧的女子啊，你可知道，这世上，有一个词叫“心甘情愿”？我的葱葱郁郁，我的元气绿意，奉献给了一生一世的爱恋。我以我的生命滋养着我今生今世的情人，她将她的温柔攀缘上我葱绿或是荒凉的岁月。那么，我绿还是苍，她都这样用她的美丽装点我的躯体，我生还是死，她都这样用她的生命覆盖着我的生命，夫复何求?!

紫藤花漫溢出无际无涯的温柔，有歌声在千年古殿、万里白云间四起回响：

“连就连，我俩结交订百年，哪个九十七岁死，奈何桥上等三年……”还是那首《藤缠树》啊。

走进水杉林

一直念着这片树林。

一直想着这片树林。

乍暖还寒的日子，走进了这片水杉林。

茫茫一片。天空茫茫，树林苍苍，株株水杉比着肩儿高高地矗立，可着劲儿挺直腰杆直指白云蓝天。三月的天，树还没有一丝的绿，也没有一点的柔。你看，眼前的这株株足有三四十米高的水杉上，树身疤疤结结、粗粗糙糙尽显沧桑；放眼看去，这纵成行、竖成列若士兵方阵般的气势雄伟。海水滔滔，海浪花花，水杉林萧瑟中无比刚健，静谧中修长伟岸。就这样在蓝天下，在无垠的黄海边，扯起浩浩荡荡的旗帜，激越又高昂。

其实，这该是人工移植的水杉林了。世上大凡整齐划一的都是人工所致或外力而为。你们来自何方？是从那细嫩的枝条育起，还是从远处的家乡迁徙而至？水杉无语，静谧无比，静得听见风叹息的声音。离开了家乡之时，与父母分别之际，有着泪水与痛苦？有过挣扎与不舍？肯定有的吧，但你们还是来了，来到这浩瀚无垠的黄海边，来到这人迹罕至的防风堤。当你们的身躯扎进陌生的土地，当你们的视线再没有老树与长辈的身影，你们是以怎样的疼痛与忍耐，终这样肩并肩地站成一面遮挡风雨的绵绵绿墙？是以怎样的坚韧与历练，手挽手在黄海边扯起一面浩然的旗帜?！就这么举首而笑，就这么袒胸露背，即使寒风凛冽万箭穿心，仍然面朝大海向着高远的蓝天。是历经春夏秋冬的坚韧自立，是沧桑风雨后的伟岸与尊严。

想起一个词：适应。又想起一个词：主动。

大自然与人一样，适者生存。主动地适应与无奈地活着，有着全然不同的生存状态。积极主动的生命，在任何境地，终会光芒四射。

眼前的株株水杉，没有一株树干是伛背弯腰的，没有一根树枝是软塌疲软的。摸一摸水杉笔挺的躯干，似抚摸一杆枪；凝注树梢，枝枝条条都虬劲无比直指天际。这样的生命姿态，验证了我的感觉：对于这样的人工移植的水杉树，它是积极主动地与这块土地相融了，它是以全部精气神来站稳，继而舒展蓬勃的生命来展现自己的风采，来报答这块大地，还有自然的雨露、日月的精华。是的，在命运的颠簸与跋涉中，要么生，要么死。如若活下去，最好尽其力，尽可能精彩地活下去，如花似的绽放。就像眼前这移植他乡的树，有过挣扎与痛苦的树。微风拂过，枝梢似有瑟瑟回应。我看见，刚劲又不屈的灵魂在苍茫中竟绽放出叶叶葱绿，又梦幻出朵朵青翠的花儿。

真的，这铺满了柔软又松脆的落叶的水杉林间，真的有花儿呢。紫红的，金黄的，柔白的，一星一点，星星点点，在树根，在树干。在四月细腻温柔的阳光下，灿然怒放，洒满林间四处芬芳，更环绕出无比温馨。此景此致，令人欢喜。有生命的地方总是有花，一如有爱的地方总是有情。这些花儿朵儿的，该是水杉们他乡的温柔情人吧！树与花，本就是刚健与柔逸的最佳搭配，一如高山与流水，一如清风与明月，一如这世间坚毅的男人与温柔的女子。七彩缤纷的花儿碎碎密密，遍洒芬芳的音符，与眼前这树根上的小小蝉壳一起，在坚韧伟岸的水杉林中演奏着仰慕与眷恋的生命交响，似有若无，似无若有，断断续续却又悠远畅扬……

左是水杉，右是水杉，前是水杉，后是水杉。走进水杉林深处，恍然走进了远离尘世的另一个世界，阔大、无垠，静谧甚至神秘。万籁俱寂，却有一种比语言更为深邃的声音蔓延进我的耳际，浸润进我的血脉。金色的阳光在林间倾泻起舞，仰首舒臂，追着这光，披着这雾，迷蒙又梦幻。春风一阵又一阵，来着咸涩涩的海花，漫溢飘洒，轻拂面颊，清凉凉的。

海水滔滔，海浪花花。水杉林在自己的天涯修炼幸福，又将清新洒向人间。在蓝天下，在浩瀚的黄海边，水杉林扯起风帆与旗帜，奏响着生命的激越与高昂。

书是要捧着读的

书是要捧着读的。心头忽地跳上这一句话。

前些日子，在温暖的空调房间，我再一次捧读《红岩》。家人奇怪我怎么翻出了这一本书，这本似乎与现在相距甚远的“革命书籍”。当然是有原因的，为一本写中外优秀女子的书稿，江姐始终盘桓在心中。写她，是否不合时宜？不写她，作为一名女子，一个也还算是作家的人，怎么能忽略江姐受伤后十指上绽放的鲜血，那无比坚定的信仰令她将 29 岁的青春年华在黎明即将到来时作最后绝美的一掷。还有她给孩子的一封信，心中委实放置不下。这本“不合时宜”的旧书，让我对女人与革命、青春与牺牲、母亲与妻子还有信念与理想，做着进一步的思考。我们这个时代离渣滓洞、刑具、铁镣、手铐很远了，理想、信仰这些词语已较少谈及。而再次的捧读令自己在这个早春再一次思索：我们，我们很多人，可能根本还没有理由和资格谈论信念与理想。其实，理想与信念如盏盏明亮的灯塔，任何社会、任何制度都需要在它的光照引领下前行和发展。就是这样，好的书本，是让一个人活得更像一个人的重要元素，是一个生命高尚丰富、品质优秀的不可或缺的重要组成，是人生向着真善美不断追求的必不可少。你去看《战争与和平》，你去读《牛虻》《简爱》，还有我眼前这本二十世纪七十年代版本的纸页已泛黄、封面的红色如热血般殷红依旧灼灼耀眼的《红岩》。

去年秋日，去台北参加完首届江苏省与台湾地区的女性论坛，临行时，不舍地合上了那几晚都放在案头的一本书。圆山饭店那温婉的服务大姐对收拾行李的我说：您喜欢这本书的，是吗？可以带走的。可以带走的？！是圣严法师的《108自在语》，饭店为客人放置案头的书，住这儿的每晚都拿出来看看。圣严法师说：面对它，接受它，处理它，放下它。慈悲没有敌人，智慧不起烦恼。用惭愧心看自己，用感恩心看世界……108句话，字字珠玑，智慧、慈悲溢满字里行间。一心想去久负盛名的诚品书局（台湾一书店）寻圣严法师的这本书，但因公务安排未能有自由活动的时间。将书捧在心口，向这位服务大姐致以深深的谢意。

曾在一个寂静的深夜捧读苏轼的《江城子》，“十年生死两茫茫，不思量，自难忘……”。苏轼在颠沛流离之际，怀念、想念、思念逝去的妻子，铭心刻骨：是几千个日日夜夜“不思量，自难忘”，是梦中还乡“相顾无言唯有泪千行”，是思啊想啊“料得年年肠断处，明月夜，短松冈”……凝视着清冷孤寂的如钩残月，捧读这首《江城子》，那一刻真的是不能自已，泪流满面。一首词、一句诗、一段话对应着我们心灵世界的某一个部分，就这么一下子叩动甚至震动着我们的心弦，令我们从庸常粗糙的生活中跳了出来，对生活与生命重新思考与打量。在阅读的世界里会跨越时空，与一本书与一个人进行长久的心灵层面的对话，甚至找到尘世间难以寻觅的知音。

有人说，书太多了，读不完的，不如不看。是读不完的，上下五千年，书本浩如烟海，有哪一个人敢号称穷尽世界上所有的书？但“不如不看”，又涌起无端的悲凉。怎么能不看？人到这世上一遭，怎能不去赏读那些文学的瑰宝人类智慧的精华？也许，这一本你不喜欢，但总有一本对你的喜好与口味。你喜欢上了，看进去了，就会与书中的人物产生共鸣，就会觉得书中写的就是这个社会与这个人生。同时，也许你更会感觉到同样的际遇同样的岁月。在书中发现人生，相互作个印证，心中升腾起对生命更加美好的渴望，这本书，就这样成为你生活中的好友或是生命中的不可或缺。看过了，岁月长久了，即使将其搁置一边了，身心却能感到焕发并生出清新的一些东西，这个东西就慢慢地流入你的血液中。走了一段又一段生命之路，你回头或是不回头，心中依然不会忘记这本书和书中的人物。当哪一日，你无意地在书橱的角落里瞥见了一直驻足在你心中的这本书，你会喜悦地似见到多年不见但一直在心中的好朋友一般。

书是要慢慢地捧着读的。一部书绝不是一件冰冷的器物。书是温暖的有灵性的，是活生生的存在。只有透过那一张张印满了文字的纸张，看到了站在纸张间的一个个活生生的面容，听到了那一个个面容所发出的或温暖或严厉，或多愁善感或慷慨激昂的声音，我们才算是真正会读书了。一目十行是一种读法，一字一句品味又是一种读法。用心去体味去欣赏，阅读、思考、发现与互证，这样在书中徐徐行走，可以使自己变得明智、灵秀、周密、深刻、庄重，更有对精神的向往。

我以为，一直有书本做伴的生命，会更加智慧和从容，少些遗憾。

途中有花

绿柳多姿，春风远去；蝉儿脆鸣，丁香暗袭。秋风，也是很快就要来的吧，那样清凉凉地阵阵拂过，就见那高远明净湛蓝蓝的天……一个又一个太阳、月亮起起落落，星辰明明灭灭出一个又一个明天与明年，自然就这样递嬗更迭，四季就这样流年轮回。不免在想：大自然是为了什么呢？这四季是为了什么呢？

从婴儿呱呱坠地到蹒跚学步到意气风发再到星星白雪飞上额头，真是一瞬的工夫眨眼的时光啊！从小总是有一个目标，做个好孩子当个好学生，后来是有份好工作找个可心的爱人筑起满意的家庭，再教育孩子做个好父母……这么多的目标使人生不敢有丝毫的懈怠和疏慢——“生命经不起太多的等待”，歌词就是这样唱的。脚步是这样的匆匆，一代又一代人沿着基本相同的路径。亦常常在思，从生到死，生命是为了什么呢？

毋庸置疑，生命的每个阶段有其不一样的中心和重点，为结婚吗？为生子吗？穷尽一辈子，辛苦操劳殚精竭虑，只是为了终有一天老去，在哀乐中撒手而去吗？肯定不是，这只是人生的规律，肯定不是每个人希冀的目标。

常想起爬山。那次登泰山。这之前就想着定要登上泰山顶，一鼓作气，也是年轻啊！与人比，与自己比，当最终九转十八盘到了大街置身于浩浩旷风之间，心头的感触是“一览众山小”吗？有一点点。那山腰缥缈的白云，山涧清澈的泉水，山坡微笑着绽放的野花，心底却只能在想象了。细细想来，这样忽略的风景，在生命中，是太多太多。

童年与少年，有时真的不在自己的掌控之中。依稀留下的是，偶尔的清风和难得的星空。成年之后，就一如那故事中所说的挑夫，急匆匆地赶路，却不知自己在做着什么。其实，我们结婚是为了爱，可我们来不及细致品味爱情的甜蜜；我们抚育孩子希望他快乐地成长，却又只是将孩子固定在自己限制的轨道上，管他快乐与否，我们努力工作有时却又怨声载道，“工作着是美丽的”这句话我们嗤之以鼻，步入中年更是上班忙下班累，枕着双臂眼中茫茫然没有闪亮亮的星星和柠檬般的月亮。生命的真谛生活的喜悦生存的丰盈……诸如此类都忽略在忙碌的岁月之中。

其实，其实生命一如登山，途中有花，繁密绽放啊！就看我们如何去感受、感觉和品尝。“生命中的风景”是一句被说滥了的话，可真的，风景在我们每一段美好与不美好、顺利与坎坷的生命阶段之中。从生到死，从婴儿到老人，有限的生命是由一个个细节组成，每一个充满真情和爱的细节成就着旅途中闪光的生命珠链。哪一个环节不滋味隽永悠长？哪一段路途没有鲜花绽放？

人和自然、四季不一样。

花朵的最终是凋谢，但来年还会春色再显枝头。

人生的终极是天堂，只有一次的生命没有回程票。

风吹过转瞬即逝的流年，花瓣雨纷纷扬扬，一地繁华。你，我，看见了吗？

想想，真的，在走过这么多的岁月之后，就想好好地从容地走着每一步路，仔细地精心地欣赏每一日的生命之花，繁密绽放。

草根与贵族

当憨厚的王宝强以其执着红遍着影坛，当旭日阳刚以其激情的歌唱和打工者的气质令全国人民感慨，当并不漂亮、演唱水平一般的西单女孩也到俺这小城来红火了一把，从草根歌手到草根名博，从草根阶层到草根意识一直到蓬蓬勃勃的“草根风尚”。大众从心底认可了近年来风靡于媒体和纸页间的这个名词：草根。那日途经一小镇，赫然看到一酒巴抑或是茶座挂着：草根雅座。不由一笑，真是想停车伫足，也去小坐一下，体味这装潢得花五花六的两间门面何样“草根”又何其之“雅”。

与草根同样风靡于世，近年来为多少人热捧并不懈追求的是“贵族”。记得十几年前一同事得意地说，早餐已摒弃了稀饭，改换牛奶面包再加一只白水煮蛋，他说这是向一种贵族生活方式的转变；几年前一熟人悠然自得地说是自家早已用流动水来洗碗了，说自己有条件这样做了；还有一位朋友的熟人邀请我去打高尔夫，我说是不会也不谙，对方不信且很诧异：你怎么可能不会打高尔夫也不会打网球呢，我说就是不会。如同我喜欢喝牛奶但每日早晨还是恋着黏稠的白米稀饭和金黄色的萝卜条，如同我也有条件用流动水洗碗但还是会想起那位德国富豪所说的“不是心疼钱而是心疼水”，再如同我也以为打高尔夫锻炼身体，但跳舞、散步也能达到同样锻炼目的一样。

朋友的熟人说：其实，你不草根，你看上去挺贵族的。

呵，这“草根”何以与“贵族”对立了。

忍住诧异客气一笑：其实，我挺平民挺草根的。他当我是说笑话，只是摇摇头。

这位仁兄看来真的是搞不清何为贵族何为草根的了。

草根（grass roots），始于19世纪处于淘金热的美国，当时盛传只要在山脉土壤的表层，草长得异常葳蕤、茂盛的地下，就会蕴藏着丰富的金矿。几个世纪以来，演变到社会的领域，则寓意于基层的民众。一如野草是阳光、水和土壤共同创造的生命。它看似散漫无羁，但却生生不息；它也许不会成长为参天大树，却有其无所不在的广泛性，因根植于漫漫大地而获得永生。

贵族起源于中世纪对一些皇族的认定，后渐演变成对社会精英的评定：强烈的责任感、至高无上的道德意识、为公众服务、勇于牺牲以及“士可杀不可辱”的荣誉感。小时候为普希金惋惜：那么才华横溢的诗人，竟然为一个女子去与法国流氓乔治·丹特士去决斗，三十八岁就离开这个世界。渐晓人事方知道，诗人岂仅为一个风流成性的女子？诗人是为自己的名誉而战。法国路易十六的王后玛丽·安托内瓦特，在法国大革命中，随国王之后于三十八岁的年纪拖着长长的裙裾走上了断头台，不小心踩了刽子手的脚，她轻轻地说：对不起，我不是故意的！这是她留在世间的最后一句话，这句话令周围的人肃然起敬。刽子手向她深深地致意，也为她并不甚光彩的一生留下值得世人尊敬的一笔。想起泰坦尼克号上的让女人与孩子先上救生船，想起西方航海业一个规定，当船只遇到危险要沉没之时，船长肯定是最后一个离开或选择与船一起沉没，这就是从贵族精神延续下来的一种担当精神。还有列夫·托尔斯泰《战争与和平》中的主人公，还地于农民，为大众着想，尽管有理想主义色彩，但却将其贵族精神彰显得淋漓尽致。为名誉为爱情为尊严，勇于担当与牺牲，在任何境地中如磐石般地坚持，这才是真正的贵族精神。

同样，贵族气质、贵族精神又不全然存在于名门之间，这种荣誉心、责任感与道德坚守的气质在草根平民身上同样存在。我们这座小城的张忠泉老人，一辈子生活艰辛，却一而再、再而三地将退休金、将拾废品的钱款分别捐给贫困的孩子、地震灾区还有需要帮助的人；就说眼前的环卫女工韦青、陈红，每个月只有几百元的工资，却在拾到两万多元的巨款后，在风雪中坚守几个小时，最终找到了失主；更有那为了理想为了信仰不惜牺牲青春与热血的人们，他们用生命在黑暗中作着殊死的一掷，将自己化作了苍穹上的一颗颗星星，点亮了共和国的黎明与清晨……

当很多的有钱人晃着鼓鼓的钱包一掷千金，以为自己就是贵族之时；当不少的富人带自己的孩子进出奢华场所，自己却随地吐痰再用脚在地板上蹭一蹭，不懂更不知让自己子女学习基本礼仪之时；当打着贵族学校的牌号，其教师却在课堂上开骂，学生们跟着开骂之时；当有权有势的人们连进出电梯都不知道儿童优先、老人优先、女士优先这些最基本的礼仪规范之时：你还自诩什么贵族，你还指望这些伪贵族成为社会精英，带动社会前行与推动社会发展？还有什么房地产商的广告：贵气逼人，优雅气质。笑得牙疼，要是贵气与优雅住在你这小区就能拥有，这世界早就大同了。

富与贵不是一回事，如同有高学历的人不一定有文化、有文化的不一定有高学历。富是外在的物质，贵则是骨子里的气质。养尊处优、悠闲奢华的生活方式岂是贵族精神的真正写照？暴发户到贵族有多远？天地之距。

草根并不仅是贫穷与底层，草根特质与贵族精神并不相悖，草根平民身上有着同样令人尊重与敬仰的贵族精神，吃苦耐劳、百折不回、勇于承担。许多贵族也曾胼手胝足地走过了艰辛的创业历程。

一个健全的社会，需要草根无所不在的广泛性、野火烧不尽春风吹又生的蓬勃生命力，在任何境地都能引吭高唱《春天里》。

一个解决了温饱的社会更需要真正的贵族精神，精英阶层、管理者以及更多的人具有贵族气质，干净地活着，优雅地活着，有尊严地活着，精致而温润地活着，为自己、为他人，有助于这个社会向更加光明美好的境地攀登。

滩涂盐蒿

生于滩涂，衍于滩涂，翠绿于滩涂嫣红于滩涂，美丽于滩涂，燃烧于滩涂！这就是滩涂骄子——盐蒿。

春日的盐蒿是广寂的滩涂最鲜活丰满的生命。春风一波一波拂过，小小、小小的盐蒿就探头探脑争先恐后地嫩绿浅绿深绿澄碧了四野，苍茫茫的滩涂顿时莹绿透亮、满目生机。风儿挟着海花从盐蒿子从滩涂阵阵拂过，盐蒿子叶儿芽儿颤颤摇摇晶莹澄绿，亮亮的露珠与盐蒿子就一起在滩涂欣然起舞，舞出一派明媚舞出菁菁喜悦，舞出千百年诗人梦中晶莹与幼绿还有明净的绵绵诗意，更成了无数画笔下企求不到的绝品。

秋日的盐蒿将滩涂装扮成天地之间一幅巨大壮美的图画。秋风起海风吹，白茫茫的大海与万顷湿地间蓬勃起的是意想不到的红，红得那么迅速快捷，好似上苍打翻了颜料缸，瞬间将天地间泼染得通红。且红得那么正，红得那么生机勃勃。你看白茫茫的海水，你看蓝湛湛的天空，衬着这无边无际的深红若巨幅红旗猎猎在广袤的旷旷滩涂，彰显着大气无比，真的是撼人心魄。

其实盐蒿是滩涂不值钱的野草，但却是我心目中最忍辱负重的生命，见到的最为坚韧不拔的景象。你看这万草不生的盐碱滩唯有盐蒿才能自在地生存、生活。三寸盐蒿貌不惊人，普通得无可言说。烈日、海风、盐渍，苦咸苦涩僵硬的盐碱土，盐蒿必得咬住牙从板结板结的土中一点一点一分一分地拼尽全身的气力萌芽舒叶，让盐水深深地浸入骨髓吧，让海风重重地捶打躯干吧。盐蒿只知道自己的头顶上是蓝得高远的蓝天，只知道钻出盐碱土就听得见浩瀚黄海的涛音，只知道自己所有的色彩所有的鲜活都为滩涂母亲而在……没有盐蒿春日无垠的绿，滩涂还是滩涂吗？没有盐蒿秋日竭尽全部心血迸发的红，滩涂还是滩涂吗？黄海边上有谁不知道盐蒿这滩涂上坚强不屈的漫漫野草？盐蒿在滩涂长成一种精神，更是茫茫海风中的一阕永不飘逝的绝唱。滩涂只有盐蒿，但盐蒿并不孤独，大海是盐蒿忠贞的情人。盐蒿从滩涂母亲怀抱中抬起头就看见大海，舒叶蹿个儿都与哗哗的涛声相依相伴。阳光下，在海涛和春风中优雅地起舞；月光下，枕着波涛怡然歇息。风霜雨雪中一起顽强地挺着胸膛，天地间一样地磊落明净、坚韧不拔，朝夕相处中一往情深。

盐蒿见证了浩瀚黄海万顷滩涂的艰辛苦涩、硝烟悲壮。“烟火三百里，灶煎满天星”，近四百年前的盐城知县陈继美巡视滩涂沿海盐场墩台，只是优哉游哉地吟诗作赋，可与盐工息息相伴的盐蒿却深知古盐工的血汗泪水：“黄海浪里涛和水，滴滴点点都是盐民的血和泪”，盐蒿听过浑厚而苍凉的盐工号子，与盐工一起守望着白茫茫的盐池。烧盐又称“煮海”，就这一个“煮”字，漫溢着多少烈日盐渍和风霜还有无尽的煎熬和苦难。盐被盐商运走了，盐蒿亲眼见到那老盐工累死在盐池旁，身后哭天喊地的是孤儿寡母还有瞎眼的老娘。一个黑云重重的日子，盐蒿听得见扯裂白云震痛海水的惊天动地，枪炮声使盐碱滩再也不能平静，滩涂上有了胡乱奔跑的人们，还有背着枪的人在靠近村庄的边上搭起了窝棚。盐蒿知道他们不是脸上身上泛着白花花盐渍的盐工，他们的臂膀上有着蓝蓝的臂章：N4A，新四军，为这些老百姓和盐工过上好日子的。一个烽火硝烟的午后，一个年轻的新四军战士艰难地在盐碱滩上爬着爬着，那黄黄的军衣流着血呢，那血染透了白茫茫的盐碱地呢，盐蒿竭尽全力想用自己的柔软托起他，可他再也没能醒来。还有一个女孩从这里走过，盐蒿喜欢看她，喜欢看和她一样美丽的丹顶鹤，在蓝天白云间在金茫茫白花花的芦苇荡中翩翩起舞。可在一个秋日女孩却为救天鹅而永远不再翩跹，盐蒿一夜伤心泣血。秋风中我专程去拜谒那个与滩涂盐蒿相望相守的女孩徐秀娟，墓前那红艳艳的盐蒿啊，真是红得触目惊心，似在痛惜地哭泣，子规声声总是化碧血；红成一团火的盐蒿啊更似如火如荼如礼花般绚烂绽放，秋风奏乐，盐蒿为好女孩秀娟且歌且舞。

《诗·小雅·鹿鸣》曰：“呦呦鹿鸣，食野之蒿。”春天的时候鹿儿叫了，这野地里的盐蒿就能吃了。植物学家考证盐蒿：藜科，草本植物。其鲜嫩茎叶的蛋白质含量占干物质的40%，与大豆相等，“有机蔬菜碱蓬（盐蒿）”。可曾经的苦难和饥荒中，又有谁去探求关于蛋白质之类的考证?！我一位文友曾对我们讲过饥荒年代盐蒿与饥民的故事，薅一把用河水一煮吃啊吃的，天天吃顿顿吃，吃得人嘴角泛绿面皮青黄。也难为了母亲，秋日里盐蒿结籽磨成粉，做成饼，救活了一家奄奄一息的生命。作家叹之曰：滩涂的野草生命的馈赠啊！前些日在一餐桌上精美的小碟中一撮尖尖的青翠碧绿，介绍说是盐蒿，仔细品尝，竟品出阳光、大海和盐碱滩的味道，淡淡的清香淡淡的咸还有浸入骨髓的那香料麻油掩盖不了的淡淡的苦。但到底是来自盐碱滩涂的盐蒿啊，咬上一口还有点韧劲，一下子咬不断的。

想起那年参加一个作家们的会议，有人赞天山雪莲，有人颂西域胡杨，有人歌大漠沙枣，我是黄海边的女儿，我自然说我们的滩涂盐蒿，情深款款。他们笑，你们搞滩涂开发，人类文明的进步总会带来自然形态文明的衰弱，总有一天你的盐蒿会无立足之地。莞尔：那是你不认识盐蒿，不知晓盐蒿。大海在，滩涂在，蓝天在，盐蒿就永远屹立在碧海蓝天大地间。

如若你去到一片广袤无垠有滩有海水的地方，如果你见着漫野遍地不起眼却又生机勃勃的羽状叶的小草，春日里绿成一幅画啊秋日里红成一面旗，如果你向天地抛出问号：你们是谁？茫茫海风漫漫滩涂中会有无数的声音回答：我是盐蒿，我是盐蒿！

座右铭

出差回来，办公室主任笑眯眯地拿来一张 A4 纸：选一条吧，作廉政格言和电脑廉政屏保，过几天纪委要来检查的。办公室的同志很周到，准备好了大红色的席卡，只等你选好了内容来做。看看纸上的警句格言还真是不错：有的是撷取的诗句诸如“要留清白在人间”啊，也有凝练短小的“清正廉洁”诸如此类。笑笑就点了一句诗，却被告知已有人选了，再点点那条又说是也有人用了。那么，没有人用过的呢？好，就这条吧：一丝一缕，我之名节。一忽儿，红底黑字的格言牌送了过来。到邻近的几个办公室转转，好家伙！每个人桌上都是红牌子，端端地齐整整地竖在那儿，倒成了办公室一景。哑然失笑：这不就是统一的座右铭吗！

五月的阳光金灿灿地透过巨大的落地窗打在办公桌上，想起从前，那喜欢座右铭的日子。是三年级吧，秋学期开学的第一天，翻开那本精美的红塑料皮的小本子，父亲送的，在第一页上工工整整地写上：一寸光阴一寸金。在经历了一个暑假的玩耍后，忽地感到对再坐进教室的渴求与欣喜。不知道是这行字的作用还是忽地明事理了，反正，从三年级开始，学习成绩突飞猛进。妈妈老是笑笑地说：懂事了！老师在班会上表扬了我，班上掀起了在笔记本上写座右铭的风气，还有一个男生竟然用小刀在课桌右上角刻上了“惜时”两个字，被班主任好一阵批。可同座的那个男生很是不屑：写给自己看的还是写给老师看的啊？写给自己看的老师怎么知道的呢！秋阳下气得我鼻子眼睛都冒火。直是咬着嘴角想：有本事，考试见！

随着年岁的增长，座右铭的内容和所记录的位置也在不断地变化。上中学时，很受那个时代氛围的影响，座右铭变成了——“一万年太久，只争朝夕”！这是心里话，从小到大，一直有一种时不我待的感觉。当走上工作岗位的第一天，在阔大的玻璃台板下，工工整整地留下了鲁迅先生的话：时间就是生命。日复日年复年，在阅历渐深对社会对人世又有了一些认识，意气风发少年气盛之时，也曾在自己的笔记本上龙飞凤舞地写下：人不可无傲骨。应该说，这些句句章章陪伴着自己走过风霜雨雪花开花落。有些同事知道我的这些小习惯，也有的领导见了头摇摇，一笑：学生气！

其实这些用诗句或词语对自己进行励志与警醒，在我国东汉时期就有了。曾经做过一些了解和考证。最早的座右铭出自《文选·崔瑗〈座右铭〉》，吕延济题注：瑗兄璋为人所杀，瑗遂手刃其仇，亡命，蒙赦而出，作此铭以自戒，尝置座右，故曰座右铭也。座右铭的铭文比其他铭文更为简短，有的只是一两句话或格言，置于座位的旁边，用以自警。每个人都有自己为人处世的原则，座右铭是恪守这一原则的较常见的形式。座右铭的内容是勉励自己、鞭策自己，或约束自己行为的准则。有资料记载，“铭”原指镂刻在器物上的文字，后来有了变化，有以书法形式挂在了墙上，也有的制成了瓷盘放在案头，更多的是如我等写在笔记本上或是压在桌面上。但不管是镌刻在何处以何形式，我以为，总是当事人发自内心的需求而录其言、践其行的。

现今，统一要求大家做这样的座右铭，好不好呢？想想，在物欲横流人心浮躁之际，修身与警醒，尤对手中掌握一点这样那样权力的公务人员，有，总比没有好吧。但，许多事情，一旦大一统、形式化，这真实的效用也就真的很难说。前些日，听说一熟悉的官员东窗事发、锒铛入监，嗟叹之余，心中闪过的就是他办公室阔大的办公桌对面墙上挂着的龙飞凤舞的六个字：公生明、廉生威。此公书法小有名气，工作也有魄力，人看上去也很是岸然。怎地就在即将退二线之际，以收受近百万的贿赂落了此等下场。想想，这座右铭，放在桌上的，有时，也只是给别人看的。案头风景罢了。

根本上，这座右铭，还是该放在心里的。

|第二辑|

看大街上人来人往

也许，唯有在历经大风大浪之后，才能阅天上云卷云舒，赏庭前花开花落，心静如水从从容容看大街上人来人往。

看大街上人来人往

昔日名媛、著名收藏家潘达宇女士——其实，大家都称她为潘达宇先生的，日前在沪庆贺了自己的百岁生日。市政协主办的，还有歌舞晚会，热热闹闹风风光光，老人似乎并不在意。著名主持人曹可凡手执话筒面对老人：当年，您将价值几亿元的宝鼎都捐赠给国家，现在后悔吗？老人平静地摇了摇头：不后悔。曹可凡又问：您现在生活得好吗？老人微笑：我很快活。曹可凡来劲了，笑问：您最快活的是什么？老人兴奋了，手一指：看大街上人来人往啊。我那在现场的朋友打电话告诉我这一切，说是老人此时的眸子里闪烁着的是纯洁的喜悦。

看大街上人来人往！想想您坐在摇椅上，膝上搭着一块毛毯，一杯热茶袅袅腾腾在身边的小几上。于是，您看大街看人生：春风斜剪绿柳笼烟，夏阳灿烂繁花争艳，秋叶静美雁子南回，冬雪飘逸万物洁然。少女是蕾，少妇若花，中年妇人娴雅，老太太持重安详，春夏秋冬真好啊，人生四季真好啊，持一颗能欣赏的心真好啊，看大街上人来人往真好啊！历经绚丽繁华，归于平静素淡，深悟人生真味，更加热爱生命与生活。潘老先生，您说得多好啊！

想想时下，能有几人有潘老先生如此的境界和感受呢？尘世是这样的繁华，生活中诱惑多多：名是好的，利是好的，权是好的，漂亮的女人是好的，华贵的物品是好的。有限的生命指数，无限的渴望与欲望。于是，有了竞争，有了奋斗，有了拼搏，也有了投机更有了不择手段。

有了事业成功辉煌者，也有了失败颓丧者；有以为天下之人造福为己任者，也有了恨不能将天下人利益据为己有者，更有了从繁华辉煌之巅落进牢狱囹圄却重又悟得“在春风中自由自在地行走是最幸福者”。天之大，井之小，心之大，生之短。其实没有完美无缺的人生，但至少能争取少有缺憾的人生。那必得是有智慧，必得是有胸怀，还必得有精神上的追求和通透人生的眼光。竞争是好的，没有竞争这社会能得以进步？奋斗更是好的，不奋斗，短暂的一生何以闪烁出耀眼的光华？权位也是好的，在好人的手中能为更多的人造福与谋利。但是啊，必得有人生价值的底线，必得知道人生竞争、奋斗、拼搏的最根本目的，更必得知晓地位、财富、成功、失败甚至灾难都是过眼烟云。“真实的人生其实该是一种既包容又超越身外遭遇的丰富的人生阅历和体验”（周国平语）。

不过，也真难啊，再丰富的他人人生经验没有亲身的自我实践又何以信服？只有一次的人生没有品尝酸甜苦辣又何以心甘情愿？更有如《甲方乙方》中那个叫着嚷着嫌热闹而花钱买清静的著名女演员又承受不了清寂之重，复又投入热闹中去的那类人。于是，还是“天下熙熙，皆为利来”，还是“天下攘攘，皆为利往”，红尘中热闹得紧呢。

也许，人生就是这样，必得历经绚丽繁华才能归于平静素淡。

也许，有时就得头破血流才知一箪食一瓢饮之珍贵与温馨。

也许，唯有在历经大风大浪之后，才能如潘达宇老先生那样阅天上云卷云舒，赏庭前花开花落，心静如水从从容容看大街上人来人往。

雅士绍先生

青砖黛瓦，小巷曲幽。卖古钱币的、摆邮票摊的，还有土黄的玉石、似乎注满岁月沧桑的青瓷花瓶，与一群粗陋的小小的佛像、古铜色的香炉，依次坐在摊开的灰糊糊的布上。茂密的梧桐、高大的香樟为这些真假宝贝遮蔽风雨，就这样从夏日一直坐到春天。这些个古钱币、老邮票、弄不清真假的古董，倒也将这文化街的小巷子点缀得古意盎然。那些卖文房四宝的铺子、卖盐雕工艺品的门店，还有裱画裱字门市的主人们倒也挺乐意这些人在自家铺子前摆摊设点的。每日里上、下铺面的门板时，下一块看一眼小巷北：王先生来啦？上一块看一下小巷南：李老板准备收摊啦！有时，还有绍先生。

摆摊设点的大都是一群七十来岁的老人，架着一圈又一圈年轮的老花镜，与自己出售的上了些岁数的真假古董们相得益彰又相互依存，绝对和谐。唯有绍先生年轻，四十来岁的年纪，清癯的面庞，中等个头。秋日，他第一次坐在文化街西侧的小马扎上，铺开一块军绿色的帆布，将他随身背的大吉普帆布包打开，将一堆泛了黄的线装书，一册又一册地摆放在了金色的秋风里。秋风瑟瑟，卷起绍先生长长的额发，翻起那册册线装书的页边眉脚。

长时间盘踞文化街的“老杆子”们相互打量：是哪儿钻出这么个小子？绍先生却不管周围的诧异眼神，摆放完毕，从包中掏出平板电脑，两只手就在屏幕上龙飞凤舞了。也有的卖主生意冷清，就凑过去看这小子在电脑上捣鼓啥，绍先生笑笑说是写文章，却原来是在“博客”上写文章。是博客，不是“扑克”！王先生肯定地对着小巷对面的卖钱币的李先生说。绍先生一手好字也是好文笔，很快老人们就喜欢上这小子了。他和他们不一样，他不是每天都来，他每个月逢十逢五，且这逢十逢五的日子是双休日他才来。老杆子们很快知道，绍先生是公务员，且是那个热门局的公务员！他们又很快知道，绍先生毕业于那所著名的大学，而且，那日有俩人走过文化街，竟然叫：绍处长，你在这干什么！他是处长?!

处长绍先生写得一手好书法，懂的人说是“范体”，绍先生还真习的是范曾大师。摆摊之余，在那间卖文房四宝的铺子里，提腕、悬肘、落笔：“德不孤必有邻”。再是一张：“满招损谦受益”。酣畅淋漓潇洒俊逸，且有几分仙风道骨。端了紫砂茶壶在案边仔细端详的文房四宝铺子的老板，喜得两眼在镜片后面闪闪发光：高人啊！高人！和范曾大师的帖子一模一样！这两幅字留给小店作镇店之宝何如啊！绍先生想了想在自己的墨宝下方添上“习范曾大师”，老板摇着头直是叹气。春节之前，卖古钱币的、倒邮票的几位喜孜孜地捧着红纸，由绍先生写上斗大的“福”字捧了回家。

绍先生在博客上谦虚：没有家学，没有师承，没有起伏的人生；不藏书，不用功，不会思考问题……可十天半月，博客上读书笔记的更新总是让人眼前一亮，谈《老人与海》，论《诗经》，还有卢梭的《忏悔录》……经典中另辟深意，诠释中溢满新解，还真是学贯中西纵横捭阖。绍先生将自己的书法、淘来的古书，偶尔还真的卖出了好价钱，立即呼朋唤友去了东进路的那家酒店，谈起读书聊起书法一干人神采飞扬，绍先生喝酒豪放吃菜文静从来就是吃靠近自己的那盘，有人就笑：还说自己无家教无学养，只有大户人家下箸才会有这样的习惯。笑声中忽地绍先生放下了筷子侧耳：缕缕胡琴声隐隐约约，是《二泉映月》，在寒风中如泣如诉。他一脸凝重，弟兄们都停了下来，面有戚戚意。绍先生摆摆手说是出去一下，一同事也跟了出去。过了好一会儿，裹着一身寒气的绍先生进得门来，与他一起出去的那位说是终于找到街头那位拉胡琴的老人，绍先生执意将其送到了对面的快捷酒店，为其开了房间，并给了钱，劝老人明天就回乡下的家：天太冷，身子骨经不起。等开春了，到文化街去拉胡琴。老人流泪：那我就去找你。绍先生给了老人自己的手机号码，说是行，你就找我。

鸽子与教授

一声鸽哨清亮地划过天空，蓝天白云间，一群小黑点看似散漫又目标明确地向东向南再向串场河畔，俯瞰着盘旋着压下来了，一直向着那个小区呼啦啦扑棱棱直冲下来。教授站在露台上，仰首向天，镜片后面都是喜悦与欣然：小雨砂、小雨点、小雨花……教授喃喃地叫着鸽子的名字。一只、两只、三只……似数着天降的宝贝又似等待小儿回家的慈父，五十三只全回来了！教授大叫着夫人：准备晚饭！外出自由飞翔大半天的鸽子们在鸽房里咕咕噜噜地亲亲热热，在教授慈爱的注视下开始了丰盛的晚餐，并不时抬起头，享用着谷子黍粒小米子。教授笑意盎然地回到了和鸽房在一层的书房。

书房里一面墙是直指屋顶的书橱，书橱中引人注目的是那十来只锃亮的奖杯，作为在外国文学比较文学研究上有着深厚造诣的博士后、硕导和文学院众多项目的带头人，来客理所当然地以为是教授这些年来的成就和辉煌。而凑近看却是火车头信鸽协会颁发给小雨砂、小雨点们的奖杯：冠军、亚军的，有的注明是从西安飞回，有的注明是从黄河壶口飞回，最远的竟然是从敦煌飞回！来人看着偌大的书桌上堆放的大量外国文学书籍就会笑：还以为是你学术上的奖杯呢。教授想想，那也有的，可能在床下的那只纸箱子里。新朋老友也会打趣：哪个奖杯你更珍惜？教授开怀一笑：看看奖杯奖状的位置，还要问吗？做学问与养鸽子哪个更辛苦呢？教授挠了挠头：都辛苦，但养鸽子更有意思。

花开花落，太阳落星星起，从那年那月爱上那英语一级棒的女孩子，并居心叵测地向女孩的父亲请教如何饲养鸽子的经验与秘诀至今，已整整三十个年头了。女孩喜欢养鸽子的父亲看着这个与自己一样喜欢鸽子的小年轻，来来去去就将女儿和鸽子都许给了这个眼睛深邃长着娃娃脸的书生。抱得美人归赚得鸽子回的书生，三十年来，将鸽子事业在手中倒腾得兴旺发达，鸽笼变成了鸽房且愈来愈大，自己也从硕士、博士一直读到博士后，从普通教师成了硕导且成了当年学院中最年轻的正教授。当年的女孩现在的教授夫人，常在某个花开的日子一边帮着教授拣谷子小米间的砂石，一边狐疑满腹地看着正蹲在鸽房旁盯着鸽子的教授：当年，你是先喜欢上鸽子还是先喜欢上我的？

教授专攻外国文学，当年在师大就以才子什么什么著称，他的专著《波伏娃》被列为许多高校必读教材，他的研究课题是教育部一级研究课题，拿了奖金，说是大部分贴补鸽子的家用了。教授在讲坛上极受学生欢迎：同学们，在这个社会要能立足，立足了才能去做自己喜欢的事，比如——学生们就在台下欢笑：养鸽子！让鸽子飞！教授在课堂上讲了什么有趣的话，比如赞扬哪位女作家的作品，学生们立刻欢天喜地发到群中网上，还将教授的话稍稍添油加醋。教授开课往往其他系的学生也会赶过来听，学生的评价是：老师很有趣！教授听到这样的评价很是开心：做人要有趣！同学们，记住，无癖之人不可交！于是，礼堂里面掌声一片。教授有趣的事情很多，其中之一就是辞职。教授职称刚下来，学院说是让其去科研处任处长，教授说，领导，这活我干不来。领导说你是不想干还是干不来？做了一阵系主任，又找领导说，我还是辞了吧，我不喜欢管人。领导倒是幽了一默：你喜欢管鸽子！

教授一边打开鸽笼一边笑：这样很好，做该做的学问，养喜欢的鸽子。教授打了一呼哨，中气十足清亮如许，震得房子都回声四起，小雨砂小雨花们就乐颠颠地争先恐后从鸽房中扑棱着翅膀往蓝天上冲。鸽房的玻璃上五彩缤纷，贴上了许多立体的贴画，金色的葵花，茂盛的绿树，红红的玫瑰，还有挂了许多类似代表证那样的牌子，绚丽斑斓又很是时尚，说是鸽子的视野不远，为了鸽子进出时看得清不往玻璃上撞击而疼痛，特意这样装饰的。秋风秋色中，鸽子们相继飞上了蓝天翩舞飞翔，将教授的眼神扯得既高又远。

麻石老巷豆花香

九曲十八弯，步步青石板。这麻石老巷啊，倒真个是小桥流水秦砖汉瓦名不虚传。出得巷口，对面的墙边，偌大的遮阳伞下，一矮个中年汉子一豆腐花挑子还有一方窄长的木桌，静静地守候在淅淅沥沥的春雨中。

来一碗吧。好咧！只见得他麻利爽落地揭开挑子的木盖，用滚烫的豆花汤烫了碗，老抽、香菜、红胡椒、麻油、味精、细密密的绿蒜蓉，一勺子又一勺子，奶白的豆花滑进了碗中，也就是瞬间的工夫，三碗香气四溢、红绿相间的豆花展示在眼前的木质小条桌上。想起儿时，五分钱一碗的豆花美滋滋的童年享受。抬头，接住卖豆花的笑意微微，那汉子笑眯眯地看着我们吃，像是看着自家的孩子。

豆花好卖吗？汉子一脸的笑意：好卖！都卖了三四十年了！抬头细打量，矮矮的个头，款式陈旧的皮衣，红黑的面庞。汉子笑了：我今年七十啦！赶忙站起：老师傅贵姓？坐坐坐，敝人姓王。一天有多大的利润？四五十元吧。

这豆花啊，成本小，南来北往的人多，好卖。你们这时是要到中午了，人少。早晨，排着队等呢。你们看过电视上我的豆花挑子吗？放过的。你们是来看百年的红山茶还是寻千年的绿古槐？它们可比我岁数大多了。我的豆花摊子小，但来过多少名人呢。邓小平的大女儿邓琳，来吃过我的豆花，她是回家乡的，她应该回来看看的，她在我们这插过队的嘛！还有那位82岁的台湾商人，有钱人哪，省里多少大官陪着，喏，也是坐在你的位置上，对，就在这方小桌上喝的豆花。喝了一碗又要一碗，两碗。喝着喝着，那眼泪就掉了下来。

你们说五分钱一碗？那是毛泽东年代的事儿了，一家子，就靠我卖豆花才养大了两个姑娘一个儿子。现在，儿女都有钱啊，大姑娘包了150亩水面，养的蟹啊鱼的，想吃就拿点来，每年腌鱼吃到菜花黄啊。儿子在工厂，小姑娘家有个门面呢。孩子们有钱我日子也好过啊。你们说七十岁了还不歇歇？还真是歇不下来呢。我这豆花好吃吧？我家不做豆腐，浆水只做豆花那才是真好吃。你们不懂吧？辛苦？不辛苦。打头是石磨，寒来暑往，夜里两点钟就要起来磨豆浆，现在是电磨嘛，快啊，早晨五点钟起来就行了。七点钟，太阳升起来了，我就在这儿了；晚上，星星升起来了，我才回家。哎，在这儿几十年了，这条老街路口拆了建，建了拆，不变的，就是一粮站一医院一饭店，还有啊，就是我和这豆花挑子了！这白墙黑瓦青石板都认识我，我也认识它们呢！

老人笑微微地，说着笑着，笑着说着。老人真的不见老，个儿不高腰背挺直，头发黑乌乌的，满面红光，笑的时候眼角才有一点点溢满了知足的笑纹。

老人就这样守着这豆花挑子，守过了多少个风霜雨雪烈日炎暑。大半辈子过来了，就这豆花摊子，全家早也安然晚也安然，冬也安然夏也安然。

老人手在不停地忙碌，那木挑子上上下下擦得光洁锃亮。锅里的豆花少了，又从挑子边上的桶中一勺子一勺子舀进锅中，一朵又一朵，洁白洁白的，在翻滚的沸水中上下飞旋。

一碗豆花余味无穷，再来一碗！好咧！

瞬间，红绿相间、香气四溢的豆花，白生生嫩滑滑地又绽放在青瓷大花碗中，绽放在我们眼前。

作女丫丫

说是丫丫出书了，有点意外，想想还是意料之中。

丫丫是个能“作”的人。当年，丫丫是一心想当作家或是老师的，师专毕业以后却将到区教育局的报到证锁进了抽屉里，不顾那做了一辈子教师的母亲的软硬兼施，死活说是要开服装店。丫丫用自己当家教的小钱和多年的压岁钱在儒学街租了一个小门面，要开小城最最时尚的服装店。丫丫的妈妈打电话给我，气急败坏又伤心欲绝：无论如何帮我劝劝这个走火入魔的丫头，几代人的书香门第到她这代被断送了！丫丫圆眼睛一瞪、披肩发一甩：我喜欢呀！老师您别跟我妈那老古板一样，路是人走出来的！没想到丫丫这路一走竟然已是十年。

一开始丫丫是从浙江、上海进服装，淘着自己认为好看的衣服一件件挂出来。开始还行，可高速通了，南来北往方便了，小城的姑娘们自己也往外跑。两年下来，颗粒无收还倒贴些房租。好在丫丫有家，还有认了命的妈妈，回家饭总是有的吃。丫丫圆眼睛全是笑意，卖不掉的衣服将妈妈、自己还有七姑八姨和闺蜜们打扮得花团锦簇。

丫丫跑到学院里回了一阵笼，每周末晚上去服装设计专业旁听，听着听着自己去买了布料，正红、乳白还有纯黑，在城南老裁缝家转了几日。忽地一天，黑上衣白长裤，偏还背了个大大的宽带的红布包在腰臀间摆着，一直摆到我的办公室里，直惹得机关里同事行注目礼。也难怪，这丫丫短短的黑上衣是掐腰的小铜盆领，乳白色长长的阔腿裤，宽带的红布包两侧分别是两粒硕大的黑白扣，极端显眼又十分和谐。一米六八个头的丫丫看我赞赏的目光嫣然一笑，风摆扬柳般留下妩媚无比的背影给一路的行人。

丫丫的服装店是第三年开始火的。红火的小店里面一年四季款式都在变，不变的是红、黑、白三种颜色。红衫黑裤白包，白衫红裤黑包，这三种颜色成了小城时尚的风向标，将小城和下面县城的女子们都引得往儒学街跑。丫丫精明，在其他仿冒品出来之前就得意扬扬地申请了专利和商标。第四年在妈妈的支持下又在新城区开了两个门面，老城区的几个大商厦都有了她的专柜，那红、黑、白三色耀眼比肩在那些大品牌服装之间。

忽地一些日子丫丫不见了，去选衣服却只是看到她选的店长，似丫丫般优雅地微笑：老板去印度了。再过些日子，又听说去了俄罗斯。去年底，收到她在英格兰发的明信片。她妈说这丫丫就是能作，作到国外去了。去作钱了，作掉算，我也不替她备嫁妆！听不出是埋怨还是得意。是了，小时的丫丫，曾喜欢过徐霞客的。

几年了，老见不到丫丫，却在她的店里看到了俄罗斯的白桦林，伏尔加河的纤道，是金色的油画，将景色镶在一个个小木框子里挂在墙上；见到长长的七彩木珠项链啊、牛骨挂件什么的，风情万种地配搭在模特儿的肩上颈间；引人注目的是丫丫在店堂中间那张原木桌上，铺着的大大的镶了黑白流苏的红围巾（台布？披肩？），上面有着几本小书：《雕刻时光》《行走的歌》《萌动的乌云》，比连环画开本大一点点。丫丫的文字、丫丫自己的简笔画插图，全是这几年丫丫东奔西跑的心路历程。没有出版社没有书号没有定价，和一般书不同的是最后一页上有丫丫公司招聘店长、导购和设计助理、企划主管什么的小广告。和那些小油画、项链、挂件什么的一样，顾客买到一定价钱的衣服，丫丫就免费送。于是，就有了为买衣服而得到挂件的，也有的是为了那几本小书或挂件而去买衣服的。

翻了翻，真的喜欢这些小书中文字的感觉，清新、有点固执又很有风情的短句子。丫丫圆眼睛大大的，巧笑嫣然：只是我喜欢。脆亮亮的声音和丫丫的红衫白裤还有那又黑又亮的披肩长发在初夏的晚风中漫舞飞卷。

小丫卖蛋

霓红灯流金溢彩在眼前晃晃悠悠，数不清认不识牌号的小汽车来来往往。天要黑了，坐在上海这大超市的台阶上，等人的小丫有点堵心又有点想哭。小丫不是为自己来上海的，小丫是为卖鸡蛋来上海的。小丫要卖的也不是一斤两斤十斤百斤蛋，小丫身后是村里的大养鸡场，禽蛋合作社里所有的鸡蛋。

小丫是两年前报名去这个村的，小丫的褐色皮面笔记本扉页上是诗意又励志的两句座右铭："嗅着泥土的芳香，让青春在田野间飞扬"。依依的绿柳，清澈澈的河水，遍野的油菜花满目的金黄，这是小丫勾勒的田园青春梦幻的最初影像。到了苏北这个小村以后，尽管有足够的思想准备，在田野间奔走脸早吹得红红的小丫还是发现要做好这个田园梦，是多么的不易，要付出多少的辛劳。村里人均年收入不足 4000 元，让农民的钱包鼓点起来是摆在面前最最迫切的大事；外出打工的多碰上这金融危机又回来一拨，让原来的村民和回来的人都有事做，又是一个问题；张家长李家短还有几户没有劳力没有收入的残障户……

小丫是学旅游管理的，在大学里她笔记本上的座右铭是"读万卷书，行万里路"，可毕业前夕学校组织去华西村，听了吴仁宝老书记的讲话后，头脑一热就将座右铭换掉了，报名当了村官。那次到村里去拉那家婆婆媳妇吵架被冷嘲热讽一通，第二天又被来检查工作的乡干部一指点，坐在宿舍里看着床上金黄绒绒的大米老鼠掉眼泪，差点儿小包一收拾买张车票跑回家。可小丫到底是好强又要面子的姑娘，翻开笔记本就看见：让青春在田野间飞扬；闭上眼看见村里老人长辈热情的笑容；推开窗又看见绿绿的柳枝金黄的油菜花。

小丫跑乡里跑县里请教老师学长还有村里的老支书，将废弃的小学校舍用了起来养鸡，有钱的出钱有力的出力，小丫将自己的两万元钱都贴了上去，再和老支书一起在门口挂上了“禽蛋合作社”的牌子；村里的大姑大妈要么摸小牌要么敲麻将，学旅游管理的小丫能歌善舞，成立了女子健身队，隔两天教她们舞舞扇子唱唱歌。秋去春来，沉在村里的小丫常常在村里转转，他家一条长凳你家一碗水就张家大爹王家奶奶地唠叨上，从他家儿子当兵你家媳妇打工一直说到宝贝孙子带回的成绩单。村里的人已认定这小丫不是来“玩儿一阵子的”，是“真心对村里好的”。小丫住在乡里的宿舍去村里总是骑辆红色的小自行车，到县里开会天把不见，村民们会相互打听：书记骑小红车子上哪去了？

这次，小丫真是犯难了，小丫最不愿做的事一是去求人二是做买卖。可她也是知道的，她不是为自己去求人去做买卖，是为村里的事求人，是为那几百养殖户 1600 多名男女老少求人。小丫在县里市里跑了几日好像每个市场每个超市后面都跟有若干个养鸡场，小丫脑筋转转打电话向留校当辅导员的班长求援，又请老师打电话，终于找到了在这连锁大超市当部门主管的大师姐。小丫从床下面找出自打到村里就再也不碰的高跟鞋，又从箱子里找件银灰风衣再系上红丝巾，就在老支书的左叮咛右嘱托和养鸡户期盼的眼神中踏上了卖蛋的征程。

都晚八时了，掏出手机刚要再发信息，肩膀上被一拍，是师姐到了。小丫说到我们村去看看，小丫说我们的鸡不吃添加剂下的蛋很香的，鸡蛋个顶个都是红壳的……到底是同窗，到底是一个大食堂吃饭的师姐啊，在看样、验样等程序后，超市说是要与小丫村签约——600 吨鲜鸡蛋！小丫抱着师姐眼泪哗哗地流，小丫打手机给老支书又是笑又是叫，小丫买了长途车票家都没回就去了村里。村民们欢迎英雄似的将小丫围在中间，她递一把瓜子你送来一碗茶水……

前些日子小丫参加优秀女村官座谈会，找到这位个儿不高浓眉丽眼的村支书兼镇长助理：卖蛋卖出大名堂了，又要卖什么啦？这小丫眉毛在红扑扑的脸庞上一扬：卖西瓜呀！我村引进的早春红玉又甜又沙，口感特好。您在市里，认识的人多，帮我们宣传宣传联系联系好吗？……

“教练王”如意吉祥

教练姓王，但我们不叫他王教练，都叫他“教练王”。

第一次在练车的场地上，我们喊：王教练！那一堆人坐在墙根掼蛋，没有人理睬。我们扯着嗓门大叫：教练王——！即刻，那坐在小马扎上打牌的人向我们转过身来。个儿高高的，脸黑黑的，虎背熊腰身着吉普上衣牛仔裤的男人向我们绽放出满脸的笑容：新来的学员？全体都有，列队！我们即刻笑翻了：学开车考驾照，怎么搞得跟部队操练一样的。教练虎着脸：学开车，第一，态度要认真；第二，态度要端正，你们是来学开车而不是考驾照的；第三，官兵一致。都得服从我指挥！解散！明天准时到达！这第一堂课上得我们欢天喜地回味无穷。

没过几天，我们就明白为什么王教练在驾校被叫作“教练王”了。其一，作为退伍回来的驾驶兵，技术顶呱呱。其二，训练学员时严格甚至苛刻，不问学员是何方神圣，教练就是“王”。其三，他带的学员驾考通过率从来是99%，就有一次，一学员考九项时马失前蹄。每每提起这事，“教练王”总是引以为憾：就他过单边桥时半个车轮滑下来将我的100%毁了！一世英名啊！

正进库、反进库、移库，踩刹车、打方向盘，向右打两圈向左打一圈……搞得头昏脑涨，教练虎着个脸：为什么老是记不得？为什么老是打迟啦？你这个四只眼看得还没我两只眼清楚啊？那个报社老总脸涨得通红：晚上值班头昏看过头了。“教练王”丝毫不客气：在我这儿都是学员，官兵一致！在我这儿，你作弊都没门儿！那一阵子，我整天都在背这左一圈右两圈，踩住；再左一圈，方向盘打死……我这睡眠不好的人，每晚上床想着这训诫，想着想着就昏昏然了。

我们这一组学员共 14 人，有报社的老总，有医院的护士、药剂师，宾馆的服务员，因为大都要上班，每次总是来不全的。教练很生气：有组织没纪律！教练很聪明，他的车上有着红、蓝、黄几盘胶带，他在后车窗贴上一点，在右前车窗贴上一点，在车前后视镜底贴上一点，让我们看着彩色的小标记在何时对准哪根标识杆，如何扳方向盘。我们练车时就瞟着这些亲爱的小红点、小蓝点、小黄点，右一圈左两圈地练着移库、九项等技术含量极高的项目。不知道现在的驾考取消了标识杆，教练是否为学员又想出了新招。

“教练王”的名言是“狠师出高徒”，在他的“高压政策”下，我们学起来倒也挺实在的。较之于相邻的班组，每日里我们这个组人气总是旺一点，我们教练脸上也有点得意。那日下雨只有我们三人去，而李教练那儿去了六人，“教练王”的脸色比灰蒙蒙雨淋淋的天色还要阴沉。下午雨停了，我们组来了九人。教练让他们看我们三个练车，行 S 弯，直角拐弯，坡道起步，侧方停车，一遍又一遍，就是不让他们上车。那几个急：为什么不让我们上车？教练高高地抬着头遥遥地看着那片片乌云，慢声细语温柔异常：问天吧！下雨你们为什么不来？要是打仗，有敌人，下雨就不冲锋啦？那一下午，我们几个练得好过瘾。

教练是在西藏当的汽车兵，教练的妻子八年前因病去世了，教练一人拉扯大孩子今年职校毕业进了汽车厂工作。年过四旬的教练看上去比实际年龄要年轻。那两个在医院工作的学员就想着给教练介绍女朋友，可教练眼皮也不抬。后来才听说教练对着重病的妻子许过愿：一定等孩子结了婚以后才考虑自己的事儿。教练的手机铃声是崔健的摇滚：脚下的地在走，身边的水在流。可你总是笑我，一无所有……知道了教练的故事，听来听去，就听出几分忧伤和苍凉。

路考前，教练让我们列队进行战前总动员：胆大、心细，百战不殆！教练用力拍着男学员的肩头，对着我们温和地笑，这是我们第二次看到教练的笑容。教练这次百发百中，我们组的 14 个人个个过关，教练嘚瑟：老李，说是你 12 个掉了 4 个啊？不错了不错了，过了三分之二啦！我们请教练吃庆功酒，教练得意扬扬：不要怪我对你们凶啊——我们齐声接上去：狠师出高徒啊！在西藏当了几年兵的教练多喝了几杯，满脸通红地站着双手合十行着藏人的大礼：徒弟们如意吉祥！

春节，想着给教练电话拜年，可教练的手机总是崔健在吼：你何时跟我走，你何时跟我走……想想发出短信：教练王，如意吉祥！

杜鹃花开

太阳晒得人酥酥软软的，柳丝在眼前飘呀拂的。金黄黄的油菜花，在清凌凌的小河边耀眼地晃呀晃的……她一下子就醒了，却原来还是在火车上，是太阳光将她晃醒了。揉揉眼睛她知道自己还是舍不得家，舍不得那遍野灿烂的油菜花，那串场河畔的绿柳成行，还有亲爱的妈妈。

又将回到贵州黔西，回到那满是大山石块的地方，回到进一趟小镇要跋涉几十公里的那山间小学。两年多前她走进大山支教，两年就是七百多天呀，挨一挨就过去了。她想警校毕业的她总是得回家，她喜欢那一身警服她得去找工作，更得去养家。她唱着歌走到这一群孩子中间，她不知道，这一走进大山，她再也无法放下。

这是一群脸黑黑红红的孩子，这又是一群特别听话的孩子，他们上学从不迟到，他们上课总是坐得端端正正，他们放学总是齐声叫着“老师再见”。可这些孩子的鞋子常是张开着鞋帮子，因为每天的上学他们要走很远的山路；这些孩子经常是中午饿着肚子，那次她煮了一锅洋芋，孩子兴奋得脸红红的，那个男孩放学还省了半个洋芋说是带给小妹妹。第二天，男孩羞涩地带给她一枝红红的杜鹃花。孩子们的眼睛湛蓝又纯澈，可孩子的眼睛只看见大山和大山上方的天空；这些孩子的想法单纯得让人心疼：我要是能去趟县城三天不吃饭都行！

她想想心中很是难受，她将“一位支教老师的告白”倾吐上网络。那些天她白天黑夜总是想着，她想她肯定是在做梦：能不能让她的学生走出大山，走进上海的世博？她不知道她的真情让别人感动，她的梦想有那么多人与她一起放飞。“顶”！“赞”！“支持你”！她的“告白”后面那么多滚烫的跟帖令她不能自已，她的泪水打湿了键盘与衣襟。从“照片在相框”的网友到热情的贵阳车主，2000多公里行程，一路一路一程一程，30多位网友车友自发参与爱心接力，途经五省六市、辗转六天，就这样将她的梦想与她的学生，她的十个从没有走出过大山的学生，一程一程地被送到了繁华的大上海。孩子们在三十多度的骄阳下在世博园中欢呼雀跃，她掏钱为孩子们买了吉祥物海宝。孩子们开心她笑了心底更感恩：这么多的好心人成全了她的心愿，成全了这十个祖祖辈辈没人走出大山孩子们的心愿。兴许，这次世博之旅让孩子们看见大山以外的地方，能改变孩子们的一生。

两年的支教转瞬而过，她回到了江苏的串场河畔，柳丝绿、菜花黄，空气润润的，还有妈妈侍弄的粉红嘟嘟的月季花。可是，回来了，梦里醒着却又回到了大山里，她想起那十个孩子为去上海，都穿上了自己最好的衣服，可有三个孩子的鞋子早就开了胶张着嘴；那个男孩高兴地背上了他的破书包，路上好心人发的矿泉水他留了一瓶，一直背回了山里，说是这瓶子多好看那水要带给爷爷喝；没出过门的孩子第一次坐车晕得厉害，那个女孩晕得不行了吐黄水，有顺车想让她回，她哭着说我奶奶看不见，我答应她去看上海看世博，回去要跟她讲……更常在她眼前闪烁的还是杜鹃花，自打那个男孩感激又怯生生地送她一枝杜鹃花，她插在案头的玻璃瓶中，她那瓶中就没断了花。记得那日从上海几天颠簸回，那日下午，晚霞中家长们排成一排站在山坡上，手中捧的都是红红的杜鹃，她笑着接过一束一束的杜鹃，看着满怀的花儿泪水就扑簌簌地直往下掉。放不下啊，真的，她无法放下。

她又在网上发帖“让孩子们有一本字典吧”，呼应者风起云涌。两千本字典！学校里每个学生都会有一本还有今年暑假的新生。亲吻妈妈告别月季花，坐在火车里，她嘴角向上轻扬，她看见大山的孩子们捧着字典是怎样地欢呼雀跃，看见她这个“老师姐姐”回来是多么的开心。蔡加芹，这个毕业于贵州警察职业学校的江苏女孩也笑了，她看见杜鹃花开了，粉红嫣红深红，装点着山坡缤纷了天涯。

素心若锦

飘雪了，纷纷扬扬中看到素抱着个大扫把，在花园小径上，唰唰唰地一下又一下，艳红的围巾一前一后绕在她的脖颈上。那个夏日，第一次见到素，也是在这花园小径上。白色衬衫，深蓝色长裙，齐耳短发，细长的丹凤眼。她手中牵着一双小女，十来岁吧？也是白色衬衫，短短的蓝裙，只是孩子的蓝裙束在衬衫的外面，童花头上扎着一对白色的蝴蝶结。她牵着孩子，就这样绕着小径慢慢地安安静静地走着。听说是她在行政局工作的丈夫癌症去世了，单位照顾，让她看管这大院的车库。

楼西侧的车库很大，好几百平方米的车库容纳着这个住宅区大大小小上百辆的摩托车、电动车还有自行车，先来的放好了后来的车子乱插。每次去搬自己的车总是费老劲儿的，一辆辆地挪再一辆辆地顺，才捣腾出自己那辆红色的小捷安特。可她来了，车库面貌焕然一新：地上整洁墙壁白亮亮的，她去请行政局将车库全粉刷了一遍；三块红白相间的指示牌指引着摩托的区域自行车的区域；角落里头陈年古旧的一堆破纸盒子、烂沙发终于不见了。一块醒目的标语牌架在入口处，白底红字上是“请各位注意停车文明”。

那日，车胎瘪了，想着借气筒用一下，一脚踏进了车库北侧两间小小的平房，也就是行政局安排给她的住处。白色花边的桌布，白色花边的窗帘，窗下，几盆虎皮兰、吊兰茂密繁盛绿意葱郁，瞬间，眼底心中绿意荡漾，十来平方米的外间，洁净明亮甚至明丽。她笑笑地递过来气筒：要帮忙吗？忍不住探了探头，她家的里间，两张床，整齐地蒙着床罩，竟然也是乳白色的，淡绿色的小花星星点点洒了一床，还有床头的台灯，淡绿色的丝罩，纤尘不染。连一台缝纫机上也蒙着白色带花边的罩子。真好看！在哪儿买的呀？素浅浅一笑：自己做的。她和女儿的衣服，都是她自己做的，冬日的格呢大衣夏日的裙衫。今夏说是流行什么“波点服”，看了一笑，想起十多年就看见她母女仨，穿着白底小黑点的连衣裙，在花园小径上盈盈地走着，轻轻地说着话。

独居的女人看着车库带着两女儿，竟然，这样一点不潦草甚至绿雪诗意地活着。再看她时，平添几分敬重。从不见她高声大气说话，也不见她家的孩子咋咋呼呼，就这么在那两间小房子内，安静明亮地过着日子。日子过得很快，一年又一年，花园的那十来株香樟早已枝繁叶茂，夏日里金盏花灿烂成一堵金色的花墙。素却还是那样，洁净又轻盈，甚至，秀丽的面庞上，看不到几许皱纹。她的两个女儿争气，从上中学到考大学，一点儿没让人烦神。师院毕业后又都做了教师成了家。素没去和女儿一起住，仍是一个人的素还是在车库、在家中拾掇，在花园小径间静静地行走。每逢周日，两个如花似玉的女儿会回来陪素一起在花园间散步，还是那样轻轻盈盈、安安静静如一片风景。

自打素管理车库以来，车库就没发生过失窃事件更没发生过争吵。上下班时，车库拥挤，但大院里的人进出车库也总是安安静静，素的笑脸在看着呢：上班啦？下班啦！那日，园艺工人在修理花园的冬青，见到素将修剪下来的冬青树枝，抱了几大抱回去，坐在门前剪剪修修，又用了几个大玻璃瓶插了起来，阳光下，一片翠绿。冬青枝很多，玻璃瓶中的翠绿绿就一直漫溢到车库的门里边。大院门外的一间便利店搬了，几只红灯笼扔在垃圾堆，素去捡了回来，洗洗刷刷，挂在了车库门檐下，红艳艳的真是好看。

要过年了，素又要忙了，她铺着红纸，她的女儿一手好字，在写对联。自打素来以后，这两间小平房门上春节都贴着艳艳的对联，这车库大门的红灯笼下，有着斗大的“福”字，两侧也有着对联：新年大吉，万事如意！心好家好，人顺国顺……红艳艳又喜气洋洋，映得进出车库的人们一脸喜气。十多年了，春节那天，洁净端丽的素总会围着那条自己织的大红围巾，立在车库的门前如立在自家的门前一样，对着进出的每一个人递上一份温婉的笑意：新年好！

桥头小店

阡陌条条，河港四汊。里下河平原上随处可见的是小桥，石板的，水泥的，早些年还有木板的。与这些个小桥相依相伴的，往往就是桥头的这小店啦。红砖瓦，小黑砖。好一点的小店有水泥桁条，差些的还有板棚外钉着铁皮的。相同的是小店里的物品，从香烟、肥皂、洗衣粉到毛巾、糖果还有学生的练习簿、花花绿绿的橡皮擦，时髦一点的小店也有巧克力、洗发膏。那墙边堆的还有铁铲铁锹、橡胶套鞋……都是庄户人家下田种地的必需，都是一家老小过日子的必不可少。

十多年前，小店的主人往往都是当家的男人，黑红黑红的脸庞，憨厚中透着精明；也少有的是麻利又热火的俏大嫂，高声大气中甜蜜出笑意和温婉。当然，小店里下午四时后，往往会又多出个趴在方凳上做作业的小娃娃，那是店主的宝贝和希望，桥头的日复日年复年的驻扎与守望就是为了他。

南来北往、田头家中，桥头小店自是庄户人家的歇脚点。往店门前那长条凳上才落座，店主人就将那大肚子暖瓶提起，蓝花碗里满满的，冬日里暖夏日里凉。一碗水，一支烟，两句话，嘴一抹，再买上几块小糖回去哄孩子。那推着自行车的，才将车在小店门口架下，那店主就从门后拿出了打气筒，帮着车主人对好车胎上的气嘴子，劲鼓鼓地打起气来。这年把电话大部分家中有了，那些年，乡里的邮递员事儿多，骑到桥头就将一沓子信件扔到两尺宽的柜台上，店主人瞅住一个叫一个，天黑了信件还找不着主的，店主自会顺路带回村子里，送到主人家。

秋去冬来，眼一眨已开始忙年，店主家来不及蒸包子做米糕，忙着进年货出年货。乡亲们来来往往，店家的两口子就都忙在店里了，柜台上多出了毛笔和红纸，店家那粗糙的手指还能写几个大字。根据来买年货人的要求写上几副春联什么的，比如“人勤春来早，瑞雪兆丰年”，比如“开春大吉，迎面是喜”。更有什么“鸡大如鹅，猪大如牛”之类的，通与不通、对仗什么的不讲究，硬朗中透着俊逸的毛笔字下，流淌的都是庄户人家美好的期愿与念想。店主甩着酸了的手腕擦擦沁出的汗珠子，将笑意与祝福一起融在了毛笔下。女当家的包糖拿烟的眼尖、手快、招呼个不停。拿回三好生奖状放了寒假的儿子，放下作业本就帮着父亲裁红纸，为等候的大爷奶奶端凳倒茶水。

暮色四起，炊烟袅袅，最早的那颗星子已在天上眨眼了。店主将最后写的“人寿康健，松鹤延年”晾了一会儿，卷了起来说是送给村东头的五保户王大爹，孩子背上书包哎了一声，刚走，那做妈的又递上一条糕一包绵白糖，说是一起送去，给王爹爹拜早年！孩子背着书包捧着年礼走过小桥蹦蹦跳跳向村东头走去，沿着乡间小道，走进四野田间。小小的身影，将店主的目光扯得远远长长。

阡陌条条，河港四汊。里下河平原上随处可见的是小桥，与这小桥相依相伴的，则就是桥头的小店啦。小店的主人往往都是当家的男人，黑红黑红的脸庞，憨厚中透着精明；也少有的是麻利又热火的俏大嫂，高声大气中甜蜜出笑意和温婉……

“打哩哩”

“嗬——噢嗬嗬——嘿——哎——”，白毛巾，白对襟衫，黑色的大腰裤，腰带上别着一长长的烟袋锅，手中执着一根牛鞭的老人，满是笑意地扯着嗓子打着哩哩走上了舞台。汉子身边的卡通老牛睁着圆滴滴的大眼睛，别转头来温润又会心地垂下长长的睫毛，“哞—哞”地与“哩哩”声响应唱和。于是俯首，于是前行，于是拉着铁犁，一步一步翻出黑油油的土块。那着蓝印花布衣衫的女人送来了干粮和水，“咦——嘿嘿嘿——”，牛儿在汉子的吆喝声中停下了脚步，卧歇在绿油油的田埂边，与汉子与女人一起欣赏那犁开的黑油油的土地。舞台上这牛这男人这女子，与这满是希望的黑土地，还有田埂边的绿草小花，定格成了农耕岁月，里下河人家熟悉且永不能忘怀的经典画面。

台下，那满头银发的老先生摘下了金丝眼镜，掏出手绢擦拭着镜片又戴了上去，直起腰杆一动不动湿润的双眼盯着舞台，盯着那打哩哩的老人，盯着那老牛那女子，还对着身边举着微型摄像机的中年人：儿子，都录下来都录全了啊！

那头顶白毛巾两边腮帮子上红坨坨的八十岁的老人，从舞台上下来径直坐到了金丝眼镜身旁：老哥，现在人不说“打哩哩”了，说是“牛歌号子”。牛歌号子就是“打哩哩”嘛！

我们这个年纪，在这块土地上走过来的人，小时候，谁没打过哩哩呢！耕地、耙田、打场、拉车、上坡、下坡，要用牛要用力气的，天天做这样的事情，打几句哩哩，我们带劲老牛儿也带劲呢！

那位从海峡对岸赶过来的老先生，摘下金丝眼镜，用手绢擦着眼镜也擦着眼睛：离开家乡已60多年了，最不能忘记的就是儿时打的“哩哩”，春风起的时候，想家的时候，悠扬的哩哩声就会在耳际响起，还有村里的小河屋顶上的炊烟，这“哩哩”声就是我们这些海外游子的思乡曲啊。

平原四野，有地就有耕，有耕就有牛，有牛就有牧，有牧就有牧牛的农人，还有那用红头绳扎着一根冲天辫，坐在牛背上的牧童，有牧童就应该有牧歌。大多数放牛娃没有唐诗中牧童的竹笛的，但农村放牛娃谁不会打上几嗓子“哩哩”呢？

记得吗？每天早上我们起身到绿野湖滩去放牛，李家老大王家老小结队前往。牛到湖滩以后，牛儿吃草只要不走失就行了。

记得吗？我们扯着嗓子互相对着“哩哩”，“哩哩”声喊飞了水杉林中的鸟儿，惊跃了河滩里的小鱼儿。

记得吗？晚风四起，你在东边打响“哩哩”，我在西边和着“哩哩”，牛群在我们的“哩哩”声中，和我们一起踩着夕阳披着余晖，望着村子里家家屋上袅袅的炊烟，闻得到妈妈煮的饭香了，缓缓地打道回家。

记得吗？记得呢！两位老人开心地大笑。

你今天的哩哩唱得不错！

老弟哎，是打哩哩，不是唱哩哩！

是的，农人们从不说是“唱哩哩”，四乡八野老的少的都说是“打哩哩”。这“哩哩”是扯着嗓子是蕴含着力量积蓄着力气喊出来的。一个“打”字，里面有农人多少汗水和酸甜苦辣。

多少岁月，这没有歌词又没有固定曲调，甚至是彼时彼境即兴创作的“哩哩”声，曾经是如此生动又温柔地叫醒了沉寂一冬的大地与河流，原野绿了，冰块融化，农人们的希冀与念想与这田野的麦苗儿菜花儿一起，将喜悦与干劲和着不绝的“哩哩”声，在大地绘就又一年又一季新美的画卷。

如果哪日你在明翠绿润的苏北原野，偶尔听到长长悠远的一声“嗬——噢嗬嗬——嘿——哎——”，或悠扬、或高亢、或感伤，粗放又温情，明亮又浑厚，那就是“哩哩”，是谁家的老人在怀旧在打响“哩哩”了。这牛歌号子的哩哩声，更铺陈阡陌响彻四野穿越千山万水，遥遥地牵引着从这块土地上走出的子弟，醒着梦里将家乡频频回望，直至收拾行装携儿带女，哼着永远的哩哩，一次又一次走进自己的原乡。

方寸之间

“朝花夕拾杯中酒”……经过传达室听门卫老江沙哑的歌声，就知道，老江又在欣赏自己的宝贝了。

门卫老江的房间不大，前半间是值班室，后半间就是卧室了，一张床，一张书桌，衣橱边是一张老式的五斗柜，整天擦得锃亮锃亮的。这五斗柜长年累月铜锁片子锁得紧紧的，里面都是宝贝，这是大院的老小都知道的。老江笑眯着眼很是受用“宝贝”这个评价：真的是宝贝！新搬来的住户听说得多了，走过门房就问：江师傅，都说您藏宝呢。老江趴在书桌上抬起头，两眼从镜片上看了过来：也算是呢。什么稀罕宝贝啊？那日，老江的五斗柜开着通风，宝贝就是那上百本大大小小的集邮册。

老江年轻的时候是政府楼上的公勤员，为领导的办公室送开水，打扫走廊。看着字纸篓里信封上色彩艳丽的邮票，老江很是喜欢，就小心翼翼地去问局长问科长：这个字篓里面东西都不要了哇？大家说不要了。老江就将旧信封收了回去，打扫完办公区后将那花花绿绿的小邮票剪了下来，放进脸盆用水浸泡一下，将邮票取下来，平铺在玻璃台板上晾干，再夹进自己那牛皮纸本子里，一页夹四张。时间一长，大家都知道老江喜欢邮票，一有纪念邮票，就在走廊上叫喊，老江就喜颠颠地小跑过来。这样几个月下来，竟然本子都夹满了。

若干年后，老江忆起这集邮历史的初始阶段总是后悔不迭：那个时候不懂呢！邮票哪能浸在脏水中泡呢，还有什么品相呢！说出“品相”这两字的老江已算得上是集邮达人了。几十年的积累，老江从各种渠道收集到“文革”、敦煌壁画、奔马、山水、梅兰竹菊、《三国》《水浒》《西游记》《红楼梦》、历史名人等珍贵邮品，还有从 1985 年至 2013 年这 29 年不缺一枚的年票册，什么首日封、首日实寄封、纪念封、小型张、小版张、四方连、小本票等集邮票品，琳琅满目。

老江集邮初时，没有多少人关心这些花纸头。而前几年邮市火爆之际，有人慕名而来要买他的宝贝时，老江先是被那四位数吓了一跳，然后心就疼：这些跟随着自己五十来年的宝贝啊！老江坚定地摇头：不卖！不卖！来人说是只要那两张。再说了，你放这儿没有作用的。好性子的老江听到这话脸拉了下来长寿眉紧锁：我陪着它们，它们陪着我，怎么没用呢！老江对介绍人讲，空闲时刻，泡杯清茶，翻出邮册，一如看到自己走过的路，也看到自己收藏邮票的酸甜苦辣。

当初的邮票可说是张张来之不易。当老江买了镊子、放大镜、白手套等集邮“装备”开始了自己“正规化”的集邮路时，靠着搜集信件上的旧邮票，已不能满足集邮需要。当时工资不过 36 元，邮票 8 分钱一张，就是当时许多人家一顿饭的菜钱。于是，老江将自己收集到的重复邮票去和别人换，再利用打扫之际捡一些空瓶子去卖，一分钱一分钱去攒，再去买新邮票。这样拮据的集邮时光，有好几年。几十年下来，增加的已不仅仅是邮票的数量与质量，只有小学文化的老江说古道今、谈天说地有着几分文气，尤其是说起山川湖海、风土人情，有人惊诧江师傅知识面好宽，老江总是几分谦虚：跟着邮票学的哦！这个邮票是地理书也是历史书呢！门上的对联就是老江写的：小小邮票，融入历史风云；方寸之间，映出沧桑世界。

老江高兴起来就哼“朝花夕拾杯中酒”，老江似乎只会哼这首。但为了集邮，老江不喝酒不抽烟：那些清浊气会秽了邮票的。春绿柳花扬的时候，天蓝秋风起的日子，冬日里漫天白雪室内暖融融的，说不定，你经过老江门口，听到那“朝花夕拾杯中酒”的歌声，也能遇巧，一起看看与他大半生相依相伴的宝贝吧。此时的老江，屏息静气又专心致志，一壶清茶，一柄放大镜，一本邮册，方寸之间，是满满的幸福。

坝上美人

攀上那道水坝，顺着两侧黄灿灿油菜花的坡道拾级而上，迎面是插着五色经幡儿的玛尼堆，赤橙黄绿绚烂又协调地在眼前。四处张望，长吸一口气，离蓝湛湛的天空更近了，伸手似乎就可触摸到柔软飘逸的白云，位于海拔 3500 多米的高原并无不适，一股不可阻挡的阔大与宁静扑面而来。

眼前是两扇朱红色的铁门，两张巨大的金黄色“福”字与油菜花一起明媚在这蓝天白云间，“光荣军属”四个字闪耀在门楣上。“请问家中有人吗?”叩响了这扇门的同时，有人清脆地应答：来啦！循声而出的是一个儿小小的女子，一顶盆形牛仔帽，一袭玫红色的毛衣，眉眼清秀的她笑眯眯地打量着我们这群陌生人。当知道我们是因为在前不靠庄后不靠店的高原公路，因内急而寻不到“WC”时，立即转头迈着轻盈的步子领我们进了院子。

院落不大，两间正房一间偏房呈“L”形。小院子正中，一株绿树高过房顶，茂密的油菜花生机勃勃，那硕大油绿的植物说是土豆，叶片晶莹剔透竟然一丝灰尘都没有。这高原真是干净，这女子的小院子真是洁净。石墙泥地四处纤尘不染，就连那与我们苏北农村类似格局的自制“WC”蹲坑，半截蓝色的帘子遮了，一点异味都没有。解决问题依次出来，一浅蓝塑料桶清冽冽的洗手水已备在院间。

应着玫红毛衣女子的笑容，我们走进了她的正房。迎门靠墙一排朱红色的矮柜，矮柜上茶盘上盖着一方红绸巾，青瓷酒瓶中插了一束金灿灿的油菜花。柜上方的墙上挂着照相框，大大小小老老少少黑白彩色的相片错落有致，引人注目的是一军官的照片，气宇轩昂。还有挨着相框是半墙的奖状，三好生、五星少先队员等。东边的一间是卧室，床上的蓝格子床单抻得平平整整，粉白色的枕巾，粉白色的薄被，柔软又清新，满是闺房的气息。偏房是堆放杂物和粮食的，土豆、南瓜，还有几袋粮食。可惜语言不是很通。一个人住吗？她点点头，竖起了一个指头。日子好不好呀？这下她又懂了，抬起清澈若青海湖水的眸子，笑着竖起了大拇指。

女子见我们七八人东张西望，毫不在意，只是那样宁静、安详地笑。我们举起相机请她合影，她轻盈地欠起身来，对着那面贴了双喜红剪纸的镜子，整了整牛仔帽，在那株蓊郁绿树下，在那簇拥绽放的油菜花旁，在那贴着鲜艳喜庆的金色“福”字的红门前，在海拔 3500 多米的高原上，在离蓝天白云这样近的院子里，从容又娴雅地冲着镜头微笑。

坝下的车子长一声短一声地揿着喇叭，几分不舍地与她握别，又忍不住与她拥抱。蹚下开满油菜花的坡道，绕下水坝，上得车来，那玫红色的身影，依旧在蓝天白云金黄色的油菜花间，在那扇朱红色的大门前，在那飘飘洒洒五色经幡儿的玛尼堆前，远远地向我们眺望。邻座后悔没问她叫什么名字，前座的又说没记下她确切的地址，后座的又说那奖状上的名字是写着“党云霞”的，她家该是姓党吧？我说，就称为“坝上美人”吧，这样从容、娴静、大方、柔婉的女子。

美人就住在西宁湟源县外的那个水坝上，今年八十有六。

第三辑

难忘你那倾城一笑

涌上心间脑海的总是她的笑容：走上吊桥的微微一笑；共进晚餐时的婉然一笑；那个清晨她丽若朝霞的一笑；还有，在那株香樟树下，她回转头来令他松开手枪的，那无比灿烂令万物失色的倾城一笑……

倾城一笑

那日的天很蓝，一望无垠的湖水在阳光下波光粼粼，四处的芦苇摇曳起满目金色，一群大雁扑棱着翅膀在蓝天排成人字形向南向东而去。站在资福寺据点的日本警备队队长千田，举着望远镜四处巡看，结论是这个秋日很好，湖水很好，芦苇很好，大雁排着队回家，也很好。1943年的这个秋日，这漫野的秋色，令他想起日本的宫城县，想起宫城的家前屋后盛开的烂漫樱花。

当那着粉色旗袍的女子似云一般从吊桥上飘然而行之时，他些许恍惚：是故乡樱花树下的女孩？是校园菁菁芳菲中的同窗？刺刀林立间的报告声挑破了他的遐想：这个女士要找您！放下望远镜，他凝视着这越走越清晰清秀美丽的中国女人。其实，在两个小时前，他已收到报告：在这二百余人居住的小镇上，一陌生没有通行证的女子，在小镇上转悠，并打听警备队所在炮楼的情况。他让部下注意跟踪，却不知道这女子竟然通过小镇一郭姓商人介绍自寻上门。

这女子微微一笑，站到了千田的面前。千田刹那间不知所措，本能地伸出邀请的姿势：请里面坐。千田问："看来您不像此地的人啊，是哪里的人呢？找我有事吗？"这女子微笑着坐下，微笑着端起千田让卫兵倒来的开水，轻啜一口又轻轻放下，黑若深潭的大眼睛注视着千田坦坦然然：我叫祝玲埃，今年二十三岁。家住在郝穴东边的熊家河。因为我丈夫去世，来这里找他的亲戚，却没能找到，队长可以协助否？轻婉温柔的对答，一如典雅的举止。窗外，几个士兵端着枪探头探脑窃窃私语。千田的脑子飞转：这不是一个平常的女人！这又是一个“贵品”的女人！这从天而降的美人是新四军还是国民党军的谍报人员吧？不能让她就这样走了！“走了很远的路，辛苦了，在这里吃顿便饭吧。在队上吃晚饭可好？”千田让炊事班做了丰盛的晚餐，还请来了介绍这女子前来的小镇商人陪同。

晚餐之间，这年轻的女子浅笑曼语，高贵大方。警惕的千田再度恍惚：一桌好菜，一位美人，一位老者，还有几瓶啤酒，是岁月静好的感觉，是久违了的人间烟火。那一刻，千田又想起自己远在日本宫城的家，那有着父母和姐姐的家。

这个晚上，他有了“人间”的感觉，他认为这炮楼这据点，就是禁锢自己和在这里驻守的三四十个年轻日本士兵的“青春监狱”。千田执意安排寻不到亲戚的美人住进那商人家，说是明早去为她送行。那女子娴雅欠身轻轻致谢，走出据点，回眸一笑灿若星辰。

千田看着她走，一直看着她窈窕的身影消失在茫茫的夜色之中。千田在心中与自己打赌：她明晨若不在，就发动士兵四处搜捕！况且，她没有通行证，也走不出这位于第六战区四处有岗哨的小镇子！他查岗时反复交代：加强警戒！作为这个据点警备队队长的少尉千田还算尽职，但对战争和战局并不乐观，甚至有些许苦闷情绪。查完岗后辗转反侧了无睡意：明天她走了还是在？她要是走了，她肯定是对方的特工，立即搜捕！她要是在，那她还是不是……

晨曦中，千田走过吊桥，走出炮楼，走出资福寺。他没带卫兵，就这样盘算着走到那商人家。进了院门，苍绿的大樟树下，就是那女子灿若云霞的笑容：先生早上好！那种不知所措的感觉又缠绕住了千田：女士早上好！千田跟着她走进了商人的客厅。抓还是不抓？这女子肯定不是一般的人！抓还是不抓？千田万分煎熬。她就这么静静地坐在他对面，嘴角一丝笑意。

“昨天多谢了。”女子轻声曼语。“没什么，昨夜睡得好吗？”千田问。“很好，在这里睡得很好。”

凝视对方美丽明亮的双眼，证明她没有说谎，竟是这般的镇定。千田少尉暗中叹了口气：看来，是新四军的人啊。

“今日作何打算？”“寻不到亲戚，我得赶快回家。”“附近有战事，不安全，我派人送您？”“不麻烦您了！”“认识您很高兴！”千田少尉意味深长地说。

这自称祝玲瑛的女子婉然一笑伸出手来：谢谢！握住美女的手，千田心中一震：这般的硬朗，分明是握枪的手！这样的美人，手该是柔若无骨的吧！他一时没有松开她的手。她将手留在他的掌心，还是那样轻婉地笑着，大大方方地看着他。他忽然一阵脸热，松开了手：女士，祝你前途平安，运气好！

她走了，袅袅婷婷地走出屋门。在那棵大樟树下，她回过头来，对着专注目送的他明媚一笑，那一笑，令他松开了插在裤袋中紧握着枪把的手。她走过那些个岗哨，走出那个小镇。甚至，她让陪送她出镇子的人，转达“对宽厚的千田先生的感谢”。他知道，她与他一样心知肚明，她知道千田已看穿她的身份但还是放走了她。

作为当时的日陆军步兵 104 联队第三中队资福寺警备队队长千田，在以后的日子里，在资福寺据点被新四军端掉，带着十来个部下狼狈撤退之时，在两年后战败，天皇下诏书投降时，在回日本国直至耄耋之年时，不止一次想到这个女人。他在几十年后，翻阅森金千秋所著的《常德作战》一书时，千田的目光定在了 116 页“潜入的美女工作员”这一节上，不多的文字再现了那年那月资福寺的失守。也再次验证了自己的感觉：这个令自己一生难忘的美人，名为舒赛，新四军女侦察员。

想到是自己放掉了这个新四军女特工，千田并不后悔。如果一个国家，这样年轻高雅的丽人都来参加战斗，还有什么力量能使这个国家屈服呢？每每想到，涌上千田心间脑海的总是她的笑容：走上吊桥的微微一笑；坐在据点桌上共进晚餐时的婉然一笑；那个清晨走进商人院子时，她丽若朝霞的一笑；还有，他在抓与不抓的矛盾与纠结中，右手在裤袋中紧紧地握住手枪，目送她走出院门之时，在那株香樟树下，她回转头来令他松开手枪的，那无比灿烂令万物失色的倾城一笑……

生死绝恋

红黄绿白漫野的七彩斑斓，在盐城烈士陵园陈中柱将军的墓前我久久伫立。隐约，有女子清脆的歌声响起：国民党、共产党，抗日是一家，我们站在同一条线上 ……

——题记

循着这歌声，我去寻找一条小巷。

青砖黛瓦粉墙，狗尾巴草在春风中，在上了岁数的老墙头上摇曳出沧桑又轻柔的风情。隔着七十二个春夏秋冬，我静静地伫立在老泰州城这个巷口，看着这位叫王志芳的女子，身怀六甲的25岁的女子，手中携着6岁的小女儿，一步一步又一步，凛然决然地走进这条古巷子，迈进了刺刀林立悬挂着红膏药旗的日军驻泰州的指挥所。

“我来要我丈夫的人头！”美丽、羸弱的女子决绝无比的口气令日军司令南部襄吉一震。

“我是陈中柱将军的夫人！我来要我丈夫的人头！”

南部襄吉倒吸了一口凉气。他没有想到这个女人竟然会、竟然敢如此这般走到他的指挥所索取陈中柱的人头。愕然，静然。指挥所一片寂静。鲁苏皖游击总指挥部第四纵队少将司令陈中柱，是南部襄吉为之头疼、畏惧又恨之入骨的抗日将领。南部调集了大批日伪军终在武家泽一战中胜了陈中柱，尽管伤亡了600多人，但南部还是沾沾自喜的。但此时的南部忽然沮丧之极，他觉得自己败了，一败涂地。败在这个叫王志芳的小女子面前，败在陈中柱刚毅的头颅面前。

香案上一大木匣，打开，一尊大口瓶，不败将军陈中柱的头颅泡在药水中。南部襄吉将其恭敬地捧至王志芳面前。

拨开亲人额前的黑发，端详丈夫刚毅的面容。王志芳的泪水若滔滔蚌蜓河水，决堤而出。不就才几天吗！就这样阴阳两隔，我的疾恶如仇的丈夫，我的坦荡磊落的丈夫，我的喜欢琴棋书画的丈夫，你就这样千呼万唤也唤不回啊！

八年了，八载岁月2000多个日子，与相爱的人在一起的日子是多么艰难又是多么甜蜜。1933年，出身于官宦之家美丽开朗的南京姑娘王志芳，嫁给了浓眉大眼英气逼人毕业于江苏省警官学校（后编入黄埔军校六期）的国民政府中央大学的军事教官陈中柱。

嫁给军人就是嫁给颠沛流离，何况是兵荒马乱国破家亡的年代。中柱疼她，将她和孩子放在了武汉，可是，志芳又怎能舍下丈夫一人在战场拼杀？她带着女儿从南京到武汉，从武汉辗转重庆、绕香港再到上海，再到徐州终与中柱会合。王志芳携着两个幼小的女儿追随着丈夫、心中的英雄艰难跋涉无怨无悔。有什么比一家团聚更重要呢！有什么比提心吊胆看着丈夫走上台儿庄、走进大洞山、走上大大小小一个又一个抗日战场，再安然归来更幸福呢！

你不是说要回来的吗？我不是告诉你，我和孩子还有娘不能没有你吗？也就两日的时间，我亲亲的亲人啊！

6月5日凌晨，天出奇的闷热。“志芳，战斗马上就要开始了”。丈夫陈中柱匆匆来到妻子的小船上，和她告别。

“我知道。”王志芳目不转睛地看着自己亲爱的丈夫。

“志芳，我马上要去指挥战斗了。”看着即将临产的妻子，将军想起这些日子妻子受的艰辛，心中深深的内疚。

“我知道。”王志芳仍是紧紧地看着自己的丈夫，目不转睛，美丽的眼中已蓄满了泪水。作为军人的妻子，她知道即将开始的战斗意味着什么。

“我不是个好丈夫。在你临产的时候，不但要离开你，而且把家、把孩子、把千斤重担都扔给你。志芳你谅解我，我是个军人，保民卫土是我的天职。志芳，我要走了，不管生男生女，都要取名陈志，要他继承父志……”他把一张在泰州拍的全身戎装的照片放在妻子的手心，又把一个小钱包塞到妻子衣袋里。志芳拼命把眼泪往肚里咽，痛苦又柔情万千：“你放心去！可你要答应我，一定回来啊。我和孩子、你老娘，不能没有你……”

陈中柱与妻子紧紧相拥，在爱妻脸上深深一吻，生命之吻啊！他的泪水她的泪水交织汇流，顺着两人的脸颊湿了面庞与衣襟……他派人将妻子和女儿送上岸，藏身在一个农民家的大草垛中。看着丈夫伟岸坚毅地离去，她哭都哭不出来，只是一遍又一遍地在心中呼喊：你一定要回来，一定要回来啊！哪知道就这样从此阴阳两隔，就这样今生今世此恨绵绵！

循着这歌声，我去寻找一条小河。

乍暖还寒。小草一丝丝从黑色的泥土中泛出青色，树干上、树枝上一点又一点的绿芽悄然而绽。七十二年前的那个初夏，那个闷热得没有一丝风的清晨，密集的子弹惊飞了芦苇叶上喘气的水鸟，武家泽蚌蜒河这一个还算寂静的清晨，在枪弹声中在水鸟惊惶的叫声中醒来。东方，是满天的朝霞，红得如血若火如裘似锦。

陈中柱，那位浓眉大眼的军人，身着白土布中装，脖子上挂一架望远镜，疾步从那间草屋走了出来，他双眉紧锁，扫视着眼前敌情险峻危机四伏的七汊八港。

1941 年，中日战火交织最为密集的日子。6 月初，日伪军由苏北泰州、兴化、东台、海安、高邮五路出兵 2000 余人包围鲁苏皖游击总指挥李明扬部于泰州北乡之三角垛，重点又直指抗日最为坚决的第四纵队少将司令陈中柱部。其时，陈中柱部孤驻张家庄，腹背受敌，不得已退至兴化武家泽一带。

“突突突”声，兴化老阁方向开来十几艘日伪军汽艇，机枪弹炮弹呼啸而至，在河中溅起几丈高的水柱浪花。已率部与敌军战斗几日的将军陈中柱一声大吼：给我打！狠狠地打！身材高大，一手举着望远镜一手扬着枪的陈司令与士兵一起登岸冲锋，冲在了最前头。孤军无援，将军知道硬拼无济于事。他意欲带部队从武家泽突围拉往盐城方向。可毕竟敌我兵力悬殊太大，敌人的火力太猛，第三次试图冲出重围的陈中柱部又被敌人重重包围。

将军气壮山河的呼喊是召唤将士们奋不顾身的号令，将军伟岸高大的身躯是指挥士兵们拼死而战的旗帜。士兵们打红了眼，跟着将军不顾一切地往前冲去。“哒哒哒哒”一梭子机枪子弹凶狠地横扫过来，将军的白衣在初夏清晨的微风中，随着密集的枪弹声就那么在武家泽的坡地上轻轻一扬，四处溅起飞天的血花：陈司令！陈司令——！士兵们的惊呼被更为密集的枪弹击碎……就在这个拂晓，为抢渡蚌蜒河冲出日伪军重围，鲁苏皖边区游击总指挥部第四纵队少将司令陈中柱，在率部毙伤日伪军 600 余人后，身中六弹壮烈殉国，与 400 多名将士一起倒在了兴化武家泽那旷远又绿意正浓的田野上，年仅 35 岁。将军及其将士的鲜血将蚌蜒河染得红若天边的朝霞……

凶残的日军割下将军的头颅带到泰州向日军指挥官南部襄吉请功，

将军的头颅是对其恨之入骨的日寇巨额悬赏的。

那一日武家泽狂风漫卷，蚌蜒河呜咽成涛。将军的白土布上衣鲜血红透啊，将军手中的枪仍攥得紧紧的。老百姓纷纷涌向将军倒下的地方，将英雄的无头遗体细心地收敛进急打的一口棺材，流着泪葬入土中。“陈中柱将军”，不高的木牌上浓墨重笔的五个大字，在夏风中在旷野中无比醒目。

循着这歌声，我听见王志芳说：我要带走我丈夫的头颅！

看着一言不发只是深情注视着丈夫头颅的王志芳，看着志芳膝前哀哭的小小女儿，南部襄吉做了一送客的手势，可王志芳扬起头来秀目喷火：我要带走丈夫的头颅，否则伏尸二人，流血五步！

南部襄吉惊愕着向后退了两步，说着僵硬的中国话：你丈夫是为了你的国家，我是为我的国家。但我们崇敬他的英勇。

寂静，寂静。泪水沿着志芳的面颊无尽地流淌，双眸依旧直视着南部襄吉，喷射着仇恨的怒火。

南部襄吉终双手做捧送状，看着王志芳将装有中柱将军头颅的木匣，紧紧捧至胸前，一步一步又一步地走过刺刀丛林，走出日军指挥所的大院。

在昏黄的灯光下，心若刀绞的王志芳，一遍又一遍地擦拭着丈夫的头颅，再将其与丈夫的遗体一针针一线线地缝合：亲爱的，你疼吗？你痛吗？忍着点啊！我的心，比你还疼比你还痛啊！我的亲人啊！二十五岁的王志芳将丈夫完整的遗体重殓，请人葬在了泰州西门外西仓桥下。想着总有一日要将丈夫的灵柩迁往故乡，志芳请人在坟井中放下了十几只坛子，将棺柩置放其上，而后覆土。她数了又数，桥下的第十根电线杆下。她对自己说，记着啊，第十根电线杆的下面！

二十五岁的王志芳在一个多月后生产，她为这个呱呱坠地的男孩取名为陈志。陈志——承志！孩子啊，继承你父亲的遗志！她对中柱说：中柱，中柱，听见我们儿子的哭声吗？眉眼似你像你，长大了就是一个小中柱啊！二十五岁的志芳坚守门庭，独自将女儿、儿子抚养成人。

抗战胜利后，国民政府在南京为陈中柱召开追悼会，于右任、陈果夫等人参加。会上，追赠陈中柱中将军衔，并出了纪念册。共和国没有忘记这位为国捐躯的勇士，共产党没有忘记这位铮铮铁骨的抗日英雄。1987 年 2 月，江苏省人民政府追认陈中柱为革命烈士，中柱将军的墓地迁往盐城烈士陵园，回到了故乡。

时隔七十年，远在澳大利亚的王志芳女士，九十五岁的老人唱起了丈夫陈中柱将军部队的军歌："国民党，共产党，现在站在一条线上，抗战高于一切，他们贡献了全部的力量。"蕴藏在心中几十年的歌声，今生今世的爱与痛，老人的歌声激越高扬，老人的泪水恣意纵横，老人的面庞红润勃发，是爱情的彩霞飘然而至吧！老人流着泪唱着唱着，将今生今世的生死爱恋尽情挥洒……

歌声在南京挹江门八字山公园的"中柱亭"间萦绕回荡，那是人们对抗日殉国的"断头将军"永远的忆念；歌声在南京三牌楼狗耳巷 9-8 号间回荡，那是中柱牺牲后国民政府为王志芳及三个儿女居住而修建；歌声更在中柱的家乡，今日的建湖草堰口中柱中学回荡。在王志芳捐助的以丈夫名字命名的中学，她和儿女们还设立了"中柱奖学金"，已连续十几届。

烽火硝烟的日子远去了，串场河畔绿柳若烟姹紫嫣红，烈士陵园青松伟岸紫薇柔情，草坪上白、黄、蓝、粉色小花密密绽放出安宁和谐。春风轻扬歌声再次响起："国民党，共产党，现在站在一条线上，抗战高于一切，他们贡献了全部的力量……"

天若有情

“爸爸——！爸爸啊——！”稚嫩的哭喊声在南京宪兵司令部看守所内阵阵回荡。这声音越来越近了，从大门到监房前的场地，直向7号监室而来。

他打了个冷战：是小林？是自己儿子的声音？他咬紧牙关命令自己急转身，将后背对着了监室的铁门。

“爸爸、爸爸啊——”，是自己才两岁多的儿子小林拍打着铁窗的哭喊！我亲爱的宝贝啊！他全身颤抖，他心如刀绞：无耻！卑鄙！这些刽子手！这些丧失人性的东西！自被捕以来，他始终没有暴露自己中共地下党员的身份，敌人刑讯逼供、软硬兼施达不到目的，竟然抱来了天真无邪的孩子！

爸爸——爸爸！抱在看守班长手中的儿子哭喊着向多日未见的爸爸，带他玩、给他当马骑的爸爸，替他买苹果、教他唱歌谣的爸爸，隔着铁窗伸出了双手。

满面泪花的他再也忍不住了，一个转身，铁窗外正是自己日思夜想亲亲的儿子！宝宝，林儿——！

林儿！林儿——！他将双手从铁窗中伸出，紧紧抓住了儿子软软的小手，儿子也紧紧地抓住了他的手。泪眼朦胧中，他目不转睛地看着儿子，抚摸着儿子圆鼓鼓的小脸蛋，大大的眼睛、高挺的鼻梁。林儿，我的孩子，我亲亲的宝贝！

那负责审讯的特务狞笑了起来：这下承认自己是李耘生了吧，你就是中共南京特委书记李耘生！

猛地，看守班长将孩子从他手中凶狠地夺走，儿子大声哭喊着、踢蹬着小腿被抱走了。他心若刀绞，他怒火万丈：是的，我就是中共党员李耘生！有什么花招冲我来，放了我的孩子！放了我的孩子——！

“爸爸——！爸爸啊——！”小林的哭喊声撕破了1932年春日南京城灰蒙蒙的天空，死死抓着铁窗泪水滂沱的他心碎了。

南京司令部看守所场院外，那排凋零枯黄的梧桐树在哭声中疼痛起来，枝枝颤抖、叶叶瑟瑟，豆大的雨点夹带着无边的寒意，劈头盖脸哗啦啦倾盆而下……

1932年6月8日凌晨，“哒哒哒——”，枪声在金陵古城的雨花台骤然响起，罪恶的子弹在李耘生胸前飞溅起漫天的血花纷纷扬扬，疼痛地撕裂着同是共产党员、因被通缉远避长沙的妻子章蕴的心——耘生、耘生，你就这样走了?!

那在危险中呵护自己脱险的温暖的臂膀呢？那与自己并肩作战干练洒脱又风度翩翩的好领导、好战友呢？那个抓着自己的双手，深情地说你是我永远的湘妹子的我生死相依的爱人呢！现在，这个人再也见不着了！章蕴泪水奔涌号啕大哭……

悲痛中的章蕴发下了三条誓言：一定要找到党，回到党组织的怀抱；二是生下腹中的孩子就出去做工挣钱，来养活自己和孩子，但坚决不做国民党的任何工作；第三，今生今世，永不再嫁人，二十七岁的章蕴永远是李耘生的湘妹子！

黑暗如磐世道艰难，生下了遗腹女的章蕴拣过烟叶，养过蜜蜂，做过长途电话接线员，她以泪水和汗水兑现着对爱人的生死誓言：一定要将孩子抚养大，一定要找到党组织！历经千辛万苦章蕴终于重归党组织的怀抱，从江南到江北，从地下工作到新四军华东局的工作……

1982年，在李耘生牺牲五十周年的日子，章蕴携着儿女来到了雨花台，伫立在了微笑的李耘生照片前：你们的父亲多好啊，永远这么年轻！耘生、耘生啊，我和孩子来看你，你看见了吗？你听见了吗？章蕴深情轻柔的声声呼唤，就在雨花台的草坪、树林间摇曳起春风浩荡，朵朵白的、黄的、蓝的、粉的小花，密密匝匝、素洁清丽，含泪带露漫野绽放，诉说着对烈士对忠魂的无比崇敬地久天长……

雨花石情缘

柳正绿，花正红，上海外滩公园行人三三两两。握着一卷《申报》的她在长椅上心中很是不安：联络站通知十点在此接头，怎么人还没到？按规矩，到时间无人，必须撤退。

身着豆绿色旗袍的她款款站起，此时钟声响起，一个声音猛地在身后响起：小姐，请问您手中的是《申报》吗？

我手中的是昨天的报纸。

那个声音继续说：我就是想找昨日的报纸呢！

暗号对上了，她转过身来巧笑嫣然，对面是个儿高高剑眉星目的青年男子。长椅北侧，几个便衣正在东张西望。这是她和他第一次相见。那年，她二十二，他二十。

他是她的上线也是她的领导，共青团江苏省委巡视员。她是上海公学的大学生，句容大户人家小姐，淞沪抗战后学校被炸，在学联运动和战地服务团中表现出色的她，从此走上了职业革命者的道路。

开始，她和他单线联系传递情报和活动经费，为上海地下党活动的开展做了大量的工作，也一次次惊心动魄化险为夷。后组织上考虑工作方便，让她和他对外以夫妻身份开展地下工作。石库门里的邻居看着这一对小夫妻走进走出，男的在银行做事女的在绸厂做职员，常常笑着说：看人家小两口儿多般配！

那次，位于云南路的地下联络站被特务破坏，两位同志当场牺牲。

他神色黯然久久沉默，她拧了热毛巾给他，他一把攥紧她的手：我们是在刀尖上行走，要是万一……我如何面对没有你的日子?！她一惊，这正是自己的挂念！

鞭炮声零星起落，为1934年初的夜空平添了几分生机。他夹着几个包包进了家门。喃！糖炒栗子，糯米烧卖，桂花酒！

新的一年又到了！近期我们活动开展得都很顺利。他笑着将一条鲜红的羊毛围巾围上了她的脖颈：嫁给我好吗?！她笑了，从书桌中取出了一绒面小盒，送你的！一枚红红的雨花石，映亮着他的双眼。

“上邪，我欲与君相知，长命无绝衰。山无陵，江水为竭，冬雷震震，夏雨雪，天地合，乃敢与君绝！”他双手隆重地合在胸前：这是我对你说的，你一定要记着！她眼含泪花将双手也合在了胸前，将这首《上邪》一字一句重复了一遍。这是山盟，这是海誓，这是彼此永远的承诺。这是1934年1月11日。

1934年1月12日，海麟路祥瑞里1338号的阁楼上，当她将工作布置完，又为一位入党的新同志举行了宣誓仪式，巡捕凶神恶煞地冲进了屋。她急令同志们从后窗撤退，自己从容下楼走上了囚车。登车前，她身子一摇如遭雷击！围观人群中，那浓眉下急切的目光，不是他又是谁！

但他只能眼巴巴地看着她被押上了囚车，她还没有来得及做他的新娘！她和他四目对望，万语千言已经没有机会交代！就在这生离死别的一刻，缓缓地，他将双手合在了胸前！她也将双手合在了胸口，含着泪，仰望天空微笑。

1934年1月到1937年7月，她被押往到南京，先后关押在南京宪兵司令部看守所、南京模范监狱等处，拒绝签字悔过，拒绝亲友保释，严刑拷打受尽折磨，却始终坚贞不屈，于雨花台英勇就义。她叫郭纲琳。

1934年4月，他在上海因叛徒出卖而被捕，被押往南京军人监狱。在狱中，他想方设法寻找她并捎信给她，信中写的就是那首《上邪》。一直到西安事变后大赦政治犯，他幸而被释放，被组织送往了延安。他叫李丰平。

她不会知道，在她走上刑场七十二年后，又一个清明，两位中年女子手捧一枚殷红的雨花石，来到了雨花台。她们是郭纲琳的义女，她们的父亲是李丰平。一个叫李大纲，一个叫李大琳。

“我父亲一直将纲琳阿姨放在心底；我们家的影集中，一直有着纲琳阿姨的照片；父亲对我们说，给你们姐妹分别取名纲、琳，就是纪念你们的纲琳阿姨。这枚雨花石，父亲一直珍藏在身边。弥留之际父亲交代：将这枚雨花石，送到你纲琳阿姨的身边，她永远在我的心中……”

现在，这枚镌刻着“尊敬的郭纲琳烈士英勇就义七十周年。战友李丰平、文芸及义女大纲、大琳”的雨花石，安放在雨花台郭纲琳烈士的展台前，殷红热烈，如当年他与她相逢时那样，不见丝毫褪色。

丁香小道

1982 年的清明，雨花台树木葱郁，小径悠长。鸟儿掠过苍松飞过绿柏，在晨曦中留下声声清脆的鸣叫。一位老人在这苍松翠柏间，在这已挖好的树坑中，仔细甚至虔诚地放下了一株树苗。

老先生，我们这儿是不可以随便栽植的。雨花台的工作人员走上前。

同志，我不是随便栽植。我是栽一株树，一株丁香树。

知道我为什么栽这株丁香树吗？老人的视线掠过松柏指向遥远的天际……

那年那月，东吴大学，琴室里总有一个弹钢琴的姑娘，秀眉丽眼，她叫白丁香，同学们都叫她丁香；琴室里，也常有个拉二胡的青年，伟岸俊朗，他叫乐于泓，同学们叫他阿乐。从《圣母颂》到《春江花月夜》，从《命运交响曲》到《二泉映月》，共同的兴趣爱好令两人愈走愈近。他们漫步于金陵古城的颐和路上，他们携手于家乡姑苏城的虎丘塔下。他们相识、相知、相爱了。

抗日救亡运动，两人呼着口号并肩行进在游行的队伍中；学校礼堂的舞台上，有着他俩文采斐然的激情演讲；夜色四起时，金陵古城有着他们张贴传单的青春身影。在共同理想的召唤下，他们一起在镰刀斧头的党旗下宣誓：永不叛党！

相爱的日子堪称琴瑟和谐，白色恐怖下的地下工作刀光剑影。上海的地下党组织遭到破坏，阿乐和即将毕业的丁香先后被派到了上海。在那间简陋的亭子间，经组织批准阿乐与丁香秘密结婚，他们连一个大红的双喜都没有去买。有爱的地方，箪食陋衣也是华服殿堂；有信仰的日子，晦暗艰涩也若玉食琼浆。早春的上海滩阴冷潮湿，阿乐组织闸北工人罢工，遭到反动派武装袭击，数名同志被捕牺牲。那夜阿乐拉了半夜二胡，悲愤交加，直到琴弦嘎地一声崩断。丁香默默地为丈夫包扎流血的手指，再将琴弦续上。

丁香要走了。刚怀了孕的丁香，被组织派往北平从事地下工作。阿乐抚着妻子长长的黑发：千万当心！丁香黑圆的大眼睛盈满泪花：千万当心！阿乐和丁香不知道，这一别就是今生今世，这一别就是阴阳两隔！

在北平的丁香被叛徒出卖，押进了审讯室。看似柔弱的女子经受住了审讯与酷刑，只对难友留下一句：我是个对不住母亲的孩子，我是个对不住孩子的母亲！此时的丁香已怀有三个月的身孕，坚贞不屈的丁香被押解至南京。1932 年 12 月 3 日，哒哒哒的枪声响起，美丽的丁香在雨花台的黎明飞溅起漫天的血花。

悲痛欲绝的阿乐将丁香的照片揣在了怀中，将有着丁香体温的二胡带在了身边。从上海滩到青岛港，从青岛的国民党监狱到南京的“首都反省院”，从枪林弹雨的新四军四师，到雪域高原的进藏部队。每日里，阿乐都会看看妻子的照片；有闲暇，阿乐总是拉上一曲《祭丁香》，那是他血与泪的永远思念。第十八军多才多艺的宣传部部长，身前身后有着若干女性倾慕欣赏的目光，阿乐的心却永在心底的丁香身上。

整整十八年后，年逾不惑的阿乐找到部队首长：我要结婚！我找到了我的丁香。时钟曼，一个与丁香形神兼似的女兵走进了阿乐的心田。

他们的女儿出生，妻子对阿乐说：给起个名字吧！阿乐毫不犹豫：女儿的名字就叫丁香吧！

“今年，是我的丁香在雨花台牺牲五十周年，我到这儿就想栽下这株丁香树，纪念我永远的爱人。”老人轻柔地抚摸着眼前这青翠碧绿的丁香树，老泪纵横。雨花台的工作人员流泪了，围观的游客流泪了。纪念馆当即决定，为这位老人，为烈士丁香，再植上几十株丁香树，这冬日里青翠、夏日里满溢芬芳的小径，从此更名为丁香小道。此后，每年的清明节，乐老先生都会理发、换装，携妻女到丁香树下，二胡声在丁香树的绿叶白花、在蓝天碧空间如泣如诉又壮烈激昂。

1992年，乐于泓老先生与世长辞，他的妻子时钟曼和女儿，将他的骨灰送至雨花台，送到了丁香小道，埋在了阿乐亲自栽下的丁香树下，与他的爱人丁香永远相依相伴。

彩云追月

背着挎包，甩着短发，她哼着“彩云追月”，从昆明到贵阳，从贵阳又终搭上了去皖南的卡车。作为西南联大医科的学生，在国家危亡之际，她是多么向往着去参加新四军，而现在终于梦想成真。

军歌嘹亮，她踏上了皖南的土地。她站在了新四军政治部的门前，她从挎包中拿出八路军驻昆明办事处开的介绍信，她哼着《彩云追月》蹦蹦跳跳，于晚饭后来到了军政治部文化组，站到了这位英俊潇洒拉着小提琴的军人面前。

会跳舞吗？不大会。会拉琴吗？也不大会。

那你会什么？停下拨琴弦的手，那军人皱起了眉凝神看着她。活泼爽朗的她歪着头笑了起来：我会唱歌，我还会哼《彩云追月》！你会吗？军人舒开眉笑了：哼给我听听！

她一点儿也不忸怩地看着窗外的那轮高悬的明月，轻快婉转地哼了起来。那时，她不知道，这位军人就是《彩云追月》的作曲者，不知道他就是享誉乐坛的音乐才子，更想不到这位风华正茂又极具艺术气质的军人后来成了自己的爱人、亲人。

你是任光?!《彩云追月》是你创作的，还有《渔光曲》也是你写的？她脸红了，为自己的不知天高地厚，为自己也许走调的歌声。她悄悄地坐到了那张摇晃着一条腿的桌子旁，开始了在文化组第一天的工作，刻乐谱，一个音符一个音符地刻，哼着《彩云追月》认认真真地刻。

1940年的皖南，新四军的大本营有着紧张严肃的战斗氛围，也有着团结活泼的战友兼兄弟姐妹般的相处。一直在大学校园里的她，觉得自己来到了一个全新的集体，军装、军歌、操练……这里没有大后方的沉闷，没有理想无所依傍的空落落，为了信仰为了抗日，为了民族和祖国，她以全部的热情与勤奋来对待每一项工作与活动。再加之，自己竟然在崇拜已久的偶像身边工作！上大学时她就是《渔光曲》的热情观众，多次被其哀怨的主题曲感染而潸然泪下。在忙碌的训练与工作之余，她的微笑她的不眠都紧紧跟随一个名字：任光。

而任光也注意到这个常哼着《彩云追月》的美丽开朗的女子，平直的短发飒爽的军装纯朴大方。在两次留法学习、进修，二十来岁已是著名音乐人的任光的眼中，她似这山谷清澈叮咚的小溪，又似皖南随处可见的修修翠竹，她是一位灵秀的女大学生，又是一位执着坚定的战士。他常常在心中轻轻地唤着：瑞芳。

终有一日，在军部简陋又热闹的会议室里，他拉着小提琴，她伴了一曲《彩云追月》，成全了他和她的地久天长。有着爱情的日子创作的激情更加勃发，他作曲，她记谱，他以小提琴试奏旋律，她轻声试唱。《打靶歌》《反对投降》《王老五》《别了，皖南》等一大批战地歌曲在部队中广为传唱，激发起战士们昂扬的抗战意志。被誉为“民族的号手”的任光感慨万端：几个月在皖南的收获，堪比我在欧洲八九年！

1941年的新年，乌云密布，战局波诡云谲。

那日夜，在新四军北撤的途中，国民党疯狂堵击，枪声、炮声、夜色中的曳光弹扑面而来。你怕不怕？他问她。跟着你跟着部队，我不怕！你看那轮月亮是你，我是月儿边上的云彩，从昆明一直追到这儿来。任光揽住她的肩：我们都是云彩，信仰是这轮月亮，我们永远追随。笑靥如花的她哼起了《彩云追月》。拐过山沟，子弹若急雨般倾泻，居高临下的顽军疯狂扫射。背着小提琴的任光来不及躲避，数发子弹在他身上溅起片片血花！任——光！她撕心裂肺的惨叫声扯破着夜色，音乐巨星就此陨落！

悲痛中的瑞芳在突围中负伤被俘，在上饶集中营一年零六个月。说是她在狱中坚贞不屈，被难友们称为“妇女英雄”，说是她经常唱歌还教难友们唱歌，说是二十四岁的她是挺着胸与难友们一起哼着那曲《彩云追月》，将年轻的生命与歌声一起定格在闽北赤石镇郊外的那个刑场……

烽火硝烟的日子早已远去，《彩云追月》的旋律，至今仍然在喜庆的舞台在万家团圆的日子这儿那儿响起。可今天啊，还有多少人知道《彩云追月》的作曲者，还有他深爱的妻子的名字？

烽烟舞魂

“起来，不愿做奴隶的人们，把我们的血肉筑成我们新的长城”！铿锵浑厚的旋律，在南昌警察礼堂激昂回荡，十来盏汽灯将礼堂映照得通透亮堂。舞台上那位身着黑衣腰缠布带的赤脚舞者，激昂奔放地弹跳旋转、充满张力地舒臂投足、饱含激情地仰首俯地……和着“中华民族到了最危险的时候，起来，起来！”的歌声，台下的新四军、友军、老百姓情不自禁起立鼓掌，和着旋律流着热泪放声伴唱，歌声在1938年南昌城的夜空久久回荡。歌声不止乐声不歇，舞者一遍一遍又是一遍，观众歌声唱了五遍，满头大汗的舞者也跳了整整五遍！

新四军战地服务团在南昌第一次正式公演，取得了巨大的成功！街头巷尾都有人问：你去看战地服务团演出了吗？你看舞蹈《义勇军进行曲》了吗？更有一些看了演出的青年知识分子热血沸腾，成群结队跑到新四军军部：我要参加战地服务团！

他是从江苏太仓走出的舞者，曾留学日本早稻田大学，先学经济，后又因酷爱舞蹈而转向专攻舞蹈艺术。他在震耳欲聋的枪炮声中，走出了个人舞蹈的世外桃源，走进了新四军战地服务团。但他还真没想到自己即兴创作的舞蹈，在这民族危亡之时，在抗日热潮席卷中华之际，会产生如此大的艺术感染力。他更没料到，自己的舞蹈之路从纯粹的喜欢与关起门来研究舞蹈艺术中走了出来，从此走上了一条“以舞言志，以舞警世”的道路，将舞蹈汇入了社会和时代的洪流，成了打击侵略者鼓舞人民斗志的强大力量。

“我们都是神枪手，每一颗子弹消灭一个敌人；我们都是飞行军，哪怕那山高水又深”……暮色中、星光里，作为领舞的他带领一群身着灰色军服的演员走上台来，循着《游击队员之歌》，他们猫着腰轻轻地拨开草丛，警觉地观看四方侦察敌情。一个转身一个蹲步一个虎跳，一个舒臂一个弹腿一个腾飞，刚劲有力又饱含艺术元素的舞蹈语汇，将在敌后作战的游击队员们机警勇敢的战斗状态，向侵略者开火的激烈场面，再现在舞台上。

一个优秀的舞蹈往往就是一个时代的抒情。在破碎的祖国山河面前，在民族救亡的浪涛声中，他心中总是蓬勃着创作激情。他创作的舞蹈《义勇军进行曲》红遍大江南北，成了新舞蹈艺术著名的开山之作；他创作的舞蹈《游击队员之歌》，在多年后被确认为中华民族20世纪的舞蹈经典，当时不仅受到新四军战士、老百姓的欢迎，甚至连国民党军队艺术团也来学习观摩；他创作的舞蹈《大刀进行曲》，他编排的舞蹈《流亡三部曲》，无一不给当时的抗战军民以振奋警醒与激励，在中国舞蹈史上留下浓墨重彩……

“旗飘飘，马萧萧，好男儿热血似狂潮”的日子似乎久远了。花开花落斗转星移，他开过个人的舞蹈专场，走上舞蹈教学之路，先后任中央民族歌舞团团长、中国舞蹈研究会主席、中国舞蹈家协会主席等。有人问他：吴晓邦先生，作为中国现代舞蹈的创始人奠基人开路人，您印象最深的作品或是最喜欢的作品是哪些？他微笑，沉思了一会儿，眼神穿越漫漫岁月千山万水：还是烽火硝烟中的《义勇军进行曲》啊！

田埂上，那把破碎的小提琴

“在苍茫的大海上，狂风卷集着乌云；在乌云和大海之间，海燕像黑色的闪电，在高傲地飞翔”……1941 年 5 月，华中鲁艺正在盐城兜率寺举办“纪念高尔基逝世五周年”的晚会。高个儿浓眉大眼的许晴拉起了小提琴，他运弓他揉弦他顿弓，忽激越忽悠扬的琴声与鲁艺学员激情洋溢的朗诵声，在简陋的会堂里，在夜色中久久回荡。作为一位才华横溢的剧作家，许晴从北平到上海的“文化界救亡协会”战地服务团，到“安徽动员委员会”，再到这苏北盐城，他创作的话剧《精忠报国》《王玉凤》《汪、平沼协定》《重庆二十四小时》等剧的演出引起轰动受到广泛的欢迎。他创作的歌曲《抗战两周年纪念歌》《水上巡逻队队歌》，尤其是《中华民族好儿女》更是在解放区广为流传。是的，今天纪念活动最后一个节目就是合唱《中华民族好儿女》：“春天的太阳放彩光，胜利的歌声响四方！我们是中华民族好儿女，千锤百炼已成钢”……听到这雄壮的歌声，拉着提琴的许晴笑了，笑得灿烂又开怀。

许晴总是这么灿烂地笑着。凡接触他的人总是被他的笑容所吸引，被他坚定的信仰与理想所辉照。作家杨沫说，这个信仰“不是烟，这是火，它照耀着许晴光辉的一生，也有斑驳的亮点洒在我的身上”。在那黑云笼罩的白色恐怖里，曾经在许晴开办的一家进步书店当过短期店员的杨沫，在许晴参加地下活动被捕后近两年的时间，都随着许晴的母亲以妹妹的身份去北平德胜门外的第二监狱探望。穿着和尚式的囚徒服剃了光头的隔着铁栏的许晴，总是那么开朗又信心百倍地对她笑着，以至于她在后来《青春之歌》中写下的年轻的共产党人许宁，就是以许晴为原型。

1941 年 7 月 24 日的凌晨，当敌人悄悄地接近北秦庄，教导主任丘东平在进行急速转移的战斗分工时，许晴毫不犹豫地站到了最前列，他是与战斗班的战士第一时间到达桥头的，当身着土黄色军服的敌人在茫茫的曙色中若隐若现时，战士说许主任你先过桥吧！“我是负责带队的，怎么可以先走!”许晴拒绝了。他带着战斗班伏地隐蔽，依靠仅有的几支步枪以微弱的火力最大限度地为师生们的撤退争取时间。一些学员跑到桥头却再也跑不动了，许晴赶紧冲向桥头，一手举枪一手拖住一个学员“快冲啊”！一个过桥了，又是两个过桥了！可那小个儿的学员腿受伤了，爬不起来。许晴又冲了过去！一群鬼子哇哇地叫着冲了上来，几柄刺刀从许晴的胸腹部到他的头部穿过，这位 30 岁的共产党员、戏剧家倒下了！那把小提琴与他的主人一起摔在了田埂上，一起仰望着蓝天。

人们都说，许主任的琴盖碎裂，可琴弦却一根未断啊，轻拨一下，琴音激情又刚烈地在里下河葱茏碧绿的田野上回荡不绝：“春天的太阳放彩光，胜利的歌声响四方！我们是中华民族好儿女，千锤百炼已成钢……”

迎春花开

嘎—嘣！嘎—嘣！是过年放鞭炮了吗？来，穿上这件新衣看看。哇，是暖暖的黄色，是绵绵的丝质，多漂亮的旗袍！妈妈，是给我的吗？可妈妈一闪却不见了。连日行军疲惫不堪的她挂着甜蜜的笑容，在稻草地铺上翻了个身。敌人来了！她一个激灵，背起挎包就往外冲去。东方微微放白，眼前的田埂、稻田、芦苇丛还都是黑糊糊的，只有不远处的清水河在曙色中闪着粼粼的波光。

老水车渐渐显现出它全部的轮廓，碧绿的水稻静谧又清新，她一直喜欢的迎春花在晨曦中绽放得格外金黄。她喜欢这里的水乡风景，更喜欢华中鲁艺紧张而有意义的学习和演出的生活。想想从上海到这儿，也就不过七个多月的时间，她在话剧《雷雨》中扮演四凤；在《重庆二十四小时》中饰演了孔二小姐，她将孔祥熙二女儿的放浪形骸、骄奢淫逸刻画得淋漓尽致。演出过后，听着战士们的掌声，听着陈毅军长“这个女娃演戏很有前途”的夸赞，她高兴，她有成就感。陈军长笑着拍着她的肩头：叫啥名字嘛？她立正她敬礼：报告首长，我叫王海纹。十八岁的她知道自己在做一件非常有意义的事。这个意义抵消了她对上海父母的思念，也鼓励着她咬紧牙关，吃着今生以来没有吃过的苦。她跑着跑着，又弯下身从田埂上折下一枝迎春，那束金黄就随着她苗条的身影一起闪烁跃动在里下河平原的田埂上了。

跑啊跑啊，密集锐利的枪炮声刺耳地从头上从耳边从四面八方呼啸而至，枪炮声比队伍跑得更快。“趴下！趴下！”是前面传来的命令，低沉而有力。趴在芦苇丛中，她看见戏剧系的几个女同学都趴在了她的前后。自打到鲁艺以来，她们一起学唱《新四军军歌》，学习戏剧与表演知识，一起排练话剧，也向战斗班的战士学习简单的战斗知识。演出之前总是要根据角色换服装的，那次演孔二小姐，在一个场景中需要穿上旗袍，可她从上海来时没带，女同学们也一个没带的，只好为剧中的孔二小姐换了服装。她很是遗憾：早知道，将自己那件才穿过一次的黄色丝质旗袍带来就好了。削削的流水肩细细的腰，十八岁的女孩形象好身材也好，走到哪里大家都夸：真漂亮！女孩子哪个不爱美？同学们大都是从上海来的，目睹日寇在中华大地上的横行霸道与抢劫杀掠，这些家中的乖乖女们怀着一腔热血和满腹仇恨一起参加了新四军，信念只有一个：将日本鬼子赶出中国！

她们是昨晚驻扎到这北秦庄来的，本以为作一次短暂的休整，却不料和一个小队的日军、一个中队的伪军在凌晨撞了个满怀，枪声、掷弹筒和小钢炮的声音似乎就在身后了。只听前面有人大吼：同志们，突围啊！冲过前面那座木桥，就是冲过了敌人的火力封锁网！她一跃而起，和同学们一起往桥边冲去，可鬼子叽里呱啦的声音在桥头吼叫，端着枪围了上来。她心一凛不由自主地往后退了一步，这批面目狰狞的魔鬼怪叫着“花姑娘的不要怕”，一步步向前逼近。她抬眼看了看东方，霞光若血灿若霓虹，这么一个美丽的清晨。十八岁的王海纹咬了咬牙：同学们，要死一起死！扑通一声，不会游泳的她将自己投进了河水！扑通、扑通……八位女生将自己年轻的生命交给了这条清水河！气急败坏的日本兵对着河中就是无数梭子弹，河水瞬间殷红若天边的云霞，溅起漫天的血花还有迎春的瓣瓣金黄……

那日，我在新四军纪念馆，一下子看见了这件旗袍，这经历了七十来年岁月风雨的黄褐色旗袍，旗袍的主人正是新四军女战士王海纹，是海纹的姐姐送纪念馆珍藏的。一下子，北秦庄的枪声还有“要死一起死”的喊叫声，铺天盖地袭来。看着这旗袍，我在心中在眼前叠加想象，想象你，削削的流水肩，细细的腰身，甜美笑容的海纹，穿上旗袍的样子，心底涌上的竟是“回眸一笑百媚生”……

芦苇丛依旧碧绿，北秦庄河水波光粼粼。沿着这田埂这河堤，春风中撞入我眼帘攫住我心房的，就是这漫野金灿灿的迎春花，是海纹们喜欢的金黄吧！我看见，十八岁的海纹就在这密密层层的花丛中，就穿着这件黄色旗袍，就这样让自己也变成了向着太阳的金黄色的迎春花，在春风中温柔又热烈地笑着……

第五次跳伞

紫金山麓在夏阳下金光灿灿，秦淮河水似玉带一样蜿蜒闪光。C-47美式运输机在南京上空盘旋，巨大的轰鸣在白云间掀起巨大的声浪。他在舷窗口俯瞰南京城，河山依旧却满目疮痍，除了刺目的金阳似乎再没其他颜色；远处，是不尽长江滚滚东流，江面上却没有一只挂着中国旗帜的船只。这是 1945 年 8 月 27 日。

从昆明小东门外岗头村的伞兵基地飞往南京城，也就几个多小时。可这一次的飞行却经历了整整八年的抗战，八个战火纷飞枪弹呼啸、无数家破人亡生离死别的 365 天！随着飞行教练“起立！挂钩！站到舱门口！——”的英文口令，他和战友们迅速移向舱口。教练急促有力的一声“Go!”，他和战友们似出膛的子弹一个一个从机舱弹出，朵朵伞花向着南京光华门的大校场机场降落。地面的房屋越来越大、越来越清晰，近得能看见大校场机场的几座房子，铁丝网附近几十个守卫的日军士兵土黄色的军服、地面上衰败的野草都收进了眼帘。

这是他的第五次跳伞。

日寇的炮火声在耳边回响，文弱的十八岁中学生王维正放下书本，对着从上海一路逃难至贵阳郊外的父母：我要参军！正在招募知识青年，组建对外代号为“鸿翔”部队的伞兵报名处，挤满了热血青年，他以良好的英语优势被录取。在位于昆明市小东门外岗头村的伞兵训练基地，开始了由美军教官负责的极为严苛的伞兵训练。

第一次跳伞他头晕目眩，但还是牢牢记着了“降临地面一定要蜷曲身体翻个跟头，再侧肩着地”的教诲。第二次跳伞，尽管心有余悸，但有了地面上的河流、跑道越来越大，景物越来越清晰的感觉。后来的几次跳伞，已不是训练而是参与了飞向日占区执行军事任务。如果说，从训练到飞向战场，每次飞行跳伞心情从惶恐到坚毅再到做好赴死的准备，这次就不一样了。8 月 15 日，日本天皇下诏投降，他所在的伞兵部队，作为将从几万日军手中接收南京城防务的部队从昆明飞往南京，他和伞兵战友们心中全是欣喜与骄傲。

金阳下，没有枪弹刺耳的鸣声没有炮火轰轰，两百多朵绿色的伞花在紫金山麓次第绽放。光华门的大校场机场驻守的日军神色黯然垂头丧气地交出了武器。至此，南京的防务权从数万日军的手中，正式接收到了中国军队的手中。他又参加了这年 10 月 10 日明故宫机场的飞行庆祝仪式，当从空中打开主伞缓缓降落，他看见了白云蓝天的明媚，看清了六朝古都金陵城的全貌；当他紧握武器，在大校场机场铁丝网边巡逻时，一切是那样的安静安宁，听得见夏虫的呢喃啾鸣，看得清几朵小花绽放着粉白色的笑脸。那一阵子，他漾满心间的都是对父母亲人的思念，他以为从此岁月静好太平安稳。

他不知道，他希冀的太平安稳的美梦，被不断升级的内战打碎。对部队失却信心对内战厌倦的他，当父母从贵阳迁来南京，作为“鸿翔”部队一团一营一连上士文书的他，选择主动离开了伞兵部队。

看了人间多少回花开花落，数了天上多少次的斗转星移，孑然一生的他已进耄耋之年，今日 88 岁了。铭心刻骨的，不是离开伞兵部队后和家人团聚的喜悦，不是考取南京邮电局职员的踏实；不是从南京沈举人巷迁到苏北淮安，再从淮安支援邮电事业到盐城的奔波；不是那受冤屈长达十九年，辗转六个农场劳动改造受的苦难；不是那平反落实政策，在城区建材站任仓库保管员的落寞……身穿有着“抗战老兵”字样服装的王维正老先生，永志不忘的就是这第五次跳伞，这 1945 年 8 月底，从日军手中接过了南京城防务权的这次跳伞：“两百多朵绿色的伞花，自天空向紫金山麓，向着光华门的大校场机场，缓缓绽放……”

寻找邹鲁山

眼前一株树，苍劲无比、郁郁葱葱的大树。枝干虬劲直插蓝天，枝枝丫丫托起巨大的绿色树冠。仰首相望，白云大片大片的就在蓝天与绿树间悠然游走；远处，是金色的田野，是高高的海堤。我是寻找邹鲁山的，却找到了这株国槐树的身旁。

第一次见到“邹鲁山”这个名字，是在新四军纪念馆：烽火硝烟的岁月，陈毅军长去前线将儿子小虎（陈昊苏）交到了邹鲁山的手中。再次听说邹鲁山这个名字，却是在苏北大丰的上海农场，说他是新中国成立初期农场的创始人之一。后来呢？邹鲁山的后来呢？

邹鲁山，邹鲁山。我在百度中寻，我在上海农场志中找，我在阜宁县档案局的网站中觅。渐渐地，脉络清晰；慢慢地，形象聚拢：邹鲁山，阜宁人，国立东南大学文学学士、开明绅士、射阳县第一任参议长、上海苏北垦区管理局办公室主任……

新中国成立初期，上海市市长陈毅在漕河泾那座大礼堂中大手一挥：在苏北建一个布尔什维克式的农庄，将这些旧社会遗留下来的人改造成自食其力的社会主义的新人！锣鼓声中，上海滩的六千多名由无业游民、混混儿、妓女、吸毒犯、监狱里的犯人，还有一批流浪儿童组成的“垦民”队伍，在部分干部与解放军官兵的带领下，浩浩荡荡被送到了这黄海边。而已在苏北行署工作的邹鲁山，面对陈毅信任的眼神，如同面对当年将军将爱子相托一样，没有二话地在北风呼啸中起程，第一批来到了这寸草不生、荒无人烟的滩涂上。

黄海边无风三尺浪，有风浪千层。咸渍渍白花花一望无际的几十万亩田地，没有一丝绿意，只有陈年的盐蒿子，枯黄着身躯在寒风中喘息、摇摆。要想种粮，要想建房，要想安置下那几千名垦民，作为上海农场管理局的早期负责人，邹鲁山知道自己肩上的分量。要协调与当地政府的关系，要向当地群众购买建筑材料，要立即修筑稳固的海堤……

固定海堤挖土栽树，垒草架屋建设住房，邹鲁山到盐城地区几个县招兵买马，先后雇请来了五万名民工，浩浩荡荡，没日没夜吼着号子奋战在海堤上。艰辛的劳动需要付出，拓荒的队伍需要带头人。邹鲁山带头扛挑，卷着裤管，冰冷的泥水里深一脚浅一脚，海堤上他不知疲累的身影是几千垦民眼前一面鲜艳的旗帜，一直在海风中猎猎飘扬。肩磨破了，腿冻伤了，可是，看人家邹主任！三个多月后，两千多间草房平地而起，间间都有着邹鲁山的心血与汗水，垦民们从直不起腰的三角地棚住进了草房，从铺着稻草的盐碱地睡到了木板床上……

六十二年前的那个秋天，一场罕见的特大风暴从海边袭来，四处汪洋一片。令邹鲁山欲哭无泪的是，在他的带领下亲手盖起的草房，有许多被暴风卷走、吹塌。清晨许多垦民裹着衣服和被子站在被吹垮的草舍边，泪眼汪汪地看着邹鲁山，满目疮痍不忍落目。早饭没来得及吃的邹鲁山拄着一根木棍，艰难地在积满泥水的深沟中跋涉，看到底倒了多少间房子，造成多大的损失。走了一村又一村，基本摸清了各村受灾的情况。回到家中，妻子忙着去端焐在灶头上的饭，才送到他手中，“咣当”一声饭碗掉在了地上，常年高血压的邹鲁山，因过度劳累脑溢血，倒在了这块他洒满心血和汗水的土地上，一句遗言都没留下。他想着在这块土地上种棉花，种冬小麦，可是，他还没来得及做这些事，就将自己三十八岁的生命，永远地种在了这块他充满热望的土地上。在上千人的哭声中，茫茫盐碱滩上，竖起了第一块墓碑……

六十年后，这农场已是高楼林立，现代气息扑面而来。我打听，我寻找，邹鲁山的墓地在哪里？我想着去献上一束鲜花，可潮起潮落沧海桑田，哪里还找得到！最终，我寻到了这株大树下，树身下一块木牌上工整的黑体：此树学名国槐，系 1951 年从西安引进，邹鲁山手植。

在这株树旁，久久伫立。想着那风流倜傥的文学学士，想着那玉树临风的中学教员，想着那在阜宁城一呼百应的县参议长，想着那坚定地跨进新四军队伍就一直向前走，再也没回头的真正的共产党员……人生的走向啊，有许多是与自己当初的选择大相径庭的，但邹鲁山的选择，一如他阜宁家门前那条射阳河水，蜿蜒东流一直汇往大海吧。我不知道我站了多久，四周是这样的静谧，无边无际的静谧，静得听得见自己的心跳，还有眼前这株伟岸又葱郁的大树，沉稳地，轻轻地，在海风中低语。

秋日午后的阳光依然灿烂，透过国槐挺直的树干，飘逸的树叶洒下无数的金色，若朵朵花儿似的道道光环在树的周遭璀璨绽放。说是国槐又称为中华槐，以前我不大认识。现在，我知道了，我认识了，眼前这株树，就是国槐，就是中华槐。

缕缕不绝咖啡情

生活中只有一种英雄主义，那就是在认清生活真相之后依然热爱生活。

——题记

说是海边芦苇荡那儿有了一间咖啡屋，有着正宗的苦咖啡，墙上挂着一架手风琴，暗红的外壳，老旧老旧的。

真的吗？真的。

我说我去，我真的要去那儿喝一杯苦咖啡，去听一听那手风琴声。去那曾经的荒原，去那听得见涛声浪语的黄海边。

是无意看见，那年那月，来自黄浦江畔的“阿拉”知青们在茫茫的芦苇荡边，在那间为过往行人遮风避雨的小木棚中，在那株见证着农场几十年风雨的老柳树下，用搪瓷缸冲泡着咖啡。就那么一个带把子绿色的搪瓷缸，知青们你啜一口他啜一口，一扎短刷把的女知青拉起手风琴，忽地那位高个儿“阿拉”就泪如雨下。

是想起了那石库门的沧桑，是想起了淮海路上的繁华，还是思念着黄浦江边的白发亲娘？

咖啡的香味在坡岸边在芦苇丛中袅袅弥漫，手风琴嘶哑着在柳树下如泣如诉。

咖啡的香味令当地来往的行人奇怪：一股焦屑的糊味。咖啡的香味又令那个年代农场的管教者万分警惕：这小资产阶级的玩意儿是如何在朴实而纯洁的土地上飘荡的？

在农场的狠批“修字一闪念”的大会上，泡咖啡者直诉衷肠：阿拉的爷叔（叔叔）也曾在这芦苇荡边喝过咖啡。从上海带来这咖啡，只是为了祭典、为了一份不能释怀的思念与忧伤。

“阿拉”的检讨将大家的思绪穿越到20世纪50年代，上海农场初创期的荒滩上。那一对从繁华大上海来的知识分子，曾经在这片土地上为理想耕耘播种，留下青春与汗水，偶尔喝一点咖啡，再将精气神全部投入盐碱地的改良与改造。场部划分的6万亩荒滩，从满是盐蒿子到芳草碧连天，从寸草不生到金色的苇叶在秋风中飘舞。春去春回草长草衰，得到改良的盐碱地在他俩的手中，在三年后回报出绿油油的玉米、沉甸甸的棉桃。与棉桃一起绽放的是夫妻俩伴着咖啡香的灿烂的笑容。他俩又带头改良沙土，对土壤成分进行全面的分析，得出此地土壤适宜旱植物的种植，高粱、大豆、山芋，茫茫土地秋日中呈现出丰收的喜悦。海边风大沙多，又在沿海路边种下白杨、泡桐、苦楝，排排绿墙为农植物遮风避沙。

青春的激情、价值的实现令他们甚至来不及要一个孩子，日日夜夜的辛劳，披肝沥胆的付出。每项试验千辛万苦成功时，她沏上两杯香香浓浓的苦咖啡，他拉起一直相伴的手风琴，琴声与咖啡香就这样弥漫进他们在盐碱滩十多年的岁月，弥漫进农场的沧海桑田和翻天覆地。

他老是说：等这一批土地改造、分析完，我陪你回上海去淮海路上买两件衣服，几年了，你一直是这两件衣服。她也总是笑得甜蜜：再买几大包咖啡豆，现磨的咖啡老香老香。她还说，哪天啊，这土地全是桃红柳绿，我就在这河边，在这蓝天白云下，在这老柳树旁开一间咖啡屋，我煮咖啡你拉琴……

那场史无前例的“运动”令他俩万劫不复，“资产阶级反动权威”的帽子压得他们倒地再也不能爬起，连一杯咖啡都成了“复辟”的工具。一夜之间，近十年的研究成果被付之一炬化为灰烬。在一地纸灰中，在被砸得支离破碎的小屋中，他与她深深对视，她与他紧紧相拥。洗净手，烧壶水，换净衣，手风琴暗哑着在深夜中轻轻响起……天明之际，最后的一杯苦咖啡饮下，穿戴整齐，自尊体面地双双悬梁自尽。桌上的杯中，是残存的咖啡汁，咖啡杯旁边，是那伴了他们酸甜苦辣的手风琴。那苦咖啡的味儿啊，那隐约的琴声，在那茂密的高粱黄灿灿的玉米遍野洁白的棉桃间苦苦悠悠地弥漫，无边无际……

全场静然肃然，泣声四起。

“真想，真想就在这河边，在这蓝天白云下，在这老柳树下，开一间咖啡屋”，岁月深处那柔婉的声音，在半个世纪后，在这个闷热潮湿的夏日，伴随着苦咖啡的香气，伴着隐约的手风琴声，惆怅又无奈地在我的耳边、心中一次又一次地响起，潮湿湿疼痛痛的。

芦苇荡边有了一间咖啡屋，那儿有正宗的苦咖啡。墙上挂着一架手风琴，暗红的外壳，老旧老旧的。

在咖啡屋里坐着的，是当年用搪瓷缸泡咖啡的“阿拉”知青本人还是他的后人？还是听说过在这曾经的盐碱地上，那缕缕不绝咖啡情故事的人？

我说我真的要去那儿喝一杯苦咖啡，去听一听那老旧老旧的手风琴声，去那现在桃红柳绿曾经寸草不生的荒原盐碱滩，去那听得见涛声浪语的黄海边。

怀念一个人

你是在春节前来到我们团的。

那天雪好大。纷纷扬扬，纷纷扬扬。

练功房里却是热气腾腾，都在赶排《红色娘子军》。《泼水舞》上！导演扯着嗓子。欢快些，哎——笑起来！热烈！热烈是什么，不知道吗?!

几遍下来已是满头满脸的汗。

挟着一股冷风，披着黄大衣高高大大的你在副团长的陪同下站到了排练场上。你和蔼地笑着，与我们一一握手。当时，觉得你长相有点像毛主席。不过你一开口，我们就笑开了，地道的滨海方言，也是我们平时经常取笑的北三县来的学员的口音。说你是部队转业的，从北疆转业回来，怎么普通话都不会说！那么，说湖南话也是可以的啊，我们笑成一团。

年轻的舞蹈演员，美貌如花。走在街头眼中无人又回头率那么高的女孩子们，骄傲得很啊。随便地嬉笑着碰了一下你的手，就又舞开了。你好奇地摸摸把杆，又看看整墙的大镜子，说是还没见过这么大的镜子。你坐在那儿看了我们一会儿，看我们合成第四幕《万泉河水》那一场，笑眯眯的。你扭过头对副团长说：和样板戏一样一样的！一样一样的！后来，这“一样一样的”就成了我们的口头禅。

我们觉得你好老了，比老导演还老，其实，现在想来，你也就五十来岁吧。你脸上皱纹缕缕的，两鬓都花白了。你个儿高，人有点胖，走起路来背着手。那日，我们三个年龄小的学员排着队背着手跟在你后面踱步。你一回头，我们吓了就逃，你大笑：这些孩子们啊！老导演狠骂我们：团长是厚道人！你真是厚道人。你到团里一个星期，我们练功房里装上了铁皮管道，贴着墙的七拐八弯的铁皮散发着阵阵暖气。你说，寒冬腊月的，孩子们练功，穿得单衣薄衫的，冷啊！那时煤炭计划供应，偌大的炉子一天要烧多少煤？你想想说是个问题。据说你是后来找你的战友解决了问题。反正，那个冬天，宿舍楼屋檐下冰凌挂得一串串的，太阳一出，冰凌化了地上又是一层薄薄的冰，走路直打滑。但练功房里整日暖融融的。那两个最懒的男生也觉得被窝没练功房暖和，练功服军大衣一裹也冲进练功房来了。你笑眯眯地背着手进来了，我们高呼：团长万岁！你舒心地笑着，手直摆。

但很快，我们就对你就有了意见。春节放假结束，家在苏州的两个女学员很漂亮地呈现在我们眼前：鲜红的开司米长围巾，额前的刘海妩媚地鬈曲着。这么洋气啊！男生的眼睛亮着，我们则迅速地打听着是在苏州还是在上海买的，是在南京路还是在淮海路妇女用品商店购的。南来北往的人多啊，很快我们就都武装了起来。我请人捎来一条大红的，也有的选那种深玫红的。大围巾一直包着脖颈和面庞，只露着两只大眼睛。小城还没有烫卷发的，可女孩子聪明啊，到有家室的老师家用铁火钳子稍稍一弯，就漂亮起来了。那日全团开大会，近百号人坐在会议室里，你才将工作布置完，忽地就开了腔：我看舞蹈队的女孩子啊，长得漂亮打扮也不错，一个个全是古兰丹姆么！你似笑非笑地：心思不要全用在打扮上，多用在业务知识的学习和练功上。老团长什么意思？散会后那俩苏州学员红着眼圈说已被副团长找了谈过话了：不朴素！思想意识不健康！那以后，我们就不理你。看到你走过来，相互指着：女特务！古兰丹姆！

你很关心我们的练功。以前我们练功都是业务副团长过问。你来了以后，主要也是定下《红色娘子军》“五一”要公演之后，你常常笑眯眯地背着手来练功房视察，你看看也不说什么。但那次你忽然大手一挥：停下停下！正是吴琼华逃出南霸天家又被团丁追上挥鞭抽打的那一幕，我们几个跳丫鬟的欲解救清华又无法挣脱团丁。你虎着脸指向我们：还笑得出来？一点儿阶级感情都没有！我们委屈：是排练吗！排练也要带着真感情！你嗓门大了起来。这话你说得是对的，但我们却不愿意听。一点儿艺术也不懂，还来指手画脚！其实，也就是有次你在练功房说是这动作很好看！你说的是我们练功组合中的“阿拉贝斯”，中译则是“迎风展翅”那个舞蹈动作。我们坏坏地笑着：是阿拉贝斯！你嘟囔着什么阿贝贝子?！你看我们走“五位”足尖碎步，额头上全是汗珠，会心疼：脚放平了吧！非要别在那儿干吗？我们立刻变成了脚跟走路。导演一脸无奈地笑，你大笑。不懂艺术，不懂舞蹈！年少轻狂的我们觉得你的笑有点蠢了。看也看会了啊，阿拉贝斯都不懂！“五位”做一个我们看看？你还是那么蠢蠢地笑着。

但我们嘲笑着你艺术上的无知，又理所当然地享受你对我们的关爱。你总是笑眯眯地指着那眉清目秀个儿高挑的中年妇人说：我家属。我们很奇怪高高笨笨的你怎会有这么个漂亮妻子，据讲是乡下的民办教师。每隔个把月，你家属会来你的单身宿舍拆拆洗洗的。每次来的时候，米饭饼、豆豉什么的也会跟着来了，有时候还有那种水灵灵的白萝卜，一咬脆生生甜津津的。你老是笑眯眯地喊我们：来，尝尝看！于是我们毫不客气地老去尝尝。你妻子浅浅地笑着手中总是在忙碌着，我们吃着就会说：团长，当年你是怎么将师娘追到手的？你就大笑：是她追的我！你妻子脸就红了。春风拂啊拂的，杨柳花儿飘飘洒洒。你和你妻子一起在自来水龙头那儿洗被子，一人一头扯着劲绞，蓝白格子的床单清清爽爽地已在铅丝上悠悠地舞动。团里也有单身的家在苏南的老师，遇上洗衣缝被的事儿，请女演员帮忙是常事。你从来不，你都是等妻子来一起洗。有次天阴了，你一个人吃力地在缝被子，两个学姐要帮你的忙，被你赶了出来：练功去！我在部队那么多年，这个活儿做得了。

学员的实习期满，要转正了。转正，是有指标的。35 个学员，只有 28 个转正指标。谁心中不在乎呢！尤其是家在农村的和好几个苏南知青。但最忐忑不安的是那几对有着谈恋爱苗头的学姐学兄。不准抽烟不准喝酒不准谈恋爱，是文工团对学员第一条铁的纪律。但青春和春风儿一样，说来就来了呀！晚上，艺校校园那向北的大道上，繁密的合欢树下，暗色中总有一对、两对的身影，回宿舍的时候，长发上沾的是粉粉的合欢花瓣儿，眼中亮闪闪的都是喜悦和神秘。大家心照不宣。在大会上被团长批过两次后，这几对就转入地下了，身影儿据讲转移到了城北的公园去了。同龄人好理解，逢到查宿舍的也都编个谎就过去了，再喜滋滋地等那逛公园的回来捎来好吃的。现在，到了收获苦果的时候了，那几对甜蜜蜜的都苦闷闷地等候末日来临，所有的地下活动刹那全部停止。那时我们不知道你也在苦闷，不知道你整日里跑宣传部跑人事局，更不知道你一直跑到分管的专员那儿：能给我们团增加转正的指标吗？我们的学员都是业务尖子啊！我们只知道你要处分那几对违反规定谈恋爱的，只知道你报复的机会到了，那其中就有那个老是当着你面拉着长腔：阿贝贝子呀！我们觉得你原来并不蠢，你的笑里藏着刀呢。喜讯是意想不到地降临的：除了声乐队两个苏南知青在插队之地得到回城的指标自愿走之外，其余 33 名学员全部转正。大家都很高兴，都觉得应该，甚至觉得是上面加拨的指标使团领导当然主要是你报复的阴谋未能得逞。

离“五一”越来越近了，转正的喜悦使大家更加刻苦地练功与排练，你很高兴，走路也哼着“万泉河水清又清”，荒腔走板。我们晚上合成排练得迟，你甚至到厨房去帮厨。我们衣服上带着汗会湿湿地冲进厨房吃夜宵，你正和大师傅一起坐在案边唠叨，又似位慈父与大师傅一起往急不可耐的我们手中的饭盒中，放进红烧肉、菜馄饨还有榨菜肉丝汤。我们不知道感谢，我们觉得自己最辛苦，自己最有功劳：离了我们，还有芭蕾舞剧《红色娘子军》吗？服装都做回来了，新芭蕾鞋也买回来了。只欠东风，只等四月三十日的彩排了！

忽地，我们就不见了你。一天、两天、三天、五天、七天。我们忍不住相互问着、打听着，可导演说不知道，厨房的大师傅也说不知道，副团长冷冷地说出差了。有人说，前两天好像看到团长师娘来了一下，拿了些什么又走了。奇怪的是平时团里也常有他不在你不在，领导出差是常有的事，我们并不在意，而这一个星期未见你，我们是这样地牵肠挂肚。终于，听说了，你住院了，住的是肿瘤病房。我们立即乱了起来，我们找到导演说是能不能请假，就两个小时，我们去看看你，要不，就一个小时！导演斩钉截铁：不行！明天都彩排了！“五一”公演后再去。不通情理的导演说这是你的交代，谁也不能影响演出！这是上面交下来的政治任务。排练场一片寂静。“万泉河水”的音乐缓缓响起，我们认真地捧着斗笠，五位足尖碎步，飘然而出……

公演是意料之中的成功，地区的领导上台接见我们，都说：演得太好了！太好了！远不是地区一级文工团的水平，和电视上的样板戏一样的。瞬间：一样一样的！一样一样的！你的话响在了我们的耳畔！在高度的紧张和兴奋中，我们一场接一场地演出。晚上演出 ，白天排练，多少单位集体来订票，下面县里、公社包括农场都来订票，相邻的地区还派演员来观摩，导演说是建团二十年来从没有过的兴旺。你转院去了上海，我们盼着你早点回来，那个年代，十七八岁的年龄啊对肿瘤还没有什么害怕与恐惧。我们想着哪天你忽然走进排练场，笑眯眯地，手背在后面。

然而，我们没等到。我们根本也没想到你是被上海那家医院退了回来，腹部打开以后，肝癌晚期！扩散！我们再见你的时候，是在殡仪馆。盖着党旗，你静静地躺在那儿。你的个儿大，那玻璃盒子怎么看也嫌小。我们辫子上都扎上了白绸结，是上年悼念毛主席逝世团里统一发的。我们一群疯了般地围住你哭泣，导演和副团长拖了这个又扑上去那个。他们自己也在哭，哭得不像样子。

漫天的大雪啊，纷纷扬扬纷纷扬扬。

周围有人说：这些是死者的女儿吗？个个漂亮。

永远的守望

妈妈说：孩子，你永在我的瞳仁里，永在我的身体里，永在我的灵魂里。

——泰戈尔

淅沥秋雨将苍松翠柏淋润得绿意盈盈，芦苇、柳丝在蒙蒙雾霭中相依相偎出缠缠绵绵。

一个身影在不远处的田垄中弯着腰，蓝底白花的上衣是一个女子的背影，该是一位老人吧，那花白的头发拢在脑后绾起一个发髻。严格地说她不是在田垄里，是在陵墓中弯着腰缓缓地穿行。走近了些，看清了，她在拔草。一会儿弯下身去一会儿直起腰来一会儿用袖头轻轻地擦去额头的汗珠还是雨水？

您在拔草？嗯。

您的亲人？嗯。蹲下身去和她一起拔草。

一道岭，又一道岭，密密的墓碑。老人一座坟墓一座坟墓挨着拔着杂草喃喃自语：下了几天雨啊，这草就长疯了呢……

就这样，在五条岭烈士陵园，在这密密的墓碑间，在这安葬着两千多名烈士的坟地中，邂逅了这位老妇人。

您常来拔草？嗯。

拔了多长时间啊？

几十年了呢。

秋风微拂，将老人的话语从眼前密麻麻的墓碑掠过，再猛地击上心头，重重地。深深地凝视着老人：哪位是您的亲人啊？

老人直起腰：哪个是？老人的眼神迷蒙又温柔：个个都是啊！

六十多年前那场盐南战役，你们这个年龄不知道啊，七八里外就能听到乒乒乓乓的枪炮声子弹声，火红了西边大半个天，整整四天四夜哪！多少伤员往这边村子里抬，可是抬着抬着就断了气了。那伤员的血流得村子的地上到处都是，家中的被子都被抱了出去，被单都被撕成布条子也来不及包扎啊。还有好多遗体是从便仓那边装船运过来的。牺牲的人看年岁也比我大不了多少，有的头被打破了，有的被烧得焦黑。老人顿了一下，面庞上满是晶莹莹的泪水。她说你看你看，就往这儿埋，那天也是这样下着小雨，又冷又湿。挖开的一条沟，人都埋不下。又再挖第二条，整整挖了五条沟，可是，还是埋不下的。村里的几口棺材能装几个人啊？就这样用白布裹裹、芦席铺铺，人摞人摞了三四层最后盖上土……你不要写啊记啊，你去看门前的那块纪念碑，上面全有的。

一九四七年十一月，解放战争进入全面反攻阶段，黄伯韬兵团的三个师受蒋介石之令北上，企图挽回山东战场之败局。为保证人民解放战争的顺利进展，解放军三野第十一、十二两纵队受陈毅、粟裕将军的指令，于同年冬月十四日晚在白驹至伍佑一线设下埋伏，阻击北上之敌。次日凌晨，战斗在漫天风雪中打响，指战员们不畏饥寒，前仆后继，浴血奋战，直至拼杀肉搏在街头，激战四昼夜，歼敌近万人。战后，当地人民用棺木、芦席盛殓了一千二百余具烈士的遗体，安葬在此……

五条岭，五条岭！从东至西五条隆起的田垄下埋着 1200 多名烈士的遗体。

这些孩子啊，小的十六岁，大的也不过二十五六岁，在这儿六十多年了。他们的家人也不知道在哪里，没有人来看他们，我家就住在旁边，喏，就在那边。这北边就是我家的责任田，分了有四十来年了。从那时忙自家地里的生活时，我就常来看看，到这坟堆上来拔拔草，现在政府修了这个陵园，我还是来拔草，再与他们说说话。你们城里人不知道吧，纱帽（坟头）上不能长草的啊。这些小得可怜呢，父母又不知在哪里——唉。老人拔着草，对我又似乎对陵墓说，声音在秋风中细若耳语又四处弥漫。

一片寂静，弯下身子和老人一起拔草。墓碑上有的有名字，很多无名字，眼前的这块墓碑上，只注明着二条岭九十二名烈士。老人细心地将墓碑前的一盆纯白的菊花扶扶正，又用手中的抹布擦拭着大理石墓碑。转向我，老人轻轻地说：过两天是八月半了，让小伙（儿子）去备些月饼，要来祭祭的。春节、清明、七月半，还有中秋，我家都要来烧烧纸，祭祭的，和祭祖先一样的。凝视着老人满面的皱纹，那沾满青青草汁青筋毕露瘦削的双手，忽地不能自已，转过身去，任在眼眶心底盘旋许久的泪水肆意流淌。

细雨不知何时停了，五条岭湿漉漉的啊。不大的陵园肃穆静谧，静得能听见自己的心跳，还有老人拔草的声音。硝烟弥漫的日子久远了，炮火鲜血的残酷与惨烈对于我们许多人只是电影、电视剧中的观瞻。这些长眠于地下的曾经鲜活的年轻生命，会看见这位名叫程庆莲的农妇月复月年复年地和他们做伴与他们说话为他们拔草吧？他们肯定会看见会听见的，他们心中呼唤的是姐姐还是妹妹？从二十世纪八十年代到九十年代再至今日，四十来年了，太阳起月儿圆缺星星闪闪烁烁，看着莲一年年衰老看着莲白霜一丝丝将青丝覆盖，永远二十来岁的他们心中呼唤的是姨是婶还是亲亲的娘?!

晚霞如裘似锦，葫芦花翻飞出灿烂与金黄；

暮色隐然四合，苍松翠柏挺拔出浩然与巍然。

晚风中，似有和声四起，所有宁静的灵魂，在五条岭壮美地哼鸣吟唱；瞬间，白的、黄的、蓝的、粉的细细密密的草花，就这样纯净无比又生机勃勃地在湿漉漉的五条岭啊素素地绽放。

好好活着

有好几个人对我说起过她。说她气质好。说八十六岁的她走路总是腰杆笔直的。说她总还喜欢穿着带一点跟的皮鞋。

艳艳的大丽菊绽放着一派深红，站在那座小院子的门口等我的就是她了。她让坐，她拿出德芙巧克力，她说咖啡还是茶？坐在那把油光锃亮的老藤椅上，她架着一副肉红色框的老花镜，用了一点点的珠光口红，与她脖颈上那条肉色的珍珠项链相得益彰。豆绿色的真丝衬衫，灰杭罗长裤，灰色的浅口皮鞋。即使坐在藤椅上，她的背也是挺得直直的，似水流年地端庄沉静。

这么多这么多的日子，你让我说什么呢，姑娘？

从译电短训班，到上海的一家电报局，十八岁到二十四岁的她是在枯燥的阿拉伯数字和发报机的滴答声中度过的。当那位气宇轩昂的军人向她伸出双手之时，一本李清照的词做了她和他的媒人。从南京到重庆，从重庆再到上海，从小寄人篱下的她找到了心仪的男人和坚实可靠的臂膀。战火纷飞风雨飘摇，多少达官贵人的家眷先一步去了台湾。被调往福州沿海地区作战的丈夫托人办了入台证件，她发电报：等你。秋雨过了冬雪飘了，她终没等到。她那同样喜欢诗词的中将丈夫，因厌战私下里与起义将领暗中联系，被送上了军事法庭。她等来了一纸遗书：亲爱的，答应我，好好活着……

刻骨铭心的疼痛令她端着茶杯的手微微颤抖：你吃颗巧克力？轻声

曼语的她取了块椰蓉饼干，一点点地咀嚼着，似乎将岁月的疼痛生生地，一点点地，吞咽了下去。

割芦草、纳鞋底、搓草绳的事在农场她都干过。苦难的日子，她不愿意再提及。她说，别人能干的事我也能干。就这么将在农场几十年的酸甜苦辣轻轻地一句带过。后来，她由农场发工资进了一干部家做保姆。从有人侍候，到去侍候人，曾经的中将太太，这心理上有多大的落差？做保姆也就是一些家务事，是女人吧，都能做的。她只是平淡淡地说着。再后来，她又因有文化，被挑选参加短期培训后去了医院。有着高中文化的她，学习起来有着不要命的勤奋。夜深人静之时，她会对着一直收藏在身边的丈夫的相片，悄悄地说话，思念无际无涯。耳边始终回响的是：好好活着。

当那个年轻她十来岁的小电工师傅锲而不舍地追求与等待她整整八年，并在她挂着“反动军官太太”的牌子时依然陪她扫地，她心动了。满头花白的她坐在我对面，微笑得泪光盈盈：姑娘，你说我怎么办？我已耽误了他八年，我不能让他再等了。再等，我就老了。我就更对不住他了。他选了一条大红色的开司米围巾送她作为聘礼。那红啊，就如这大丽菊一般的红。她指着小院子门口那红艳艳的花儿，眼中是少女般的喜悦神采。2001 年，因病他离她而去了，他挣扎着对她说：答应我，一定要好好地活着。七十五岁的她说：为了你，我会好好地活着。

拿着一千多元退休工资的她，一个人健康地活着。女儿和儿子都让她去上海，她离不开这个有着她青春、爱情的苏北农场。

常常是，上午，她伺候着门前的那十来株大丽菊。是丈夫为她栽下的，浇浇水看看花，再和花儿和栽下这花的男人说说话。

常常是，下午，她会做一些“好喝”的茶，一个人，也喝喝下午茶的。她的小茶几上，有着乌梅、枸杞、西洋参还有咖啡什么的。偶尔，她也去和邻居打打小麻将。

常常是，万籁俱寂之时，她还会翻翻那些烂熟于心的宋词：此情无计可消除，才下眉头，却上心头。她会轻轻地读出声来，苍茫辽阔的星空下，荡起岁月与爱情的漫漫回响。

我面对的哪是一位八十六岁的老人。

我面对的哪是一位经历两次婚姻受过很多苦难的女人。

走出老远我还回头看她，腰杆挺直目送着我。她的身后，是火红火红绽放的大丽菊。

也许，她就是一株历经风霜雨雪却不改其热烈与高贵，蓬蓬勃勃又永远挺直绽放的大丽菊吧。

日记人生

午后的阳光有点热辣辣的了，清脆嘀哩的是田野间扑棱飞翔的不知名的长尾巴短尾巴的鸟儿。

走进海丰农场这家职工宿舍的水泥楼梯，是那种二三十年前楼房的格局，朝南两间卧室，一间小小的客厅兼餐厅。我说田先生我来拜访您，他在楼上笑微微地候着我。他为我让座，他拿出青瓷茶杯用开水烫了烫又用洁白的毛巾擦拭溢在杯外的水，他将金澄澄的香蕉放到我面前。他甚至都不问我是从哪儿来、为何来、姓甚名谁，就这么气定神闲地坐在我对面，微微地笑着看着我。于是，我走近了他，就是大丰上海知青纪念馆第一展室那黑白照片上的小男孩，二十世纪五十年代上海农场第一任场长的小通信员，这片土地的见证人与守望者。

1948 年，战火纷飞。凛冽的寒风中，身为国民党中将的父亲向湖南转移之前，赶到上海松江的江苏育幼园来看望十二岁的他，还有他七岁的妹妹。将儿子搂在军大衣中父亲交代两件事：你一是要带好妹妹。父亲又说：第二，每天写一篇日记，长短皆可。爸爸再来时要检查的。那时他和父亲均未想到，这一别就是整整四十年。

1988 年，秋高气爽。早已从台湾军界退休的父亲千方百计寻找到了他，又从台湾到香港辗转至大陆来看望他。在农场职工居住的平房内，他指着妹妹对父亲说：我十三岁在农场当通信员，供妹妹读完了中学，并为她介绍了对象成了家。我是等妹妹一切安顿好，自己才考虑成家的。他又掀开印花床单，从床下拖出几只木箱，那种自己用木板钉起的小木箱，里面是大大小小的笔记本：您临走时让我写日记，您说您要回来检查的。这是四十年来的日记，一天也没缺！耄耋老人哽咽了，紧紧抱着儿子的肩头，蕴积心中几十年的泪水滂沱而下……

他对父亲说：您生我但没养我，不全是您的责任；我是您儿子这么多年未尽孝道，也不是我的责任。父亲带回来几万美金，他拒绝了：您辛苦这么多年有点积蓄不容易，继母无收入留着你们自己用。他犹豫了一下：还有您百年以后，母亲要用。我们在农场有工资。他的继母——那位高山族女子泪流满面。父亲征求意见：要不，你们和我一起回台湾？阿里山下的别墅足够一大家子住。他说我和妹妹在农场每月有工资，虽不富裕但足以生活，很安定也很安宁。

他说是您生了我，是共产党养大、培育了我。从首长的小通信员到学文化到工作班长到场部的管理工作；从风餐露宿到住三角工棚到泥草苫的房子中成婚再到今日的砖瓦房；从小小少年到共产党员到年年是先进，您看看，这些奖状里都是您儿子的名字：田崇志。您可以从我的日记中看到，不管多忙多累出差还是生病，每天我记着日记，就想着小时候您对我说的“人要有毅力”的话，就想着哪一天您回来要检查的。

父亲临行时再次提出让他随行，他说父亲我在这土地上几十年了，这海滩上的盐蒿子草我认识，这海风中咸丝丝的味道我熟悉，这农场的砖砖瓦瓦、房房舍舍我闭上眼都不会摸错门，这么多的老兄弟老战友还有场部的这棵广玉兰这株老雪松……他说不下去了，他拥抱着父亲说对不起；他向继母深深鞠躬说谢谢您照顾我的父亲了……

就这样，他波澜不惊地讲述着六十余年来经历的风风雨雨，在这个端午的前夕，在这个静谧的午后。他搬出那一堆堆有着“大跃进”“百花齐放”“光明”“人民公社好”标记牛皮纸封面的、塑料封皮的笔记本，他说从父亲交代的那一天开始，日记一直记到今天，当然还要一直记下去。他翻开不同年代记下的张张页页，风风雨雨、艰难困苦、和美甜蜜、牵挂思念在字里行间漫溢而出。他十三岁时的字迹就工整端庄、一丝不苟直至今日的笔笔见锋、遒劲有力。

彩霞如裘似锦，室内外一派金黄。他说有点热吧，他慈爱地为我打开那扇窗，丝丝飞絮与清咸咸的海风飘逸而入。满头华发恂恂儒雅若退休教师般的他眼神柔和又迷离，他指着书桌上那厚厚的一叠纸说是最近在整理陈年过往的日记，将最值得的事情挑选整理出来。他说：七十多岁了翻呀看的，就像看生活电影般的，回放自己的一生。他说：人要知足，我算是幸运的。人来这世上一趟不容易，生活，活着，真的是很美好。

第四辑

只为途中与你相见

左一横右一横的小桥睡着了；左一弯右一拐的小巷睡着了；高一处低一处的马头墙也睡着了；只有月儿没睡着，将小桥小巷马头墙红灯笼黄店幡还有蜿蜒静谧的条条小河映照成了月光下的天上人间。真好，尘世间，有你在。

真好，尘世间有你

游人大多已散去。白日与喧嚣一起憩息。古镇周庄狭长的街巷越发静谧幽寂。巷子两侧的老宅前，红灯笼发着晕晕的微光，远处一条黑郁郁的，只有高耸狭窄一线灰白的月光，轻浅地洒到马头墙上，洒进每一条小巷，洒进每一座老宅，洒进每一湾河流，就与串串红色的灯笼、黄色的客栈幌子，一起在弯弯窄窄的河道里，缓缓舞成了夜色中绝美的波光潋滟。

“真好，周庄有你在。”

是三毛的声音在月色中隐隐约约又清脆如许。月光随着我的脚步，在千年的木排门前，在这有着铜门环的木排门前停住。如若木排门有记忆，它是该记得的，记得二十多年前，那叫作三毛的女子，在这茶楼中坐着听琴品茶，她这一品，为周庄留下浓墨重彩的一笔，于是，有了一座三毛茶楼。爬上三毛茶楼，想着也坐一坐，也品一品清茶，与这才情横溢的女作家对视而坐，感怀一段人间真情。说是茶楼主人寄寒老先生与台湾女作家三毛之间有过许多通信，却是从未谋面。说是三毛一直有个梦：在这水乡月色的周庄住上一夜，再吃几只阳澄湖大闸蟹。说是她在给张先生的最后一封信中写道：“真好！周庄有你在。”可惜，去了梦中天国与荷西相聚的三毛又到底未能践约。三毛，她大大小小的照片，挂满了这茶楼。多喜欢这长发披洒的红衣才女，你的文字与才情，你的故事与笑容留在多少游客的梦里心中？

三毛，真好，周庄有你在。

老宅从门板缝里透出细细的亮光，隐约传出含混不清的说话声。

是狭窄细长的小巷深深；
是高耸的马头墙影影绰绰；
是皎月满泻的一地清辉。

陪伴我的只有红灯笼映照下又斜又长的黑影子。那照耀着千年古镇，伴随着来来往往新人旧屐的暗红灯光，将岁月拉成一条又一条影子，与今日的昨日的前世今生的，与你的我的他的影子相互叠印在朦朦胧胧的夜色中，在月光中永远地晃荡。

在青石板上晃悠着，随着月光行到了富安桥畔。月光下的富安桥头影影绰绰，却原来是一块大石块，矗立在桥侧。伫立石畔，月光下看见原来是旅美画家陈逸飞的小传。

是的，周庄于陈逸飞，又是一种相辅相成。周庄因陈逸飞而名扬于世，陈逸飞因周庄的双桥而更为大众知晓，当其画作《双桥》，经邓小平先生在美利坚合众国那一相赠，东西方将目光都投注给了这一美轮美奂的水乡小镇，更将周庄加速推向了市场推向了世界。现如今陈逸飞先生已羽化而去，周庄依旧是千年周庄。有情有义且感恩的周庄人，就在陈先生画笔下的双桥畔的大石块上，为将周庄推向五湖四海的陈先生立了小传，也为与周庄有缘的陈逸飞先生，从天上到人间，随时驻足周庄，留了块风水宝地。

逸飞先生，真好，周庄有你在。

一条小船吱吱呀呀地从富安桥下穿过，一位汉子在船间拉胡琴，那只握弦的手，一下下地有节奏地摆动着，琴声就在这月色水波间荡漾，有点苍凉又有点凄婉。拉琴的是当地人还是游客？乐曲听来很是耳熟却又想不起来，月光的银辉清泠泠地在他的身上缠绕，与周边沉静的上千岁数的老宅、弯曲有致的河渠、岁月浑重又清悠的回声交相辉映，缥缈悠远在周庄的水面上，远去。

月光映入几个未曾关闭的木排门，是尚未关闭的小店，卖珍珠的、麦芽糖还有丝绸。一高大的男孩与一娇小的女孩，倚在珍珠铺子的柜台上，与那中年妇人在侃珍珠。你看这串珍珠漂亮吧？个顶个的圆呢！那女孩仰起头对着男孩笑：你再让我们一点钱好吗？男孩说：我们真是想要呢！那妇人也在笑：真喜欢是缘分。我这么晚没关门，就是为了在月光中等你俩呢！三人都欢喜地笑了起来。

扯麦芽糖的铺子前也有三两人在看。一只大锅里，是汪了大半的绵糖浆。只见老人笑眯眯地，用一根木棒绞在糖浆上面，绞过来绞过去，一拖又一拉地，将淡黄的麦芽糖扯得若人间的岁月，细细长长的、柔柔韧韧的。月光下，凝神拉糖师傅的手与糖，恍恍然就被拉进那拿牙膏皮、玻璃瓶换麦芽糖的童年时光，香甜甜的。

咬着糖，晃进眼前的丝绸铺子，七彩缤纷。是卖睡衣的。百分之百的桑蚕丝！店主人斩钉截铁。要睡裙？京剧大脸谱的要不要？这红色多么正！太夸张了些。还是“月光下的凤尾竹”吧，雅致一些。真丝的睡裙，阔且大，是柔嫩幼滑贴心的温婉。这样的睡裙，披上，月色里，是可以做一个好梦的吧。梦里的情和景该有着桑叶的碧绿与蚕丝柔白缠绕？它们是丝绸的前世今生呢。

走进眼前临水而居的客栈，着蓝印花布的女子笑吟吟地问：是住店吗？我们说是看看呢。年轻的女店主说是你们自己随便看看吧，我在陪住店的客人打牌。粉白的墙，蓝印花布的床褥，清清爽爽。厨房里，小方桌上，有两人在喝粥，却也是住店的背包客回来迟了，就似在家中一样去盛了粥来喝，几只晶莹剔透的青团子，蓝瓷花小碟里是青豆拌霉干菜。经过的一间客房，一长发女孩倚着古旧的雕花窗，夜风撩起她的发丝，对着河水就飘逸成千年周庄月光下的一幅画。

拉胡琴的汉子、扯麦芽糖的老人、卖珍珠的妇人还有客栈那依窗而立的女孩……在月光下寂静中，伴我心间漫溢的微笑：真好，周庄有你们在。

夜深了。

左一横右一横的小桥睡着了；

左一弯右一拐的小巷睡着了；

高一处低一处的马头墙也睡着了；

串串红灯笼下的木排门睡着了。

悬挂在客栈门前的只只油黄色纸灯笼也迷糊打盹儿了……只有月儿没睡着，将小桥小巷马头墙红灯笼黄店幡儿还有蜿蜒静谧的条条小河映照成了月光下的天上人间。

周庄，真好，尘世间，有你在。

东山静

是面面古墙。细密枯黄的老藤在白灰墙壁与黛瓦间蛰伏或是纠缠，虬劲无比地坚韧在两千多年的房顶上、马头墙上。

是间间老屋。斑驳的墙壁、老旧的木排门、硕大锃亮的虎头铜环、高高的门槛。想拉一拉这紧闭的门扉，想知道这里面藏着怎样的一个故事，又恐吱呀一声，打破与惊扰这午后的寂静。

是青石板的小路，是花岗石的坡路，是小青砖的小径，大多为人字纹的。是不同年代铺下的？洒过千年的月光星辉？踩着蕴有千年风霜的人字纹小路徐徐行走，听得见自己的心跳，还有隐约的，风与古藤的私语情话。一着蓝印花布衫裙的女子在远处的小巷口一闪，影儿又没有了；一梳着桃子头的小男孩坐在自家高高的门槛上，还有一条金黄色的大狗，伏在男孩的脚旁。

是静静的渡口。“落霞渔浦晚，斜日橘林秋”，浑厚的墨迹、粗糙的栏杆、青黑色的小瓦、青石帮的河埠、波光潋滟的河水，小村的渡口朴素沉静古意盎然。“寒谷渡”，这渡口好静啊，静得让你只去看那流动的河水，一直看到河水岁月的深处。这河水该记得，那年那月，一个又一个的着长衫的穿棉袍的少年郎，就是从这儿上了那一叶小舟，从这儿出了东山拐进了无垠的太湖从此走向更为广阔的天地，令陆巷生辉出彩？寒谷渡不语，河水依旧静静地向着太湖流淌。

两位老人，静静地坐在这三百多年的老房子里，看着门前寒谷渡的潺潺流水与流水般的岁月。一方木桌，两只烧饼，一碗虾米烧冬瓜，一碟豆腐干，静静地伴着老人，在流水般的岁月间。墙壁上的镜框中，有着光荣退休的一方证明。金姓老人对着我微笑，沟壑纵横沉静安然的微笑：退休金两千余元，村中每月发老伴三百元生活费，于是，就这样，守着这渡口，守着这流水，守着这三百多年前的老房子，早也安然晚也安然，春也安然秋也安然。

一排排的小酒坛，深褐色又锃光亮亮的小小酒坛，安安静静地守在酒铺子的排架上。糯米酒、杨梅酒、枇杷酒……店主人与他的大大小小的酒坛子一般静谧。你若有意，可以去那同样上了岁数的长桌上自取酒杯，自斟自饮，有感觉有兴趣，掏点小钱拎上一小坛，于是，店家将一方红布裹住你选中的酒瓶（坛），你就拎着它在青石板路上悠悠地走着，绵绵地回味，回味这掺杂着无尽岁月甜糯的余甘。

一口老井，清清亮亮水汪汪地与我对视，与每个来到它身旁的远游客对视。当年，那明代大学士想必也从这井边走过，偶尔，也探一探身子，注视这清亮如许？还有他的妻女，想必老井也收纳了她们如花的容颜？老井是老宅的眼睛吧，一直是这样以为的。它就这样张着深邃的眼睛注视着尘世间的人来人往。车闹马喧也好，门可罗雀也罢，老井不语，老井又将什么都收纳在自己的心里，年复一年的春花秋月风霜雨雪。

这座亭院就在这里，曾经繁花似锦曾经高朋满座曾经熙熙攘攘满目繁华。你看那花儿谢了，你看这楼却未塌。曾经的繁华曾经的花儿，以透雕、浮雕、线刻的技艺，秀丽清晰、圆润古朴又细致生动，将花鸟虫兽繁密地绽放在这廊檐这门楣这照壁，这随处可见的扶手与门槛上。是的，随处可见的精湛雕刻的花儿鸟儿，静静地在这里在那里，张着翅膀伸着触须，柔着叶儿蕊儿，似乎一声呼唤，这朵朵花儿，这只只飞鸟，即刻欢腾起满目繁华莺歌燕舞。可这声呼唤没有了，那些人那些事沉寂在岁月的湖底。还有谁能令它们随风起舞呢？

石板路长长，秋日夕阳斜斜地打在逼仄的小巷子中，光线中是经年累月的尘埃，徐徐地飞舞。头一抬，赫然就是“解元”“会元”“探花”的牌坊，飞檐灵动又俊朗嵯峨。那年那月，这里是笙歌箫语荣光耀祖之地吧？这王家的公子、叶家的少爷着红袍戴官帽，好不威风家中无比热闹。花开花落，眼前这小巷这古墙静谧如斯，只有这灰白的牌坊，让你去想一想，那并不遥远的过去，那昔日的繁华。明清两代，出了一名状元、一名探花、十一名进士、四十六名举人的小巷古村，有过曾经的车水马龙，却以似水流年的沉静，面于世人，也许，这也是一种纯正淳厚的大家风范吧。

暮色四起，东山更静了。

漫步湖边，残阳将七彩余晖洒金铺银般倾泻在了茫茫的湖水上，天地之间，扯起了如裘似锦般的华彩绸缎，端丽万方。

村庄枕着湖水入睡了，这湖水与古村相依相偎厮守了多少年？

湖之湄，有细微的呢喃。这些数不清的虫儿与星光月色缠绵了多少季？

湖水不语，清风明月不语，几千年的古村不语。湖水只是展现着浩浩瀚瀚的深情，古村只是沉稳着任湖水在身边温柔缠绵。就这样天长地久吧。

东山静，静得无边无际。静得让你不知今夕何夕，静得让你似乎圆寂又似乎重生。心中空空茫茫，心中又满满荡荡。

身边草丛间的一只小虫，是看见了哪一簇闪向自己的星光？喜悦着清铃铃地笑出了声。你知道，是夜深了，回去吧。

项王故里随想

没有红绿鲜活，没有富丽堂皇。就是这细细密密的青砖汉瓦，就是眼前这低低矮矮的一伏围墙。因了褐色门楣上“项王故里”四个字，这一进三出的小院，在小城城边的低洼处，矗立起岁月不湮的恢宏与伟岸。

西楚霸王盔甲依旧，战袍依旧，横刀而立，双目凛凛。

黄昏，没有阳光，没有游人。有风吹过，庭院项羽手植槐无叶，枝也瑟瑟。

静谧处似有丝竹管弦悲怆低回，是楚歌四面？继而有铿锵音乐响起，琵琶一阵急一阵铮铮淙淙如金戈铁马，是《十面埋伏》？思绪如潮水般涌来……

是垓下，后是数千追兵，前是滔滔乌江。乌骓马声声长嘶，项王岿然不动。

“且籍与江东子弟八千渡江而西，今无一人还，纵使江东父老怜而王我，能无愧乎！”于是，你就谢绝那乌江亭长的好意，你就目送那含憾而去的一叶小舟，不肯过江东呵，至死！

“望苍天四方云动，剑在手，问天下谁是英雄！”

英雄的自尊本比锋刃还利，挥剑自刎处立着不败的英雄。满腔热血化作千古虹霓，远胜过王侯将相一世浮云。生当作人杰啊死亦为鬼雄！

还有虞姬。柔情万种又刚烈无比，美轮美奂的好女子虞姬。剑舞若轻风，婉喉似莺语鸟啼。

回眸一笑万花失色，霸王霸王为之折腰。“人世间有百媚千红，我独爱你那一种！”

可四面楚歌呵楚歌四面，虞兮虞兮奈若何！为成全英雄大业，为割舍缠绵之情，“让妾为大王舞一次剑吧”！舞之极美，仰颈拔剑，万般柔情付与一腔热血！

刚烈汉子柔情女儿，悲欢共，生死同。

英雄千万，如项羽这样至死不肯过江东的末路英雄世上有几？

美女万千，似虞姬这样以剑斩断万缕牵挂，古往今来又有几？

“你用柔情刻骨换我豪情天纵”，有如此红颜知己，项王大幸项王有福了！

“我心中，你最重；烈烈风中荡不尽绵绵心痛”，被这样的男子所爱，刀溅血花时，虞姬无憾了！

于是啊，西楚霸王盖世英雄，千年万年永立世人心中；于是啊，霸王别姬千古绝唱，回肠荡气绝唱千古！……

天色渐暗，远古的苇丛在项王故里在晚风中瑟瑟摇动。

如若，如若有转世轮回，如我是男儿，项羽，让我做你的兄弟，剑戟交错中共护一腔豪情，再创一番大业；若我是女子，我愿是虞姬，为你舞为你歌，与乌骓马一起追随左右。

乌江边，寻你。有星光照耀。

梦中的香格里拉

青砖黛瓦，雕梁画栋。仰首，无数飞檐翘角；俯视，满目五彩花石。条条清泉穿街绕巷入院过户，一路浅唱低吟；座座明清风格的石桥、拱桥、砖桥横跨于街巷之间清流之上。置身于此，总有一种似曾相识之感，在梦里？在书中？摇摇头，十月的秋阳艳艳地照着我，照着这依山傍水既有山乡之容又有水城之貌具有“高原姑苏”美称的丽江古城了。踩着花石路，撑着花纸伞，我悠悠地穿行在光义街、现文巷这些最古老最有特色的小巷中。小巷窄窄的、长长的，木排门，清一色小砖齐胸高的矮墙。好的是家家大门一律敞开，随行人观看。终捺不住对纳西民居的好奇心，伸头左窥右视走进了一户四合院。家中无人，我立在窗口看厢房，堂皇富丽的红木架大理石面的沙发、立橱摆满了两面墙，怎么看都好似汉族的一户殷实人家。头一回，院子里竟是有人的，一着水蓝色宽腰大袖镶边女袄的纳西女子蹲在那儿笑微微地看着我，不禁为贸然闯入感到唐突，她却举起正在铜炉焦炭上烤的硕大的土豆，“尝一尝吗？”竟是标准的普通话。

华丽典雅的东巴宫是纳西古乐的演奏场所，七彩斑斓的布啊纸的，满绘着被誉为世界上“唯一活着的象形文字”的东巴文和神异多彩的东巴画，明黄艳紫红鲜绿活，炫目又神秘，古朴而典雅。被誉为“国宝”的“老东巴”（东巴教祭司，集巫、医、学、艺等于一身，纳西族的高级知识分子）和国华老先生手执孔雀羽毛吹响了牛角号和海螺，平均年龄六十岁出头的纳西古乐队琴瑟鼓号齐奏齐鸣，为阵亡将士而唱的《送魂曲》，女高音领唱穿云裂帛，男低音和声浑厚低沉，一队身着纳西先民服装裸着上身的舞者举着长长的招魂幡儿缓缓地从人行道中穿过，几百名观众寂然无声，身着汉式长袍清癯儒雅的主持杨宏老先生浑厚的声音在宫中回荡：孤寂的铜铃摇响着将士的孤魂，经大研古城到祖国的青海甘肃……淋漓尽致地体现了纳西人渴望和平和对中华民族同根同源的认同。绕梁悦耳的女声无词哼鸣再度响起，如天籁似仙乐，让听者真有那种“浩浩乎，如凭虚御风而不知其所止；飘飘乎，如遗世独立羽化而登仙”之感。

上到玉龙雪山的半山腰云杉坪，被告知已是海拔 3840 多米。曙色熹微，山路两侧的原始森林中，挺拔高大密密匝匝的树冠交错攀缘、遮天蔽日，不时见有金色的牦牛安详而优雅地散步，圆圆的大眼流露出亲切和善良，几只野兔活泼地从我们身旁跃过。才拐了一个弯，鲜若蜜橘的太阳已悬在湛蓝的天空，缕缕白云似仙女舞动着长袖前后追逐奔跑，身后是蓊郁的森林，前方是皑皑的雪山，头顶是似乎伸手可触的白云，足边是绿意沁人的云杉坪。一位老妇几步一叩地朝着雪山膜拜，是那种你望了一眼，便感动得忘不了的虔诚。“啊——啊——”，高亢悠扬的纳西民歌从远处传来，缥缈且空灵，随着阳光下升腾的紫雾扶摇直上，漫漫扩延；一声“嗨——嗨”！一群身着纳西、藏、彝五彩服装的姑娘就在草坪上奔放地起舞。无数无数的蓝的黄的白的粉的小花在蓝天下，在离太阳这么近的地方，在雪山在草坪在舞者的律动下喜悦地绽放，抒写着一首对生命对自然对已知和未知世界无比热爱的赞美诗！面对如此的美丽、和谐和安宁，我也才真的有点理解美国植物学家洛克先生为何从 1922 年来到丽江后一待就是 22 年，又为何最终躺在夏威夷豪华的医院中说出“与其躺在这儿，还不如倒在玉龙雪山的鲜花丛中死去的”

一番深情了。

迫不及待地打电话告诉千里之外的亲人：我见到了梦中的香格里拉！不料，同行的那广东先生竟操着粤语普通话对我说：中甸，中甸那儿才是真正的香格里拉。那来自新疆阿泰勒山下的维族大胡子疑惑地说：听说是在西藏吧？我说你们才真的错了！“老东巴”告诉我，香格里拉，纳西人说是“心中的月亮”，即无比圣洁美丽的地方。这丽江古城的美丽空灵，这纳西古乐的纯正典雅，这玉龙雪山的缥缈静谧，还有纳西淳厚朴实的民风，还有那些自在安详的牦牛、野兔……这样的人神合一，人与自然、人与动物、人与人高度的和谐，构成了我梦中的香格里拉。于是我认定，丽江，就是圣洁美丽的香格里拉。

一路喝茶

从石林回来，车子在一座医院似的建筑门前停下，秀丽的导游不无殷勤地说：各位累了也渴了，明日到丽江，怕有高原反应，请大家用一杯雪山红茶。我们说这导游还真是不错，想得挺周到的。刚在室内坐下，一位着白大褂的老者即走了进来，滔滔不绝地介绍起这所医疗机构和他们的研究成果，我们愣住了：这老先生为何自说自话？有机灵的反应了过来就说是导游拖我们来她的“点”上做生意了。俄顷，一杯杯殷红的茶水端了上来，我们面面相觑不知喝还是不喝，不会被宰了吧？更有人小声说：不会是迷药吧！儒雅的老大夫慈祥地端杯：免费的，我也喝。半日下来也真是渴了，端了红茶一饮而尽，还有的要再来一杯。老先生兀自在说着“灵芝益寿”“蛤蚧补肾”……正在不耐烦之际，只见老人家双手一拍，身后的两扇门敞开，一队老大夫鱼贯而入，不由分说一对一地坐在了我们面前。一白须髯髯者抓起我的左手就是号脉，也就半分钟吧，老大夫就说我是“肾虚”、是“低血压”“抵抗力差”……并随即向我推荐起药来。一问吓一跳，数十粒药丸竟高达几百元。掏出笔和纸，想讨个药方，老大夫见我无买药的诚意就冷着脸拂袖而去。

接下来几日，已见怪不怪，天天被拖到不同的地方去喝茶，有时一天会喝上两次茶。傣家的竹楼喝茶，为的是推销金银手饰；纳西人和院喝茶，为的是让买药材。其实走一路品一路茶倒也不错。我的方针是以不买应付万道茶。怨归怨，也有喝出了美感喝出了情趣的茶。在大理的木楼里，那身着民族服装的白族姑娘请我们喝了“三道茶”。姑娘翘起兰花指，优雅地用木夹夹起一只只如酒盅大小的紫砂茶杯，温壶、洗茶叶、去头道茶水等是“过五关斩六将”，一壶茶水高高扬起迅速斟满十来只茶杯是“韩信点兵多多益善”……她满怀情感地说：香吧？甜吧？这茶是苍山的茶花，这沏茶的水是洱海的水，除了我们美丽的大理，哪能有这样的香茶呢？言语之间，饱含着对家乡的热爱。她并不强求大家买她的茶叶，送我们出木楼，甜甜地笑着：汉家的姐姐，别忘了金花的家乡别忘了大理的香茶啊！

让我心惊肉跳的是在山城那个什么养生堂的一次喝茶。那位慈眉善目的老妇人搭着我的脉，上来一句：你失眠。我点头。第二句：你头经常疼。神了，我想，真的会头疼。她碰碰我的膝头来了第三句：你关节痛！我差点跳起，是啊：每到冬天上楼梯都痛。我想真是碰到神医了。神医的第四句就让我大惊失色了：你曾经是芭蕾舞演员！妈呀，是医生还是算命的呢？我说：您怎么这样说？她却微笑着：难道不是吗？！当女神医又让买治关节疼和治失眠的药时，我实在无理由推托，就说家父乃老中医，家中有许多三七、灵芝的，只是没有坚持服用云云。我说闻到这苦苦的中药味儿，感觉特亲切呢！说着我就觉得脸在发烧：如此“神医、神算子”，岂不一眼就算出我那摇了一辈子笔杆子的父亲从未开过一张处方？忙不迭地拔腿就溜。

我由衷赞叹养生堂医术的精湛，驾驶员见我两手空空，愤愤不平地说：都是有名气的医生哪！这儿的药是贵了点，可人家的牌子大啊！自此就不再理我。那一阵我就想，多少千儿八百该买点的，也不得罪这一路上和我说红岩谈渣滓洞的师傅啊！想想又真替这些“神医”悲哀：如此精湛的医术，若用来治病救人真是大慈大悲，却为推销一些不知是否真“神”的高价药丸而忙忙碌碌，真是亵渎了治病救人的宗旨。如我等小民，你替我诊准了病，我又买不起那药，又不肯给我开处方，还要给脸色看，怎么办？谁的过错，谁的悲哀？

一路喝茶，真的回味无穷。

仰望斑头雁

纯蓝、澈蓝的湖水，柔曼、飘逸的白云，玛尼堆上七彩斑斓的经幡在海拔3500米高度的清风中摇曳翻舞，一队大鸟排着长长的一列，气宇轩昂地从远处走来。走近了，走近了！长长的脖颈，灰褐夹杂着白色、黑色的羽毛，黄色的嘴巴，引人注目的是它们从头部到白脖颈都有两圈黑色的茸毛，这就是斑头雁了，青海湖鸟岛夏日最多的“居民”。你看，你看它们收敛着肥硕的翅膀，高昂着头颈，目不斜视甚至是目中无人地以蓝天、湖水、五彩经幡为背景，稳健傲然地进入了我们的视线。

“一、一二一，一、一二一”

长长的斑头雁一队足有几十只吧，整齐有序地走过，偏有两只磨磨蹭蹭地掉队在那玛尼堆彩色经幡、绿茵茵的芨芨草、金灿灿的格桑花间，这两位竟然屈腿席地而卧了，忽而相互对视轻嘬着对方的羽毛，忽而颈绕着颈忽儿头抵着头，是在说悄悄话吧？这该是一双情侣雁了。就这么在浩瀚的青海湖阔大的蓝天下缠缠绵绵依依恋恋。对爱情极为忠贞的斑头雁，相遇相爱后恩爱非常又相濡以沫。从纪录片中看到，雌雁负伤或是孵化小雁时，雄雁一次又一次觅来食物，又一片一片衔来不知从哪儿找到的棉絮或是羽毛、碎布头，那么轻柔地一片又一片地往它的爱人身边堆垒，满是关爱和怜惜。然后，双腿卧下，张开大大的翅翼，尽可能地覆在了爱人的身上。就这样，在青海湖零下五十多度的寒冷天气里，在空蒙凛冽的苍穹下，一对斑头雁情侣，就这么静静、静静地相依相偎彼此取暖。若一方遇难或是去世，另一方则绕着其遗体哀鸣多日，终身不再选择爱人，忠贞深情的斑头雁只是在孤寂与思念中将爱与情完全奉献给这个家族，担当起警卫与守卫的职责，引颈肃立矢志不移。

用我的头碰碰你的头呀……

一只丰满的斑头雁摇摇晃晃得意扬扬地走了过来，她的身后簇簇拥拥地竟跟随着二三十只黄茸茸的小鸡崽般的小斑头雁。都是她的孩子呀？不是，在阔大青海湖怀抱里的斑头雁母性十足有着博大的胸怀，攀坡爬石飞翔，携带着自己的儿女，但只要见到别人家丢失或是受伤的小雁，不管它来自何方哪个家族，斑头雁妈妈总是伸展开温暖的翅翼，将幼雁轻柔抚慰再拥入自己的胸怀。小雁们也就无比信任欢天喜地地跟着“爱心妈妈”行走飞翔在蓝天白水与格桑花之间了。

走，跟妈妈遛弯去！找爸爸，看格桑花！

如同天有不测风云，鸟类中也有强盗与杀手的。在鸟岛纪录片中看到的斑头雁们齐心协力共同御敌的场景令人震撼与赞叹。你看那秃鹫黑色的身影在远方在湖面上方不怀好意、迂回曲折地盘旋，忽地就直冲那在金黄的格桑花间与妈妈嬉戏游玩的幼雁群中。那守卫的雁儿们瞬间凄厉长鸣，斑头雁似听到集结号令，从湖面从山间从草地石块间迅速聚集，形成天罗地网般的阵势向秃鹫铺天盖地压了过来。那秃鹫衔着挣扎的小雁站在石块中左看看右看看，几分迷茫几分惶惑，它转向东，是密密的斑头雁阵，它转向西，是步步紧趋的斑头雁阵，北面的玛尼堆上同样是虎视眈眈的斑头雁们，并一步一步地向前缩小着包围圈子。秃鹫终于放下小雁，无奈地“嘎——嘎”一声长叹向湖面落荒而逃……

阴霾退去，青海湖水轻回荡漾，在七月的金阳下泛起潋滟波光；仰望天空，柔曼白云与斑头雁们翩翩同舞，好一幅祥瑞和谐美不胜收的图景。

西津渡伫足

一月之间，两次伫足镇江古西津渡，那青砖那黛瓦那木排门，那山坡那小巷那古渡口，萦绕不已挥之不去……

一眼看千年

是细密密的青砖，是层叵叵的黛瓦，是斑驳驳的有着虎头铜环的木排门，长约1000米的西津渡是有历史的。

从三国时的“蒜山渡”到唐代的“金陵渡”，再到宋代一直至今的“西津渡”，依山临江风景峻秀的古渡口，聆听过东晋农民起义军领袖孙恩率领“战士十万，楼船千艘”，由海入江，“鼓噪登蒜山”的呐喊；见证着公元684年，唐皇后武则天临朝称帝，徐敬业、骆宾王等发动暴动，兵败后徐敬业、骆宾王等渡江“奔润州，潜蒜山下”的足迹；更以滚滚长江水应和着南宋韩世忠曾驻兵蒜山抗御金兵南侵，梁红玉擂起的隆隆战鼓，气势磅礴……

许是看多了历史的波澜壮阔，许是听多了诡谲鲜活的陈年过往，今日之西津渡，是如此的波澜不惊。一条依山势而建的小街，向左右岔开的几条小巷，萧萧疏疏的几户开了门卖醋的卖零食的，还有一户暗哑无比的门面，是与这西津渡般沧桑的两位老太在卖观音像的。就这么将飞檐翘角、雕栏画栋的古渡风景鳞次栉比在春风中，还有黄色的茶肆布幌、红色的串串灯笼、袅娜的绿柳丝一起构勒出一幅淡定从容的西津渡。

明明知道这古渡是有着岁月的，但当伫足于那泛着上了年岁的若枚枚古铜钱般暗绿青苔的墙脚下，在那“一眼看千年”的标识下往下看，还是有点惊心动魄：那赫然显现在眼前的是一顺坡道而掘开的地基，呈斜坡形长约两米、宽一米的沟渠里，是呈阶梯状的斑驳砖块与水，依次从低到高摆放着标志唐、宋、元、明、清的字样的牌子。江水原就在这古渡之下涛涛作响，沧海桑田，漫漫江水向下而退，现已距渡口好几百米了。是的，“一眼看千年”，就这么五个字将千年瞬间收进了眼底心间。

有历史有底蕴的城市需要记载，记载是为了让这座城市的命脉与文脉延续与延伸。眼前这依原地貌、水势而挖掘的地基，标上年代并用承重的透明玻璃精心覆上，让后来人通过这“一眼看千年”遗迹来知晓历史的创意，独具匠心，令人为之慨叹。文化、历史不仅通过文字进行传播和记录，还需要地上的和地下的遗存来提供证据。想想当下许多大革命式的拆除是否是城市改造的最好方式？先人给今人留下这个渡口古街“一眼看千年”，后人能再看到今人留下的什么哪怕是“一眼看百年”吗？可能就是“千眼看一年”吧！

那一艘红船

小巧的院落，雅致的布局，一座小小的凉亭，三位着长袍先生的青铜雕塑默默地围着一张石台，一些红的花一些绿的草在他们周围在院子里闲闲地绽放。

与一般院子不一样的是两排面对面带走廊的青砖房之间，一艘红船，与真船一般大小的木船横亘在眼前。整个船体是红色的，高高的桅杆上一块黄色的虎幡，而船头上则同样是一巨大的虎牌。看了解释方知道这就是世界上第一个水上救生组织——义渡救生会当年用于在长江上救人的船只模型了。

江风白浪起，愁煞渡头人。《镇江志》上曾记载：西津古渡并对瓜洲，江面开阔达四十余里，“每遇疾风卷水，黑浪如山，墙倾楫摧呼号之声惊天动地。”从唐到宋再到明万历年间，江面上常有船没人亡的悲剧发生。当时的镇江郡守蔡恍因此而建造了五艘抗风能力很强的大型渡船，各船分别竖立“利、涉、大、川、吉”的旗帜，并限定载客人数，用以“济渡救生”，这就是首次见诸史册的官渡和救生功能的渡船，也是后来救生会的雏形。而当时的所有官船（想是类似于今日的公车吧），都必须承担起“济渡救生”的职责，否则，就是失职。康熙四十二年（1703年），镇江京口蒋元鼎、朱永载等十五名乡绅带头，“劝邑中输钱，救涉江覆舟者”，捐白金若干，在西津渡观音阁成立京口救生会。它不仅是中国甚至是全世界最早的水上救生组织。说是“红船”出航救助时，船旗飘扬，敲锣鸣号，十分壮观。京口救生会的义举引起了社会各界的支持，纷纷捐款资助。五年后，救生会购得西津渡韶关晏公庙旧址，建屋三间作为会址。

那么，会址就是这儿了，这两排房子。现在，我知道了这艘红船的来历，那虎头幡与虎头牌就是红船官牌的标志，就是救生会德与善的彰显；现在，也知道了那凉亭中一坐两立的三位长袍先生是何许人了，想必是当年救生会的负责人。只是，不知道他们端坐良久，是在酝酿筹划救生会的相关事宜，还是对当下世态炎凉中，常有的车撞人，撞伤撞死而逃逸，江面上的救人、捞尸者，都狮子大口开伸手要钱的丑行劣态表示无言的愤慨?!

花开的声音

从横跨古街的韶关石塔往下走，短短几百公尺长的街道上尽是各种为船家、旅客服务的店铺，饮食店、木匠店、缆绳店……青石板上深深的车辙，一道又一道述说着千年古渡曾经的繁华，沿街“民国元年春长安里”“杨柳青”“德安里”等匾额清晰可见，这街道这些错落有致的小楼很容易将人带回那久远年代的觥筹交错、笙歌曼舞。

然而，西津渡却是如此静谧。安静、宁静、寂静。

缄默。这个词在春风中跃上心头。一如寂静不是没有声响，一如缄默不是无话可说，一如有句话叫“此时无声胜有声”——你看这石板坡道上，每一条车辙的印记都诉说着昔日商贾云集西津渡的他来你去；你看这每一扇木排门上都有着岁月的手印，承接着哪一朝代何样人等的敲打与叩击？你看这沿墙而立在春风中摇曳的红灯笼也是无声无息，你看这小街上小铺子的店主们，只是静静地守候在自家的领地，那卖醋的小门面，女主人在翻看着一本书，见有人走过，抬起浓密的睫毛温婉一笑……

西津渡真是静啊，静得能听见这青砖这黛瓦共担风雨不离不弃的千年情话；静得听见这昭关石塔与这青石板路在无数星星起月儿落间的俯瞰与仰望中的地久天长，更听得见这老木排门与虎头铜环间相依相偎窃窃私语的柔情蜜意……如此的西津渡需要这派静谧，一如千年的历史需要静下心来打量，需要静静地思考，再静静地用心来体味酝酿，再若这经年累月的陈醋，弥漫出长久的醇香。

一派寂静中，穿过观音洞，沿着栈道向后面的小山坡上攀爬。站在那西津渡的最高点，那间小凉亭间，看得见远处的长江水，看得见西津古渡所有的飞檐翘角、巷巷道道，有一些迷蒙，有好多想象。下栈道时，拐弯之际，似听到一阵瑟瑟作响，回眸，那一坛硕大的金黄花，已风情万种地欣喜绽放。

想你时在眼前

“我站在海岸上，把祖国的台湾省遥望，日月潭碧波在心中荡漾，阿里山林涛在耳边震响……”幼时就熟悉的歌词与旋律啊，托载着一个遥远又似乎难以实现的梦幻。当东航 MU5001 班机在台湾桃园机场稳稳降落，夕阳中的晚风湿润清新地满头满脸袭来，心对自己说：是了，已跨越了说长不算长、说远又很远的海峡……

阿里山的同心树

巴士载着我们在盘山公路上行驶，“高山青，涧水蓝，阿里山的姑娘美如水，阿里山的少年壮如山”歌声一直在耳边回荡。

云雾若乳白色的绸纱在群山间曼舞飘逸，逶迤的苍峦叠翠满心的温润惬意：这就是阿里山了。较之于大陆的众多名山大川，阿里山不在其高不在其大，却尽在其绿、在其柔、在其青湛。你看这满山的勃勃茶树翠得养眼，你看这路边的椰子树、槟榔树比肩而立绿得怡心，间或，一树树、一串串金黄色的芭蕉黄澄澄地闪烁，还有许多小花，红的黄的白的斑斓在漫山的翠绿间。那带着明显原住民情调的小茅屋，门前向你微笑致意的是身着绚丽服饰的包着花头布的小姑娘……

沿着山中的环潭步道，悠悠前行。由于阿里山的独特气候，热带林、暖带林、温带林的林相变化，令人目不暇接。这边才是桧木若林树叶泛金的秋意，走没多远，却见贴梗海棠红艳艳的满目春色；一株巨大的从未见过的青绿绿的植物矗立在那儿，原来此公名曰“芥茉”；白耳画眉、青背山雀还有许多当地人都叫不出名的鸟儿，嘀哩嘀哩清脆地婉扬着，却原来到了芬芳四溢的梅园。攀过吊桥，走过巨木群栈道，一步一景，步移景换。金黄、翠绿、嫣红、宝石蓝……秋日的阿里山慷慨向我们呈现着春夏秋三个季节的美丽。令人叹服的是1400公顷的阿里山干净得令人诧异，无一丝纸屑无一件随意乱抛的杂物。在阿里山植物博物馆，我在那本小小的折页上找到了答案：树木发芽时，没有一点声响；树木倒下时，我们听得到。——非你不可！只要你愿意多爱地球一些，自己和下一代的未来就可以更好一些。维护环境，非你不可！

这些日来，回想阿里山，在脑海挥之不去的，其实不是云雾缭绕的峰峦叠嶂，不是伟岸巍然的神木和千岁桧，不是奇巧逼真的象鼻木，不是兼具传承、繁衍之意的三代木，也不是凄美情伤的姐妹潭……在心中眼底挥之不去的其实是那两株紧紧缠绕的树，那目前阿里山风景图册上还没有标注的两棵树。你看，眼前这两株相依攀缘的树，根须，盘纠错结在土里，躯干，虬劲莽苍紧紧交缠，而枝叶却又各自分开向着蓝天白云。山风掠过，这两株树的枝叶瑟瑟翠绿着相依相拥，直向云端。更奇的是这两株树下半端盘根错节紧紧缠绕，绘就一颗硕大的“心”，令人久久伫足浮想联翩：是情人？是朋友？不，它们是兄弟是一母同胞啊！

你看这分明是同植一块厚土，你看这分明是共拥一片蓝天，你看啊这千年万世不能分离的兄弟树相依相缠，怎么能分开？一颗巨大的“心”，怎么能分得开！

日月潭的相思月

日月潭的月亮，今日，为何出得这样早？

暮色才将面纱轻轻地扬起，那水中已清晰地映出一轮圆月。月儿出来了?！果然，天际那朦胧中，一轮圆月轻柔地在云层中缓缓而行，忽隐忽现。“天上一个月亮，水底一个月亮。天上的月亮在水底，水里的月亮在天上”……一首熟悉的旋律在心底深处浮到了唇边。

是下午四时到的这早已荡漾在心上的日月潭。一怀软玉，温润婉丽；满潭碧水，波光潋滟。日月潭在群山包围之中，是一个高山湖泊，明净似镜。湖的东北面形状像太阳，湖的西南面形状像月亮，因而得名“日月潭”。有说由于太阳光反射不同，故日潭和月潭水的颜色也不一样，分别呈丹碧二色，只不过我们在暮色中，看上去都是水色茫茫，如诗如画。游船载着我们绕潭而行，细雨给湖光水色罩上一袭薄纱，潭景不甚清晰，这碧水又近在眼前。一片迷蒙中赏日月潭，倒也是别具风情了。

那自我介绍是邵族与汉族姻亲后代的游船掌舵的小伙子，一会儿左转舵一会儿右转舵将船儿开得风生水起，一边很快活地说个不停：祖国来的客人，你们看啊，潭右侧那座建筑就是大名鼎鼎的涵碧宫啦，老蒋和他的太太宋美龄就曾住这儿，是他们的行馆（宫）啦，老蒋认为这儿风水好啊，前青龙（水）后白虎（山）啊；大家都知道日月潭的“岁寒三友”吧，这岛上的三位常聚这儿开会呢。听这小伙子说出“岁寒三友”，我们都笑了：这松竹梅啊，走到哪儿不是咱中国人所欣赏的风情甚至风骨呢！大家知道这岛上的阿婆茶叶蛋吗？可香呢！这阿婆七十多岁啦，过去，一天卖七十多个，和大陆“三通”后，一天要卖一千多个！他这一说我们都说想尝尝呢！小伙子狡黠地一笑：可不好买哟，要提前预订的。不过，船到岸就会有，我的船每天都能拿到的哟！哪个再说与大陆“三通”不好，我们老阿婆第一个不答应噢！……

天更暗了，月色中的日月潭静谧安详，如梦如幻。与月儿深深地对视，“举头望明月，低头思故乡”，忽地，想到了海峡对岸的亲人，你那儿，也是这样一轮朦胧的月儿吧？也不禁笑自己：离家几日，就如此地思念，何况那少小离家、老大不得归的游子，那多少年多少回举头望明月的热泪涔涔。“你在海的那边，我在海的这边。你在何处观赏宝岛的美景？我在这边将你深深地挂惦”。此时，爱人的短信恰逢其时地飞到了手机上，是的，两岸的亲人，就是这样，你将我、我将你在心中深深挂惦……

“低头看水里，抬头看天上，看月亮啊思故乡，一个在水里一个在天上”……

这千年明月载得动多少思念？

这无垠月色洒在多少有情人的心房?!

野柳的风化石

是高远纯净的天空，是湛蓝清澈的大海，是岸边平整的细沙，是因几百万年海浪侵蚀、岩石风化、地壳运动的渗透，满海滩千姿百态的海蚀洞沟、蜂窝石、烛状石等奇异的海岸景观，那酷似维多利亚女王的化石，纤细的脖子边，满是“来此一游”兴致盎然的留影观光客——这就是野柳了。

想起我的亲舅父。第一次听说野柳，就是1986年他回大陆探亲向我的父母说起。读了师范又投笔从戎的老人说：野柳海边是台湾海峡离大陆最近的地方，一百五十华里。但是，走不了。已皈依基督教的七旬老人是从美国转道回的家乡。想起眷村的老兵，陪我们的高先生在车上说：上个世纪末，眷村（1949年大陆去的老兵居住的地方）的老兵曾有一批相约来野柳，来这离大陆最近的海边，看一看那有着亲人的对岸，路迢迢水长长。白发苍苍的老兵们一人指认一块烛台石，跪下来向着北方，那有着老娘的家乡……

想起余光中先生那首著名的《乡愁》：小时候，乡愁是一枚小小的邮票，我在这头，母亲在那头……后来啊，乡愁是一方矮矮的坟墓，我在外头，母亲在里头；而现在，乡愁是一湾浅浅的海峡，我在这头，大陆在那头。想起国民党名誉主席吴伯雄先生在我们论坛上的讲话：现在啊，早晨在台北悠悠地吃早点，中午就可在上海的黄浦江畔了。是的，现在，这样的乡愁，已不再是，不再是那么的遥远和不可消弭。

可是，那扎着大辫子站在柳树下望穿秋水的姑娘呢？那站在村头满头白发将手在额头搭成一座屋檐久久凝望的娘亲呢?！眷村的老兵，在思念、挂牵中垂垂老去，在遮云蔽日的乡愁中永不瞑目。“你们看，这一座座烛台（风化了的烛台状的石头），都向着海的对岸向着北方啊！”寂静，一片寂静。人哪，只有一辈子，就这么倏忽而过，那永远铭刻在心中那岁月载不动的痛得揪心的乡愁与亲情啊。“葬我于高山之上兮望我大陆，大陆不可见兮只有痛哭”，是于右任老先生的悲恸与感慨吧！

野柳的海水哗哗地拍打着礁石，脸上晶莹透亮湿漉漉的。

是这海风夹着海浪溅湿了脸庞，

还是心中的不能自已漫溢出了眼眶?！

眺望海心山

清澈滟蓝的湖水一望无际，飘逸纯净的白云漫卷游弋。水天交接处，影影绰绰的是一块隆起的小岛。菊拉着我：那就是海心山啦，你一直问的海心山。

海心山。海心山是偌大的青海湖中央的一座小岛；海心山上有一座庙，自汉代始就有的青海神灵显神庙；海心山有莲花教主的庙堂，有几间小屋叫莲花庵，十多位尼姑在庵中修行，尽管简陋但也晨钟暮鼓、法相尊严……自在西宁去青海湖的途中，听得一言半语，这海心山，就一直挂在了心头。

这儿是离海心山比较近的地方，28 公里也就是湖面上的距离。顺着菊的手势，一群斑头雁呼啦啦顺湖面从眼前掠过。我们能去吗？菊说目前还没有游轮开放游客上岛。上个月，她随工作船去了一次。

身着红教（藏传佛教中的一支）僧人褚红色袍饰的十几位僧尼两列排开颔首合十，欢迎罕见的岛外来客；她们沉稳又轻盈地端来自制的酥油茶和糌粑；她们轻柔地回答客人们提出的问题，偶尔，抬起清澈若青海湖水般的眸子波光一闪又低下头去。僧尼中年龄最大的是年逾六旬的住持藏女西尼（音），年龄最小的才十三岁。大部分为藏人，其中有一位汉女，是来自四川的女大学生。

这群女子，均是为信仰而以此为终老之地？菊接住我询问的眼神：住持西尼，她曾经绕着塔尔寺朝拜 108 圈，她曾经沿着环湖周长 360 公里的青海湖“五体投地”整整一圈历时七个月，她更带着两位弟子，以最虔诚的姿态一步一叩，以最艰难的方式风餐露宿，三年零五个月终达拉萨大昭寺。她好看吗？话一出口知道问得傻，菊笑笑说：平和、冲淡、婉约、坚忍。

这座东西长2.3公里，南北宽0.8公里，总面积为1.1平方公里的海心山，形如螺壳，山体均是乳白色的花岗岩、片麻岩，远看在湛蓝的青海湖水中若雪浪漂浮，一如古人所吟：一片绿波浮白雪，无人知是海心山。怪石嶙峋杂草丛生的海心山荒凉又安静，美丽又凄清。这些不同年华的女子，在这儿生活也罢，修行也好，怎一个“忍”字了得？

清晨六时，晨钟响起，起床、打坐、静修、诵经。

晨课后，依次去山下那清泉泉眼中汲水背水，以作一日之用。

简单的早餐后，再是浇灌暖棚，僧尼们在岛上因没有新鲜蔬菜，便搭了个十来平方米的大棚，眼前绿的是油菜与油麦菜。

饲养牦牛、羊，挤奶打酥油茶做糌粑。

听西尼住持讲经授课“唵嘛呢叭咪吽”……就这样日复日年复年。

暮鼓在海心山在青海湖水在柔柔白云间缓缓回响，双手合十的僧尼们走过莲花生香泥佛像，走过加持菩提塔，走过岛上那叶如蔷薇、色若罂粟名为“佛花”的一派嫣红，走过暖棚边那满眼的翠绿，那鹤冠草、披针叶黄花的灿烂，更有那湖边山间的飞鸟鸣啾，她们就能如如不动，就能恒久安静淡然？亲人呢？爱人呢？只有一次的生命就这样彻彻底底地交付与晨钟暮鼓？

按教规，僧尼三年有一次探亲假的，而一般，她们都不用。有一位二十出头的僧尼，2008年曾下山出湖探亲，三年过去了，今年她却说不出湖了。那十三岁的小女孩，刚来时，伤痕累累的双手常抱着膝盖望着远方，泪水与湖水一起闪烁，而现在却宁静淡定得如她的师傅一样。

从汉代至今的规矩，山上的僧尼一年有一次出湖的机会。那就是当数九寒天，青海湖冰封的那一日，在太阳出来之前，她们赶着牦牛从冰面上走出，去距离最近的刚察县城备足一年所需的日用品与食品。夜色降临，月华似水湖面晶莹剔透，那冰湖上负重漫漫前行往海心山的，是牦牛与十几个暗红色的身影还有低沉轻柔的“唵嘛呢叭咪吽”……

夕阳下，湖光山色已是一派旖旎。海心山随着我们车的发动渐行渐远，车上的一行笑啊说的在讲，青海湖的神奇龙驹与神仙湖怪。可我睁眼闭眼依然看见那群女子在朝露晓岚晨钟声里打坐；听见那群女子在晚风和畅暮鼓声中吟诵经文；久久镌刻在心头的，更是月色中，那空蒙苍穹下冰雕玉琢的茫茫湖面上，在零下五十多度的寒冷中，那一队负重蜿蜒前行，着褚红色长袍的女子身影……

漫步 798

是耸入云天那年那月才有的巨大烟囱，是光怪陆离今时今日才可见到的荒诞画作；是二十世纪六七十年代以粗壮的胳膊，举着红宝书戴着鸭舌帽穿着工装裤的工人雕塑，一行“我们工人有力量”的大字在斑驳的红褐色砖墙上依稀可见，是二十一世纪这年这境以瘦骨伶仃为美，绿色的连衫裙委实衣不蔽体，伸着长长的脖颈裸露着大半边身体的骨感女子雕塑张扬在众人之目光中；这边厢眼前店铺边黑乎乎瓶中装着的是老北京豆汁，对面那缀满鲜花的露天座间飘逸弥漫的是卡布奇诺浓郁郁的香氛……

古典的现代的、传统的前卫的、人工的自然的、吃的玩的欣赏的，这一切与这个春日午后的阳光丝丝缕缕水乳交融出一幅多元的写意，中西元素结合的画面，艺术与生活的展示还有无尽的思索与遐想。这就是798了，闻名的北京798艺术区。这个从传统工业到代表中国当代新文化的国际艺术区。

穿过长长的车间通道，通道墙体上均是巨大的且很时尚的彩色涂鸦，两侧是各式艺术作坊、工作室和画廊、摄影展览等。右侧橱窗中炫目的三位身穿时装的人形模特令人瞩目，走了进去，却原来是一家卖画品与雕塑的。巨大的黑白杨柳青画作挂在墙壁上，与真人同大小的俩光腚胖娃娃扎着双鬏的雕塑很讨喜很可爱地吸引了几个小姑娘。陈列架上有小时候在家中见过的印有“抓革命，促生产”红色字样的白搪瓷缸，还有红色“为人民服务”字样的黄挎包，挎包上面印着的戴着红五星军帽穿红领章军装的却是美国总统奥巴马的头像，几名金发碧眼的老外兴致勃勃地在试这种挎包。一尊红色的《红色娘子军》女主角吴琼华舞蹈造型的雕塑抓住我的视线，那舒臂那135度的扬腿那腰部的曲线那手势真是美轮美奂，却被告知是不卖的，只能用相机拍摄了下来慢慢欣赏。

一阵乐声轻缓地在街道上回荡，循声走了进去，却原来是一杨姓艺术家的“85”艺术大展。展室有1000多平方米的空间，油画、水墨画、纸版画、木雕及陶艺作品的图片在墙上在陈列架上。可能是为了吸引观看者抑或是营造一种氛围，进去门侧的台上摆着许多杯红葡萄酒，盘中是切成一片片的金黄色的橙子，观者可以免费品尝。台后是两位乐手，立在那儿的一位吹着萨克斯，坐那儿的则抱着一把硕大的电吉他，旁若无人地让乐曲流淌在熙熙攘攘中。出得展室，午后的阳光有点儿刺眼，用手遮着眼，看清这房子上方高高的标牌上是“雅尚——新太阳艺术馆”。

巨大而空旷的厂房。墙壁有两面被漆成了朱红色，隔壁的小影剧院正在放映青年导演耿军的作品《散装日记》《青年》。对这两片子不熟悉，说是黑色幽默的片子，看了文字介绍却感到一种疼痛，一种茫然于这个时期这个社会尤其是青春期理想与现实交错的疼痛。

卖手工艺品的作坊，从蓝印花布的小手机袋到制作精美的手绘贺卡。竟然发现一种卫生纸价格不菲——30元一卷，却原来是上面印着数独游戏，想必是让数独游戏的爱好者如厕时不太寂寞，计算完了顺手作他用。想起家中有人酷爱数独，欣然，买下一卷。

798街道上，冷不丁一个古旧的电话亭，衣着时尚的小女孩在那儿托着电话秀一下，让同伴给自己照相；中心广场上两位青涩的大男生坐在小凳上为过往行人画像，驻足伫立，那位长发女子坐在那儿，男生寥寥几笔勾勒，竟形神兼备，只需五元酬劳；眼前这间书吧兼营饮料咖啡，五六位早早穿上T恤的女孩，坐那儿啜着饮料翻阅着书本；印象深的还是那间黑黝黝的门洞内，一进去就是一个酷似真的骷髅头，晃晃当当地摆动，里面全是经营老式铁皮火车模型、老式枪支模型的，拥趸也不少。古旧与时尚的艺术元素就这么不协调又无比协调地交融在一起，展示在眼前，给人带来一股冲击力，有对逝去岁月的怀想，更对眼前的这一切留下许多的思考。

春日午后的阳光无比温柔地依依缠绵，是“岁月静好、现世安稳”的气息。柳丝纷纷扬扬很细致地洒在眼前的这钉着上帝之子的十字架上，洒在广场胖嘟嘟异常夸张的裸男雕塑上，洒在这摆地摊卖廉价小玩意儿的老妇人沟壑纵横的微笑的面庞上，洒在慵懒又满心喜悦的我这个异乡客的心上……这个多元文化空间就这么坦荡开放地与阳光一起，慷慨地向每一个人敞开胸怀。

精神与艺术的结合，精英与大众的互动，先锋意识与传统情调的共存……以前只听说798是艺术区，也说是很多顶尖艺术家的艺术盛事在这儿举办，许多国家首脑来此感受“改革开放的中国”。而实地驻足，在感受鲜活的艺术生命力与时代气息之时，这画这摄影这景观布置还令人感受到浓烈的散漫气质，不羁的人生态度，特立独行的个性与品质，夹杂着些许的荒诞，些许的自恋自赏，些许的晕眩凌乱，还有张扬，这个时代能够允许的张扬……更感觉到一种气息，青春逼人的气息，创业与梦想的气息，尤其，是在那卖数独卷筒纸的小手工作坊女孩店主的盈盈笑意间，在那为行人画肖像的两位大男生的灵气与执着上，甚至，在那向路人发送画展传单的美院大学生的热情中。看得清的艺术作品有些看不清的艺术意象，还有这些青年人身上，努力向前的现在，成功或是不成功的未来。

记下了这间小小书吧门前的这首诗：

我有一个梦想，
为相识与陌生的人们守候；
守候天上的日月与星辰，守候世间的艺术与儿童。
守候生命的点点滴滴，守候岁月的如影随形；
守候你曾经拥有的，守候你未曾实现的……

这，也许就是当初开创798人的梦想，许多进驻与徘徊在798间人的梦想。为自己的梦想为他人的梦想守候，为曾经拥有的为未曾实现的守候。

再见台儿庄

是青砖黛瓦，灰白色的马头墙在秋风中巍然耸立；是波光粼粼，几百年的古运河在石驳岸间宁静蜿蜒。柳丝绿扬，风情在每一间宅院的前前后后；灯笼红艳，喜庆在沿河房屋的檐下门廊……刹那间很是恍惚：是周庄，是同里，还是乌镇？这是台儿庄吗？是那个大半个世纪前以一场残酷与壮烈改变中日战场名震天下的台儿庄吗?!

青春年少之时，去看《血战台儿庄》，去 1938 年的那个春天，看那场惨烈悲壮直接影响着“二战”进程，发生在中国抗日战场的那场转折性战役。听炮弹铺天盖地呼啸而过，看军人前仆后继勇往直前。中方李仲仁、孙连仲部防守台儿庄，日军坂垣师团、矶谷师团进攻台儿庄。那么多年轻鲜活的生命在炮弹与机枪面前倒下，血流成河目不忍睹。铭记心中的是那支令日寇闻风丧胆的敢死队，守城的师长宣布：“每名敢死队员赏大洋三十块。”但勇士们决绝地将大洋扔在地上，头也不回身捆手雷手拿大刀冲入敌阵，有的用大刀砍杀敌人，有的受了伤倒在血泊中又爬起来，有的拉响了身上的手雷和敌人同归于尽……台儿庄于心底，是血腥是残酷是顽强是壮烈，既是中华民族扬威之不屈之地，也有着无数的废墟、瓦砾、折断的老树干与墙壁上的弹痕在苍天下袒露着战后的破败与凄凉……

而眼前的城池，是如此地繁华与绮丽——高大的城门楼巍然挺立颇为壮观；文荟酒楼雕梁画栋富丽堂皇；眼前的巨大的茶壶（疑似紫砂）

上面镌刻着“天下第一壶”的字样大气磅礴；没走几步呈现在眼前的是台儿庄有形物质文化遗产船形博物馆，两头窄中间呈圆弧形的实体博物馆周长足足有三四百米，两侧均是店铺，从塑泥人铺子到煎饼铺再到穿着蓝布长袍顶着瓜皮小帽吆喝冰糖葫芦的。这边厢蓝印花布铺陈出朴实的韵致，那边厢油纸伞鲜艳出炫目的金黄。还有门系高头大马的参将署、闸官署……走进台儿庄，知道这古庄是有历史也有深厚“家底”的。形成于汉，发展于元，繁荣于明清，曾经以“商贾迤逦，一河渔火，歌声十里，夜不罢市”的繁荣，被乾隆赐予“天下第一庄”。位于古运河畔的台儿庄，有水街水巷，可舟楫摇曳，也有高墙大院，茶肆酒楼。细细端详，和周庄、同里这些江南古镇还是有区别的。这脚下的青石板块儿大且质感厚重，这墙上砖瓦的线条粗放显示着鲁地的硬朗。更有那巍然的马头墙，那飞檐翘角那描花图案在秋色秋风中彰显着大气与粗犷。一方水土养一方人，那巷头街尾的摊贩、那茶楼饭店的伙计一开口，嗓门大大的，说话爽爽的，笑声朗朗的。运河畔的“兰婷书寓”，红绸绿缎将门前的牌楼花样缠绕，使这两层小楼在青灰色的建筑中扎眼又艳丽。室内脂粉器挺浓的装饰与那墙上“赛貂蝉”“虞美人”十来个小牌明示着这是四百多年前的青楼。走过“闸官署”，走过老宅院，沿着绿意摇曳的修竹漫步，远处是一身穿灰色长袍的货郎踽踽独行。暮色渐映，人在何处今夕何夕的些许恍惚漫溢心间。拐弯，一抬头，眼前这青砖墙壁上赫然是两幅黑白照片，是台儿庄战役中国士兵的阵地，待战的士兵们卧伏在工事后面；再一拐，柳枝婆娑，摇曳生姿，这老柳树侧的墙上又是一幅照片，一年长的军人在对一穿军服的少年指点着什么，那少年腰间捆着一排的是手榴弹吧，头戴钢盔的孩子还一脸的稚气；走过石拱桥，这家客栈的粉墙上，又是一张照片，战火正酣，满目疮痍还有这满是弹孔的墙，似无数只眼睛，战争与历史的眼睛，对你凝视向你诉说……心凛凛地沉沉地，四周罕人，八方无声，静得听得见自己的心跳。可一种越来越近的声响呼啸而来，是炸耳的子弹声是隆隆的炮声是厮杀呐喊声！闭上眼，喉头发紧、心揪疼了起来，那么多年轻的生命碎裂在炮火中、踉跄在血泊里……

慢慢睁开眼环顾四周，许多家客栈、酒楼已是灯火阑珊，静静流淌的古运河水波光粼粼，见证着这“天下第一庄”几百年的兴衰史吧？曾经市井繁华，曾经炮火硝烟，曾经断壁残垣。眼前这竹绿花鲜，哪一丛绿树间没有曾经的痛苦呻吟？哪一簇鲜花下不淋漓着曾经的创伤鲜血？刀光剑影烽火硝烟的日子只是在照片中、史书里了。说台儿庄是第二次世界大战遗存最多的地方了，斯大林格勒仅剩一处蛋糕房，华沙也只有两处，而台儿庄多达五十多处，那么，该有着除了照片以外的实地遗存吧？可能是我没看到，可能是正在抢救与整理中。

绿柳丝丝在暮色中随秋风飞舞轻扬，红灯笼临水摇曳出祥瑞万方的天上人间。鸽哨嘹亮，将我从四百多年前、从七十来年前中拉出。一行鸽子，扑棱棱从暮色的台儿庄上空中飞掠而过。一穿背带裤的小女孩稚声稚气“妈妈，妈妈，看啦，和平鸽啊！”仰首鸽子的队列，俯看孩子的笑容，心中温情洋溢：愿笑容永在，愿世界安宁。

陆秀夫故里畅想

“我走了。”你叫上书童，你提起藤箱，你撩一撩长衫的下摆，从长建里（今建湖建阳）飘袂而出。在那座木桥上，你最后一次回头——这儿时与少时读书的地方，这留下你稚嫩的笑声和若天下所有男孩子调皮淘气的所在。那翠竹正在拔节青青，那菊花正在绽放满目金黄，那青砖黛瓦的小院，一砖一瓦似乎都在与你对视凝望，还有门前的小河，荷花谢了还有几枝硕大的莲蓬在初秋的风中向你颔首致意，走出老远还嗅得有自家书院里那甜甜的桂花香……此时此刻，对故里的一切都是如此的依恋与不舍，你伫立了一下回首又回首：我会再回来的。

是的，这是第三次走出自家的小院了。第一次，你三岁之时，睁着湛蓝又懵懂的大眼走出这小院，跟上父亲去了镇江读书，在那个叫西津渡的码头上的岸。第二次是你十三岁时，回到长建里的这所小院，就着神案上那盏昏黄的油灯潜心攻读，日日夜夜。十五岁时你参加乡试考取了贡生，十六岁时再次去了镇江京口；这次，年方十八的你参加省试，以优异的成绩与文天祥同登进士榜。邻居的庆贺、父母的荣耀，那喜庆的鞭炮在长建里响了三天三夜。看着飘摇的红灯笼，看着喜色满面的爹娘、兄弟，你并不感到多大的喜悦。自小读书，你一直得到老师的赏识：学举子文，下笔有奇语。不待师烦，日进不休，“非凡儿也”。你总是记着父亲引你在范公堤上行走，父子一起吟哦：“先天下之忧而忧，后天下之乐而乐。”你总是记着：吾侪当思报国，相勉为天下第一等人物，方不负此举。这是十几年寒窗间执着无比的信念。

跨过这座桥（后人誉为景忠桥），离家就远了。盈盈一水间，何止是二十来米的间隔？当时你尚不知道，这一次离开故里，就是八千里路云和月，就是海天茫茫难相见。你再也没能回到长建里，再也没能见着这修竹青翠，再也没能嗅着自家院子里的幽幽桂花香。

那是个风雨飘摇的年代，那又是个兵荒马乱的岁月。你从扬州的淮南幕府到奉召赴京掌管文思院；从升任司农寺卿管理农粮到宗正少卿兼起居舍人，管理宫中日常生活。无一人不称你干练、稳重、宽广，具有超凡的治世才能。然而，元军席卷大半个中国，两淮局势日趋紧张，大宋江山岌岌可危，你夜不能寐你如坐针毡，你在宫中在京城一天也待不下去。你辞去文思院的职务，以淮东参议官兼任淮南东路提刑的身份到淮东前线抗元。

然而，一己之力如何抵挡住势如破竹的元军人马？川、鄂全境几乎尽陷元军之手，赣、皖有不少州县的宋将或逃或降，苏北沿江及苏南地区城镇也大多未能守住。从扬州到临安，从温州到福州，再到南澳岛，宋王朝一路不敌元军的入侵如潮水般节节败退，但又因有你这样的忠臣力挽狂澜，终在南澳岛组成行朝内阁，南宋的旗帜就这样惶恐又坚强地在南粤海上飘扬。

艰难时世从来是试验一个人的刚刀金石。皇帝端宗病逝，军心大乱，朝臣几欲散去。你力排众议，八岁的赵昺在你及一些忠臣的拥立下，在硇州岛西南端的淡水镇登基了。你从代理尚书，加端明殿学士、签书枢密院事，直接参赞都督军事，升任为左丞相，辅佐朝政，总揽军国大事；文天祥为右丞相，在陆上发展义军，以图收复失地。忠贞可嘉又士子气息的你，不在乎什么职务却在乎因这个职务可以更好地为朝廷为社稷多做些事。你内调工役，外筹军旅，殚精竭虑，似一块巨大的磐石稳宁四方，令朝廷人安心定。几万军卒发展到二十多万。

厓山，厓山大海战！南宋最后的挽歌竟是如此的悲壮与惨烈。二十万宋军在缺水、断薪的艰难条件下，与元军相持了二十二天，终被元军攻破船阵。当主力十八艘战船乘雾突围，驶离厓山，逃往大海。淡水没了，柴薪断了，你护卫少帝在帝舟上凛然坚守到最后一刻。元军杀声四起，你仰天长泣，你仗剑驱妻儿跳海，你跪拜少帝：国事至此，陛下当为国死！陛下不可再辱！你将九岁的赵昺缚于背上，纵身一跃，入万顷碧波。你以四十二岁的年华，以南宋丞相负帝蹈海、以身殉国的忠烈行动，奏响了一曲声震寰宇、气贯长虹的爱国壮歌。

曾经，不忍去想。倒并不是你的纵身一跃，而是不忍去想你让自己的妻儿蹈海而亡。你是一个重情讲义之人，你有一个温馨又与你同进退、共甘苦的家庭。他们跟着你一路南下，颠沛流离，吃不完的苦、担不完的心。你的妻你的儿你那牙牙学语的小女儿，忙着累着你也曾将小女驮在背上，享受这人间的天伦美好。妻子哭了，儿女瞪着惊恐的泪眼，你的长剑寒光闪闪，你的眼神温情四溢：带孩子下海吧，我随后就来！岁月流逝，知道“士可杀不可辱”，知道大家无有小家何安，知道他们若落在元军的手中，不知要遭受何样的欺凌与侮辱。不如这样，万顷碧波中寻一方净地。你的妻你的儿蹈入海中，你了无牵挂！你就那么背负最后的宋朝小皇帝纵身一跃，蓝天碧海间彩虹道道，史册中溅起轰然作响的滔天浪花！

历史记着一个人总是有着理由的，而当敌方与对手向你致敬则更需要理由，需要超越阵营甚至政治信仰的理由。大王旗变了，宋朝成了历史。但“宋灭无降帝，陆沉有秀夫”。元朝枢密院副使兼湖州路总管丁聚，出于敬重出于钦佩，竟然上奏朝廷，为你修建了墓园。此时距你的纵海一跃也不过四年的时间。跟随你抗元的足迹，我看到，在广东新会、在厓山祠内、在潮州澄海、在潮阳和深圳蛇口、在福建莆田、在江西吉安都建有你的衣冠冢或塑像或纪念亭，当然，直至你的故里建阳你的家乡盐城……

秋风劲。景忠桥头鲜花盛开，景忠书院翠竹挺拔，你的故里青砖黛瓦间桂花好甜好香啊，门前的河塘依旧碧水汪汪荷叶田田。故乡人为你建的忠烈堂巍峨俊逸，秋风卷起堂前的片片金叶，在十月的阳光下灿烂又辉煌，更在家乡人的心中散发着凝固又缕缕不绝的清香。

教堂、墓地与剧场

沿着蜿蜒悠长的尼亚加拉小道到达滨湖小镇，正值礼拜天的早晨。

教堂的钟声一下又一下，拖着长长的回声，在静谧无比的小镇上空回荡，浑厚又沧桑。瞬间，管风琴响了起来，纯净又温润的歌声夹带着早春清冽的寒风一下子将我们笼罩。歌声圣洁又逶迤，是唱诗班的歌声。眼前，是拜占庭风格的圣安德鲁大教堂，青灰色的建筑。零零星星，是旅游还是做礼拜的人在往里面去。

教堂西侧，是一大片的空地，大大小小的十字架矗立其中。近看原来是墓地。很是诧异这小镇腹地竟然有这么一大片墓地，放慢脚步，一路走过。块块白色、灰色的墓碑，有的碑前是花束，大部分则是花环，圆形的心形的，黄的绿的白的鲜花缤纷其间，将墓地装扮得绚丽又雅洁。忍不住，又看了看，像极了一幅画。

墓地向西不远处，又是一大块空旷的场地，一方舞台，一些长椅。却原来是个露天剧场。当地人介绍说这就是闻名遐迩专门上演萧伯纳戏剧的露天剧场了。曾经听说过，每年的5—10月，这儿总是要持续上演萧伯纳的剧作，亦被称作“萧伯纳戏剧节”。但却没有想到这剧场竟然是与墓地为邻的。“你们来得不巧，我们只能和墓地的主人们一起听教堂的钟声和歌声了。”学院的老师笑笑地说。

“生死无界！”恍然这四个字跳上心头。这就是了！我找到了墓地紧挨着教堂和剧场的原因。生者与死者其实是无疆界的，那些和我们一起哭一起笑一起痛苦一起甜蜜的灵魂，从一定意义上说，并没有离活着的人而去，只不过他们换了一种形式而在。就在这教堂旁边，就在这剧场旁边。当熟悉的钟声响起之时，当唱诗班的歌声洋溢之际，他们，也在静静地听吧？当戏剧上演之时，他们会与尚在世间的亲人一起开怀一起思索吧。肯定！太阳徐徐地升了起来，皇后大道前方古老的钟塔披上一身金光，近处安大略湖湖水汪出醉人的深蓝，蓝得晃眼。回望墓地，斑斑驳驳的金色缀饰于鲜花和墓碑之间，整个墓地一派温馨、妩媚……

屋外香樟树上的鸟儿欢快地叫着，又至夏日，尼亚加拉滨湖小镇的露天剧场又该上演萧伯纳的戏剧了吧，今年是上演哪一出呢？擅长喜剧的大师萧伯纳，想必又给小镇的人们、世界各地的游客带来欢声笑语。当然，还有这些躺在鲜花盛开的墓地间幸运的逝者，他们肯定也不会错过，也在欣然、悦然吧。

迷 路

从来认为自己是思路清晰方位直觉较好的人，可一不留心近年来却大大地迷了两次路。

白雪皑皑，教堂林立。作为有着 240 多个教堂堪称世界上教堂最多的城市，大大小小哥特式的尖顶、拜占庭式的圆顶，是繁华优雅的蒙特利尔最具特色的建筑。那日下午，从北美最大的教堂——圣·约瑟夫教堂出来，停车场上有人远远地在向这边招手。沿着青灰色的路面，嘎吱吱踩着白雪向停车场跑去，忽地想起该在这儿留个影的。取下相机才发现周围已没有一个是我的同学。笑着比画着请那位红毛衣的高个儿妇人帮着揿了快门，OK！thank you！接过相机道了谢赶紧往停车场跑。看上去很近的停车场跑过去竟然用了十多分钟，到了那儿却傻了眼：哪辆车是我们学院的车呢？绕着停车场转了两圈，哪辆车都不是我们学院的车！暮色四起，教堂的钟声远远近近悠悠扬扬，心开始突突地跳了起来。折回头就往教堂跑，兴许有同学还在教堂那儿没出来。教堂的正门已经关上，少许游人从侧门出来，片刻，随着那门卫最后一个鞠躬致意，侧门也关上了。廊檐上无数只灯亮了起来，天真的黑了下来。呆立在那儿，大粒大粒的汗珠从额头滚落：真的迷路了，和队伍走散了！又冲向停车场，哪里还有车？空寂一片。如何是好？护照在学院的老师那儿，为省事包包没带下车，学院发的有着联系方式的卡片也在车上。语言不通，那有限的几个单词与词组一点儿用场也派不上。寒气袭人，看看手表已晚八时了。那一刻有着灭顶之感觉：怎么办？怎么办?！甚至想：要是这次不出国多好！以后再也不出来了。茫然间拖着脚步往教堂正前方那间已关了门的售货亭走去，也许，那里面能有人吧？这是此时此地唯一能做的选择了。忽地就有一辆车出现在我的身后，天哪！同学们兴奋无比地跳了下来，细节不再赘说。只是教堂有四个出口，同比停车场也有四个，我错了出口自然就错了停车场而已。坐上车，方觉得内衣早已湿透，冰冰凉地粘在后背上。

前不久去了绚丽若画如梦似幻的九寨沟。远处的雪峰在碧绿的湖水中投下洁白的倒影，一只鸟儿飞过哗啦啦惊起一汪碧绿掠进嫣红深处。这就是珍珠滩，就是电视剧《西游记》的外景拍摄地呢！导游指着珍珠滩宽约有 200 米的瀑布告诉我们。条条玉练在秋阳下激流飞跃水花飞溅，晶莹剔透景象壮观。真的“疑是银河落九天”啊！这儿人多，就转到那个角度再看看吧！我们就沿着栈道，踩着斑斓七彩的落叶兴致勃勃地向东走去。秋日九寨沟最美的是色彩了，红的是枫、绿的是竹、金黄色的是落叶松，洁净、宁静中争相斗艳。哎呀，这前面海子真是漂亮！一湖之中鹅黄、黛绿、赤褐、绛红、翠碧等色彩组成不规则的几何图形，相互浸染，斑驳陆离，如同抖开的一匹五色锦缎。阳光一照，更为绚丽多姿，一片光怪陆离，似梦非梦，如梦似幻。有一种似曾相识，是前世？是今生？是在他处还是在梦中来过此地邂逅此景？拐了几道弯，树木越发葱茏幽深，林子越发悠远静谧。喧闹声远去，身前身后已没有一个游人。“诺日朗”，一块原木木牌上标志着脚下的所在地。展开手中的行程图，却发现行程上没有这个景点。拿起手机拨通同行的，都说是你走岔了快回头。偏不信，顺着栈道走，终归走得出去。况且，这林子这海子多漂亮啊！不远处看得见有大巴驶过，这就对了。我走得不错。有风景的地方就是给人欣赏的，有大巴的地方就是公路，就有出口。自信满满饱饮如画美景向前走去，拐了一个弯拐了两个弯拐了三个弯，原来看见不远处的公路如变魔术似的还是隔了好远！林子一点儿声响也没有，一只鸟儿掠过海子呼啦啦吓我一跳。当沿着栈道转了近两个小时终转到了公路口。坚信没有走错，却承认自己真的错了。

想想，这种一直以为自己没走错的迷路更为可怕。一如人生，等发现时，多少时光已经过去，拽也拽不回头。

品味尼亚加拉

轰鸣作响，飞流直泻，喷珠溅玉，晶莹明澈。如絮似绵的水烟雾岚冲天而起，在阳光下幻化弥漫成七彩霓虹道道。是“飞流直下三千尺”，是“疑是银河落九天”！这就是处于加拿大、美国接壤处的650米宽的马蹄形尼亚加拉大瀑布了，伊利湖水从尼亚加拉绵延起伏的大斜坡的陡崖飞泻而下，冲刷形成波涌涡旋的浪涛峡谷，浩浩荡荡一路奔流直向安大略湖。“尼亚加拉”（Niagara）一词源自印第安语，意即“如雷贯耳”。这大瀑布真是不虚此名。我们才下汽车，如雷贯耳的水流声响就远远而来，真所谓“未见其面，先闻其声”。世界上大凡美丽的地方都有过残酷惨烈的战争，历史上的尼亚加拉瀑布城，曾是美国和加拿大两国争执不休甚至兵戎相见的必争之地。1812—1814年间，两国曾为此多次发动战争，结果两败俱伤。然而花开花落风去雪来，历史上为争夺这地区的枪炮声早已淹没在大瀑布惊天动地的和平呼唤中，你看那连接加、美两国高高的彩虹桥上，比冬日阳光还灿烂的是肤色不同的人们的灿烂笑脸。

如果说令尼亚加拉享誉世界的是这激荡壮观的大瀑布，这次走进尼亚加拉方才知道，尼亚加拉其实是个地区，瀑布城只是其中的一部分。在瀑布城中沿安大略湖一路往东南前行，方走进真正的人间仙境，只有一万多人口的尼亚加拉湖滨小镇。

小镇只有一条数百米长的小街，满是十字架的墓地素朴庄严，与拜占庭式的大教堂和上演萧伯纳剧作的露天剧院相依相偎，魂灵们听得见舞台上的琴瑟音韵吗？十来家小小的卖服装和工艺品的店铺镶嵌在静谧的街道两侧，街上少有人走过，只见一位着黄毛衣的妇人静静地倚在赭红色的钟楼边闲闲地看太阳。令人瞩目的是路两旁的哥特式的、英伦风格的建筑，一座座堪称精美的小别墅若幅幅年代久远的名画就那么静静地点缀在皑皑白雪的小镇间，随便走近一看，却原来大多是十七世纪、十八世纪的房子。房子有奶油色有白色有浅黄色还有浅蓝色的，没有围墙更没有防盗网。家家的木门上均挂着鲜花或是干花花环，心形的圆形的菱形的精致无比的花环，在蓝天白云下向我们绽放着五彩缤纷的笑脸。

顺坡而下，呈现在眼前的就是阔大的湖滨了，小镇就因这湖滨而出名。是茫茫的雪坡，是无垠的雪湖。雪覆湖，湖连天，偌大的湖坡上几株大树绿得灼眼，闲闲的是几张白色长椅，在坡上等待着渴望它们的行人。太阳出来了，一下子将万道金光洒向这漫漫雪坡茫茫湖面，光与影以最畅直的线条流泻着分割，湛蓝、金黄、洁白纯净得毫无斑驳。风起，将雪湖雪坡拂起波波荡荡，于是一天一地一湖铺排得明明净净坦坦荡荡。色彩单纯到了圣洁，气韵委和到了崇高。

有这样的湖，雪才真的是雪；有这样的雪，湖才名副其实地为雪湖。面对这样的白皑皑，直觉自己微小若一粒雪花；伫立这样的空茫茫，又觉得这雪这湖这蓝天白云均为我而在因我而生。四周好静啊，没有欢声没有笑语，马车声远去了，同伴的声音也遥远模糊了。一种深挚的默契自心头缓缓升腾：喧嚣的人生真的需要这么一个宁静恬然的所在，不远万里旅途劳顿就是赶来与这白雪这冰湖这静谧来一次相知相许的约会。

作为殖民时期加拿大曾经的首府所在，湖滨小镇同样经历了炮火硝烟，而这一切早已被封存在偌大的冰湖之中，掩埋在纷纷扬扬的雪花之下。说是这冰湖中有着亘古未化的积雪余冰，它们该是这块土地的见证了，但千年的冰雪只是向人们呈现出一派永远的宁静和安祥，和平永恒。

从大瀑布到湖滨小镇，走过尼亚加拉，似走过了加拿大二百多年的历史，又似走过了从绚丽归于素淡、从壮怀激烈到宁静安谧的生命形态，回味一如尼亚加拉小道，悠悠长长。

|**第五辑**|

有的路，只能一个人走

独自行走是一种姿态，坦然、自由才是一个人行走的灵魂与底气。如此，一个人走下去，看得见满眼好风景，听得见花开的声音。

有的路，只能一个人走

有些事，只能一个人做；

有的坎儿，只能一个人过；

有的路，只能一个人走。

一

一个人走，沿着心中的那条路，易清醒。

因了工作，常有的是觥筹交错，你说你不喝酒真的不会喝，你端着白开水微笑着，看四周摩肩接踵看满眼灯红酒绿，心中敞亮：这不是你的领地。你想着的，只是如何及早逃离或是撤退，回到你的路径上去。在那里，有你的鸟语花香，有生命中的花好月圆。一个人用心走路，知道什么是真正需要的。你不会将生命膨胀成一个持续的外在积累，将生命费力转换成一样一样的东西。外在的不是不要，适可而止则已。

一个人走，知道无依傍。一如周华健所唱：这些年，风也过雨也过。阴晴圆缺风霜雨雪，一个人的路，还要不要坚持着往下走？人生有许多选择，可以不费力气地得到，一些足以让你活得看上去更为光鲜与富足的生活。你摇摇头，对自己说，这不是你所需要的，你要的你自己知道，人生无所谓成功与失败，只看你要什么。你庆幸，你始终知道自己要什么。

当下，许多人以生命、青春去换取外在的许多东西，生命更似一种声嘶力竭的喊叫与追逐奔跑，还有着自尊、人格的丢失，还有不可与人说的委屈。富有仅仅是金钱与财富的堆积？灵魂与肉体呢？心不为形役不为物役，甚至不为自己所役（对于自己这样主观的人，这不为自己役很难做到）。

你知道，你喜欢辉煌璀璨五星级酒店的华丽，你也喜欢乡野漫溢的油菜花朴实的芬芳与金黄；你喜欢一碗糁子粥本真的清香，也喜欢卡布奇诺的馥郁弥漫。你始终以为，生命的最高达成是拥有一种诗意的品质，为之衣带渐宽终不悔的，该是情韵与爱意的涓涓流淌。

大海收留河水，夜空拥抱星子。一个人走过的路需要思与想，也记载着爱与情。这世上真的没有成功和失败，一切都看你要什么。

二

人生的路有若干条，可是你认定了文字铺就的这条路。走了这么多年，始终没有放弃。世间有许多路，有些路你不得不走，有的事你不得不做。工作、责任、义务，但你始终没有放弃写作，你不想放弃。“烟花烟花漫天飞，你为谁妩媚？”喜欢这句歌词，也常拿这句话来问自己。文字是为大家的吗？是为自己的心。心中喜欢，将自己的体会、思考与感悟，用自己的文字诉说出来，心就安了，灵魂也就静了。写作这条路，从第一个字到几百万字，从第一个字到最后一个字，这个过程别人帮你不得、替你不得，每一笔画都得你一下又一下地从键盘上敲出来。一如运动员在赛场上，有人为你加油，但跑道上的你知道，这一步一步还是得自个儿跑出来。

内心的成长是生命中的喜悦，你在文字中在书本中看到这种成长。你知道你一个又一个夜晚的灯下捧读与黑夜静思，成就着自己的生命与爱。

有些事情是大事，你无法阻挡，我们所处的时代有着太多无法阻挡的变化。你庆幸，因了文字与写作，一个人走的路，还能发出自己的声音。那么多那么多的日子飞逝而过，常常，你对前一日前一分一秒时间的过去，心痛与紧张。对时间的流逝与过分的敏感，好还是不好呢？将每一日当作最后一日来过，才会分外珍惜吧。

人生一世，草木一秋，因为不能预见未来，才用心耕耘现在。

你是知道自己根本上要做什么的人，爱、自由，用文字表达。但做到这点并非易事，得学会放弃，放弃很多。

你也知道在有限的生命里，自己是能做些什么的人。不奢望鸿篇巨制，但又是认真对待心中流淌出的一笔一画。

温柔柔地笑着对爱人说，墓碑上就这几个字：来过，爱过，写作过。记着啊！

三

说是一个人走啊，但生于茫茫人间、滚滚红尘，一个人走路又怎能不与万事万物发生关联？年少时轻狂，以为天下就是我，一个人可以独自打天下；涉遍千山万水才知道，我，只是一粒草籽一缕尘埃。没有人能够独自成功甚至于独自立足。你必得与许多的人、事发生关联。从呱呱坠地到蹒跚学步，从小学、大学到走上工作岗位，从家庭到单位再到社会。漫舞的云彩向你明示，再洁白飘逸也需要蓝天的衬托；密匝匝的星星闪闪烁烁，再微小的星子也需要苍穹的铺垫，再渺茫的黑夜也得竭尽全力发出自己的光芒，照亮别人更照亮自己。

你知道心中的那份与外界的不相融，还有骨子里的许多不认同，甚至“不合作”。世事渐晓，你看到那个骑着大鹏鸟的庄子潇洒地在天上笑：内不化，外化。你也记下了那年看到苏州科技馆高悬在墙壁上的四个大字“圆融通达”。与外界人事的通、达，在年轻时认为是圆滑与世故，现在也知道，生命需要有所坚持，生存需要随遇而安。需要秉持内心的独立与骄傲，也需要顺应社会法则圆融通达。

凡人一样生活，哲人一般思考。你不是哲人，但以不同世俗常人的人生道路，来坚持和维护自己与生俱来或是一直确定的价值观，也许不难。

独自行走是一种姿态，坦然、自由才是一个人行走的灵魂与底气。

如此，一个人走下去，看得见满眼好风景，听得见花开的声音。心，通莹透亮，依旧敏感，为路边的一朵残花落泪，为与一株绿树邂逅而感恩，为与那座高山相逢而心动，为一轮被阴霾遮盖的新月而神伤。但一个人走路，心又渐然坚强，能忍受也能承担。一个人走的路，孤独又丰富，寂静又波澜四起。

从生到死有多远，呼吸之间/
从迷到悟有多远，一念之间/
从爱到恨有多远，无常之间/
从古到今有多远，谈笑之间/
从你到我有多远，善解之间/
从心到心有多远，天地之间……

有些事，只能一个人做；
有的坎儿，只能一个人过；
人生啊，有的路，只能一个人走。

与谁一醉一陶然

这里树无语，荷不动，无论如何你都想不到这寂静清谧中曾经风云跌宕高手际会，酝酿和演奏出中国革命史的前序乐章；

这里石坚磐，砖冷涩，费尽心思你也料不到这冷峻刚硬中曾经缠绵着凄美绝伦的爱恋之歌荡气回肠千古不绝；

这里槐上了年纪，竹有了岁数，无意间你拂动一片叶，枝叶瑟瑟间会摇曳出一段古远的故事，有意时你去抚弄一片瓦，幽幽远远处会回荡出岁月深处的足音……

一

千年古槐，伟岸、静默地在小小的岛上迎候着孤单的旅人。推开高大的铜环大红门，吱呀一声你就跌进了冷寂摔进了幽清。凉意袭人啊，足下几百年的大方石砖都在渗透着丝丝古远的寒意。

陶然亭！小小的亭子面东而坐，堂间北面的照壁上，秀兰挺竹在黑色的石碑上隽秀地绽放，茂茂密密；南壁一面则是诗词歌赋次第排列，龙飞凤舞。有的画痕有些笔触在岁月的风霜中斑驳得难以辨认了，但那或隽秀或狂放或精雕细作的字啊画的不由你不凑近去赏去看。一看就吓一跳：齐白石、张大千还有那位“我自横刀向天笑”的谭嗣同……大家、大师的诗词句章跃然壁间，这方小小的亭子竟然如此的藏龙卧虎！

“城南亭子仰高台，槛内文窗面面开。到此大都诗酒侣，应无俗客来看山。”二十八个字极其形象地对几百年前文人骚客在此饮酒吟诗谈文论章做了极好的白描。多青衫而无华服，论文章而绝官场。风雅之居，文人之所。清康熙三十四年（1695 年）奉命监理黑窑厂的工部郎中江藻，凝视这方三面环水的两亩半小岛，动工修下这座亭子，并得意扬扬地将白居易“更待菊黄佳酿熟，与君一醉一陶然”诗句之中的“陶然”，颤巍巍地写上这亭子的匾额之时，可能并没有想到他理想中的风雅之地在岁月的动荡中，竟成了清末之时维新者与后来的革命者聚会举事的场所。康有为、梁启超和谭嗣同曾在这里计议变法；孙中山亦来此参加过聚会；李大钊、毛泽东和周恩来等，也曾在这里举行过发动革命的秘密会议。清幽的陶然亭演绎翻卷着中国大革命早期仁人俊杰的风云际会。

亭子前的南侧两间小厢房是李大钊先生曾经住过的地方。两间十来平方米的小房中，是哪一把木椅承坐过大钊先生，是哪一支毫笔在先生的手中挥洒出大革命的前奏乐章？两只青瓷花瓶，很古朴地立在窗前的条台上，它该知道。一方小小的木格子窗，很精巧地将里外室通透，想必它一直在这儿，也该知道。外室靠墙一排陈旧的竹门书橱更该知道，大钊先生是怎样终日与它们为伴，为在血雨腥风的年代向中华大地播撒马克思主义的种子如何地殚精竭虑夜不能寐。

大钊先生居所的对面则更似聚会的场所。长长的会议桌，几把木质椅。周恩来先生的半身塑像端坐长桌前面。早期的“觉悟社”“少年中国学会”“曙光社”等进步社团发起者常在此聚集，共商五四运动后爱国运动和联合斗争的发展问题。前来于此、驻足此地的竟都是何方神圣啊：毛泽东、高君宇、邓中夏、恽代英，年轻的他们在泛黄的照片上在老槐树下英俊潇洒地笑着，还有年轻秀丽的邓颖超、郭隆真。他们的身影都曾在这儿伫立，他们的声音都曾在这儿回荡。

这小小的亭子间曾挑起了照耀进步中国的缕缕曙光！先前的我真是孤陋寡闻，看轻了陶然亭。请允许我，向这亭、这平房、这每一株蓊郁的花木每一块森森的砖瓦致以深深的敬意。容我再看看再想想，用二十一世纪人的心情与脚步一分一寸地感受和体味。

二

“我是宝剑，我是火花，我愿生如闪电之耀亮，我愿死如彗星之迅忽”。

其实，这么多年，心心念念地牵记着陶然亭，我知道，是为这首诗，为这首诗的作者高君宇，更是为高君宇生前的红颜知己、逝后的生死恋人石评梅而来，为他俩在风雨如磐中志同道合的相知相逢，为他们在相爱相恋中的生不能相依、死却永远相伴的至死不渝的爱情而来。于我，这是一个半生的约会；此行，为了践约。

是在青涩岁月偶然地邂逅这段凄楚与美好。我党早期著名的政治活动家、山西共产主义运动的开拓者高君宇，与北师大附中教员、进步女作家石评梅，在积极宣传马克思主义和“五四”风云中结下了深厚的情谊。论时局、说救国、谈为民，陶然亭的树树叶叶记下了君宇与评梅的志同道合；香山红叶托相思、象牙戒指寄深情，相知相惜吸引着两人走得很近很近。高君宇积极投身早期的共产主义活动，与周恩来会谈、与邓颖超见面、参加共产党四大……废寝忘食、积劳成疾、旧病复发、延误治疗、病情加剧，高君宇戴着洁白的象牙戒指与评梅与世界长辞。泪水滂沱中石评梅痛不欲生：为什么一次次拒绝高君宇的真情？为什么为了自己曾受感情伤害的心灵抱定独身主义而让君宇含憾而逝?!

评梅只能依照君宇生前的愿望，将墓地选定在陶然亭锦秋墩的北麓下；评梅只能含着血和泪为高君宇的墓碑书写“我是宝剑，我是火花，我愿生如闪电之耀亮，我愿死如彗星之迅忽”的碑文（高君宇自题相片的几句话）；评梅只能用尽全部心力在下面又写道：君宇！我无力挽住你迅忽如彗星之生命，我只有把所剩下的泪流到你坟头，直到我不能来看你的时候。从1925年3月5日高君宇去世到1928年9月30日，三年多的时间，不论寒暑烈日，每个星期天，石评梅从不间断为爱人清扫墓碑、墓地，干干净净。

这位有着“以生花之笔、写哀时之痛”的重情讲义的女才子，是以怎样的哀痛来一日日一月月为爱人清扫墓地？这位失去了一生至爱又极其感性的女教师是以如何的心情朝朝夕夕阴阳两隔地与爱人相依相伴？一颗心为一颗心，一个人为一个人，哀伤如斯，26岁的评梅只能“命若悬丝”只能心碎至此，终追随君宇羽化而去。遵其心愿，安葬在陶然亭高君宇的墓旁，墓碑上刻着“春风青冢”四字，后人称之为“高石之墓”。自此，永不离分。

高君宇、石评梅的墓冢相守相伴，高君宇、石评梅的雕像相依相拥在锦秋墩上，君宇帅气评梅娟秀，共有的书卷气使两人在白云蓝天下是如此的和谐。就这样并肩共享虹霓霞光，就这样相依同赏春花秋月，就这样生生世世，地老天荒。君宇有福了，拥有这样才貌俱佳重情讲义的女子为伴；评梅有幸了，一生能遇见这样值得生生世世托付的有思想有分量重感情的男人。

陶然亭好静啊，锦秋墩好静啊！夕阳如血，晚风如诉。评梅的墓地边，一簇淡蓝的小花极素净地嫣然，是评梅的微笑吗？花蕊中则是那种鲜艳醒目的金黄，是君宇的热烈吗？灿烂无比地缀饰其间相互依托。

三

陶然亭边绿意葱茏，喇叭花在翠绿中招摇出一派火红。但古寺、古意却还若脚畔这石径边的无名小白花，将你的心思拉得远远的，远离这醒目的翠绿与火红。

赵彩云。这样一个普通得不能再普通的平民女子的名字赫赫然撞进眼帘。可一提她的艺名就无人不知了——赛金花！清末明初的一代名妓、出使欧洲四国公使洪钧的夫人，更在八国联军入侵北京后，起到了劝说联军统帅不要滥杀无辜，保护北京市民的积极作用。京城人对赛金花多有感激，称之为“议和人臣赛二爷”。甚至于拿慈禧和赛金花作比“一朝一野”两奇女子之说。历史从来是任人打扮的女孩儿，何况赛金花这样一个身份诸多复杂的女人。从刘半农的《赛金花本事》到曾朴的《孽海花》再到张弦的《红颜无尽》，或贬或褒贬多褒少。这么一个颇有争议的奇女子，竟然也与陶然亭有着不解之缘?!

你看这石刻的《前彩云曲》《后彩云曲》记载着赛金花的生平记事，还有同样是石刻的《彩云图》，婉约似洛神的女子左手轻轻托腮，衣袂飘逸，云彩朵朵将其托起。不谙书法与雕刻，但同样，看这撰文的、作画的、题碑的如雷贯耳：齐白石、张大千、樊增祥等，难道当年京城的鸿儒高士名流画家仅仅为一个所谓“八大胡同”的名妓竞相使出自己的大手笔吗?!

想起林语堂先生在《京华烟云》中的喟叹：“北京总算得救，免除了大规模的杀戮抢劫，这都有赖于赛金花。”也还记得赛金花在那篇《追述庚子国难讲演录》中，有这样一句深明大义的话：“国家是人人的国家，爱国是人人的本分。”这就是了，爱国不问身份。倒是，有的位高权重者，卖起国来逃起命来比哪个都卖劲。历史的真相永远离我们遥远。

但赛金花还是可怜，可怜她一生好强曾经挥金如土也乐善好施，晚年贫困潦倒，接受过很多人的接济，最后的日子陪伴她的只有女仆顾妈。1936年12月4日，风雪交加中因病于北京居仁里惨然过世，不过64岁。死后，北京各界人士义卖所得为其办理后事，说是天降大雪丧服飘飘，京城一万多人为其送葬，葬于陶然亭锦秋墩南坡上，香冢之西。墓为大理石砌成，墓碑为高1.8米的花岗岩，墓碑是著名书画家齐白石所题。一个在社会和男人心目中有位置的女子，一个生命力极强又极为丰富的女子，也是在后人心中笔下写不尽道不完的女子。

但到底，陶然亭没能留下赛金花的墓。二十世纪六十年代的那场浩劫，多少有价值的东西被毁灭？何况一个有争议的名妓之墓。骨灰被燃，墓地被夷。所留下的，也就是眼前的这三块石刻，还有墓碑的照片了。踏着夕阳的光影，在据说曾留下彩云芳踪的锦秋墩间寻觅流连。是哪一株小草见识过赵彩云的美丽？是哪一方黑土托扶过赛金花那饱受摧残与磨难的躯体？又是哪一株树曾为这位魂魄无所归依的女子挡雪遮荫？

细若游丝，恍恍惚惚是谁在吟唱：浩浩愁，茫茫劫，短歌终，明月缺，郁郁佳城，中有碧血，碧亦有时尽，血亦有时灭，一缕烟痕无断绝，是耶非耶？化为蝴蝶，……终究是一缕烟痕啊，化为蝴蝶，彩云飞。是了，是香冢碑阴文的题词。香冢已经没有了。

幸好，得知，赛金花的故乡，安徽黟县，复建了她的老宅：归园。彩云千里万里，飞得过沧海，归得了故园吗？

终于了了一桩心愿，终于见识了陶然亭。来之前曾有些许的担心：茫茫人世滚滚红尘，随处可见景点的红鲜绿活会不会将牵挂许久的陶然亭的清古、幽远甚至苍凉赶得无影无踪？笑语喧哗、摩肩接踵会不会将有关陶然亭的遐想震摇得支离破碎？现在释然、安然。陶然亭依旧清寂，依旧古幽，依旧“慧眼光中开半亩红莲碧沼”，依然“烟花象外坐一堂白月清风”，依旧“烟笼古寺无人到”，依然“榻倚深堂有月来”……

一派寂静，寂静得听见自己的心跳。微风徐徐，槐叶儿瑟瑟。每一块大青砖蕴藉无语，每一片小黑瓦深缄其口。这上了年纪的陶然亭究竟还深藏着多少不为人知的波诡云谲？这千年的老槐树到底还看透了浮世多少命定的悲欢离合？！岛下公园里隐约传来欢声笑语，远处姹紫嫣红的花坛喜气洋洋。这半日，这陶然亭就我一人从里到外从前到后。是四元钱的门票挡住了欢天喜地的脚步，还是兴高采烈的人们早就忘记甚而不屑于走进这寂静清冷的陶然亭？

“更待菊黄佳酿熟，与君一醉一陶然”；

即使菊黄佳酿熟，又有谁与我在此一醉一陶然？！

一座院子的前世今生

——记中国作协北戴河创作之家

枝干虬劲，弯曲又舒展，叶片巨大，润泽又盈绿。巨大树冠撑起浓密的荫绿，几张白色的铁艺座椅那两张白色的小圆桌，静静地恍若就在眼前。是在梦中吗？那老核桃树的碧绿浓荫与悠然月色一起弥漫进千里之外我的梦境，我知道，我又开始思念，思念那株核桃树，思念那座有这核桃树的院子了。

一

晨曦清露，月影星烁，核桃树下乳白色的铁艺椅上，总是人群围坐畅谈甚欢，声息相求知音同道且自由自在地交谈，是怎样的欢欣，甚而是一种福分。岁岁年年注视着来来往往这些热爱文字的人们，核桃树的叶叶脉脉是否也留下着或铭心或刻骨的影像？聆听着天南海北口音讲述的往事今昔，核桃树的枝枝丫丫是否都藏匿着或离奇或荒诞或真情的故事？

这株核桃树是有积淀的——“核桃树吗？它年已半百”。是的，这里的负责人于辉先生是这样对我说的。五十来年的驻守与凝望，半个世纪的风风雨雨，看岁逝月移，听鸟鸣凤吟，观世事变迁，核桃树只是沉稳又深邃地张开它阔大的胸襟，将有幸坐在自己身边的人们，拥进自己绿色的怀抱，那么深深的相拥。是的，花开花落，来过此院的人，谁的心中没有核桃树那枝叶葳蕤、那硕果累累、那一泻到地浓绿的影像？去过这个院落的你、我、他，你敢说，你没有？

与核桃树相望的是广场南侧小园中的青松红花。是的，清悦园，园中花艳丽树葱绿，袖珍瀑布清澈晶莹在夏阳中潺潺飞舞，为这宁静的院落带来几许灵动。“清悦”，是的，这大石块上红色的大字，是王蒙先生所题。走过原木小径，走过六角凉亭，走上北侧的小广场，有七八十平米吧，同样的铁艺白桌椅，悠闲静谧中，广场周围的几株高大的青松巍然屹然。它们该记得，那年那月，这里曾经是土泥草坡，风起满面沙灰，雨地双脚泥泞吧？记得创作之家的几大员，风里来雨里去终将这泥草坡修点得如此清悦雅然吧？青松和核桃树一样微笑不语，只是高举着一蓬沧桑又青翠的树冠，清朗又怡眼爽心地，伫立在这八月的灿灿金阳下。

这院落的一草一木，似都经过了精心的设计与安排，从院门前的蔷薇花道到院内的地长盆栽。即连食堂对面的一小截空地上，台阶上是几盆太阳花，红黄翠绿蓬勃恣意着小女生般争妍斗趣，两株龟背竹，在墙根敦厚又温良地伸展开深绿的叶片，老大哥似的注视着太阳花，因了这小花这老竹，食堂的门前生机四溢又意韵悠长。

还喜欢上这龙爪槐，翠绿低垂的枝条树叶，撑开不大又无私的树冠，蔽护着树下一圈呈现着嫩生生绿叶的黄杨。说原来这儿是一株丁香花的，于辉偶尔听说丁香绽放时有一定的毒素散发，就想到了绿意袭人造型有爱的龙爪槐。槐的树干下光光的有点儿突兀吧，于是又移栽下一圈黄杨，上下皆绿一如放大了的盆景。更赞的是龙爪槐后面的那堵墙，绿绿的长春藤攀爬缠绕出巨大的绿屏风。于辉就常立在这屏风前与这槐这黄杨一起，俊朗清逸又儒雅温良地迎来送住，诉说着对这个院落的情深意长。

二

我在一号楼走廊里曹禺先生与夏衍先生这幅照片下久久伫立，注视着大师脚下黄色的砂石路，想着以前，这院落是什么样子。

是的，六十年了，这变化可太大了，创作之家的负责人于辉先生接住了我的话尾。

新中国成立后的中国作协，在此创建了创作之家，接管的只有一幢日式小别墅，那房那院就一直支撑了十多个年头。而这仅有的小房子即十二亩地，在“文革”时却片瓦不存。在扫除“封资修”的大潮中，岂能容下“反动”文人和旧知识分子的老巢？改革开放，当作协想起来在此处还有一个基地是姓作协之时，这个院落已是秦皇岛的一个仪器仪表厂的厂区。失掉之后要收复是何其艰难！

1985 年，在中国作协的支持下，基地的工作人员开始了难于上青天的收复工作。当年建此基地的批复文件一应俱全，工厂的负责人承认：历史上是属于你们吗？那么，房契？那么，地契？书生们瞠目结舌：是的，房契、地契呢？舞文弄墨的人更知有白纸黑字的重要。好在，文人自有文人的办法。于辉浓眉轻扬：感谢多少老作家的呼吁奔走；感谢王蒙先生，感谢当时的河北省委书记高占祥先生，感谢当时作协的领导玛拉沁夫先生……要感谢的人太多，更有许多一手好书法一支好画笔的作家、老师捐来自己的珍品，作协的同志们就“雅”送，来联络情感来寻求支持。后来，终以一百万元给仪器仪表厂换回了原本属于作协的这十二亩土地。“一百万啊，这在当时真是个大数目！”于辉近三十年后说起来依然痛惜不已。

1987 年，创作之家开始动工，终开始了恢复与重建。1987 年，中国作协下决心给作家们一个“家”，可赶上了国家不得修建楼堂馆所的规定；1991 年现二号楼的旧址上终建起了两层楼的小房子，可规格低，海风呼呼，下起雨来，屋内雨水滴滴答答；2002 年又下决心修建，可主体框架刚搭好，又遇上非典肆虐……2004 年 5 月终于竣工并启用，这里的酸甜苦辣只有自己知晓。于辉先生的眼光延展至十年二十年前的岁月，有苦涩也有欣慰——

那时，我们平整院子，以前替代砂石路的是石块，既硌脚一有雨水四处飞溅，非常不便。作协的经费紧张但支持我们想办法，我们去深山里与山民讲价，自己雇车往这里拖运，白天不准就顶着星光月色运，终于全部换上了花岗石的路面。

那时，我们修建这清悦园，自己翻书设计自己修理小河沟。园不在大，有水则灵，这流动的小瀑布，这弯弯的小河，这悠悠的小径，这亭亭玉立的荷花，都是自己的设计。喜爱摄影一手好书法的于辉颇有成就感："关键是能省下设计费用。"

这凉亭是南方风格，北方的木匠不做榫卯结构的，从南方请师傅价钱又太贵，我们自己找图，绘出图纸提出要求；这餐厅是以前仪表厂的车间改造翻建，已与二号楼浑然一体。上面有着大会议室，我还设想在楼顶搞上开放型的茶座……

1991 年走进这院落的于辉如数家珍：我们这于 2011 年进行再改造的创作之家，现已能接待百余人。全国作协现每年都有专题活动和会议在我们这儿召开。七月底，刚结束的是全国散文创作研讨会。

小楼前、餐厅里，一块素简的框架，镶着简洁的地图。而这简洁，因了上面四个大大的红字温情四溢：欢迎回家！

三

一个甲子，整整六十年。1953 年的那个夏日，女诗人白朗，捋一捋额前的碎发，下了北戴河火车站，作为年轻的共和国第一批来此的作家之一，坐上马车听着辘辘的车轮一路风尘仆仆地找到了安一路九号（当时的中国文协休养所），就此注定了这个十二亩的小小院落从此群星闪烁华彩熠熠。

两座米黄色的三层小楼，静谧安然地恭候在眼前。自一号楼拾阶而上，映入眼帘的即是由作家出版社著名书法家苏彦斌先生撰书的巴金先生的名句：对我的祖国和同胞我有无限的爱，我用我的作品来表达感情，我提倡讲真话。对面则是什么画？这字这画将不大的厅堂映照得书香四溢又大气磅礴。一楼、二楼、三楼，两座小楼的走廊、阅览室、多功能活动厅乃至楼道的墙壁上，夏衍、曹禺、冰心等大师的照片或微笑或凝视或专注，还有王蒙、玛拉沁夫、高洪波、铁凝等人的照片，更有许多作家兼书法家、画家的墨宝画作。这照片这画作这墨宝将这楼这室浸润得书香四溢墨芳怡人。

我在照片上一一凝视、仰望。很喜欢曹禺先生和夏衍先生在此的这张合影。大师身后是绿色的背景，脚下是黄色的泥地，两位先生似乎都是坐在轮椅上，金色的阳光斑驳着太多岁月过往的碎影，洒在他俩开朗又略显伤感的笑容上。是风雨后老友的相聚与畅谈？是对曾经黑暗与磨难的自省与回望？大师的面庞上呈现的是快乐更多的是沧桑。是的，沧桑，整张照片弥漫着那年那月老油画的感觉，沧桑又厚重。

多功能活动厅墙壁上则是中国文学史上赫赫有名的大师巨匠的影像：冰心、刘白羽等人或写作的身影或微笑。这张照片是王蒙先生与铁凝的合影，王蒙爽朗开怀，铁凝微微欠身谦逊含笑，2004 年的合影，也是十年前的时光了；还有郭沫若激情朗诵的照片。于辉先生说，郭沫若没来过这儿。近年，陈忠实、贾平凹、刘醒龙，还有张扬，我说是那个写《第二次握手》的张扬？正是，都来过这儿。

是的，作为中国作协的创作基地，文坛高手大师巨匠，你在这儿漫步，你在这儿行走，一抬头往往就是星光灼灼。

那日，晨曦中在“清悦”园的原木小径上悠然。正凝视着由王蒙先生题字的石块，赏那遒劲的“清悦”两字，一老者健步而来，凝神一看竟然就是王蒙老师。王老师微笑，王老师与我们握手，王老师与我们合影。王老师晨练太极午后海泳四十分钟，其余时间笔耕不辍。前不久，中国作协刚为他的新作《这边风景》召开了研讨会。看着年近八旬的王老师潇洒地离去，耳畔回响着他的话语：除了相信和乐观，坚持与稳住，没有别的选择。别的选择是死路一条。

那日，夜色中我们坐在核桃树下，月色温柔银光遍洒，树影婆娑出一派梦幻渺然。天津的文友从《那五》《烟壶》说起津味小说：还有比邓友梅写得更好的吗？二楼的窗户前笑声爽朗：是谁在说我呢？核桃树下我们一起仰望，却原来与我们同住一楼的竟有邓友梅先生，八十出头还文思泉涌写作不息。重庆的许老师说还记得您二十年前去山城健步如飞！邓老师披一身月色缓步走下台阶：现在去掉一个健，就是步如飞啦！核桃树下，笑声惊起快乐的蝉鸣，在月色中悠扬回荡久久长长。

那日，与我先后走进这座院落的谦和大姐，秀丽而端庄，总觉得似曾相识。在第一次见面会上，主持人介绍，恍然明了，原来是航鹰老师啊！八十年代的青葱岁月，是那样的喜欢她的作品《金鹿儿》，她的小说《明姑娘》被改编成了电影，她的散文《欧罗巴之夜》一书难求，她与张洁、刘心武等老师并驾齐驱在八十年代的文坛上蜚声中外。令我更对她心生崇敬的是在这次座谈会上温婉微笑又不乏锐利的一席话：不喜欢端起碗来吃肉，放下筷子骂娘，任何事要辩证地看。

……

未曾离开，已然思念。那晚，月儿升起，就我一人，坐在核桃树下，静静地，看月儿缓缓地露出笑脸，看树叶枝条婆娑着舞弄清影，听蝉儿与不知名的鸟儿们吟唱低语。总是这样的静然，总是这样的怡然。看着核桃树啊青松群啊就这么将院落晕染得清澈沁绿，看着这些花啊草啊就这样将院落点缀得灵动鲜活。月色如银似水，就这么反复想着：这趟没白来。

安一路九号，这个小小的院落，这两座米黄色的三层小楼，这核桃树这青松这槐这花这草这树树木木，承载着多少人的心血汗水与情感？又为在尘世中挣扎与飞翔的热爱文学的人们提供着多少滋养？在阅览室内，见到王蒙先生的大作，大作后特意标注：成稿于北戴河创作之家。

其实，相比北戴河错落有致大大小小的别墅群，那许多欧式中式或古典或现代的建筑，安一路九号，这十二亩地的院落朴素甚至简单，实在是不显眼。然而，因了六十年的风风雨雨，因了进进出出的这些人，因了墙壁上这些照片留下的中国文学史，还有经年累月受着书香濡染，绽放得更有底蕴的花儿，成长得更加丰富坚挺的树干，这座雅致清悦的院落闪烁着耀眼炫目、不可替代的光华，又岂止是在北戴河。

一束芦花的前世今生

一直以为，芦苇是女子。那么，请允许我称呼你为“妳”。

是在儿时邂逅的妳。那个乍暖还寒的春日，和小伙伴们在五七干校的田埂上奔跑。那领着我们跑的高个儿男孩，忽地蹲下了身子：看哪，这青青的绿是什么？一排蹲了下来，注视着这水边的一株株青绿，一小根一小根，一小簇一小簇，青得似田埂上那小小的草，绿得似老柳树上才爆的嫩芽。知道吗？这—是—芦—苇！这是与妳第一次的相遇第一次的相识，妳，叫芦苇。好像才没几天呢，也好像只是一夜间，妳随着春风忽地一下子就碧绿了河荡与水边，俏生生的，绿莹莹的，整个大地与水荡，还有我枯寂又冷清的童年，都因妳而灵动与丰富起来。那些个春日，我们一帮不上学的孩子，整日里与妳为伴呢。扯一片青青的苇叶，舞在手中，田埂上就挥起一排绿旗；卷起再编起一把苇叶，戴在头上排着队走，我们以为自己是监督那田野里劳动人们的哨兵；那两个男孩，竟然用苇叶卷呀卷的，放在嘴边，在荡边与天际之间，嘹亮起尖脆的哨音。跑了累了，坐在水荡边，就唱歌给妳听，唱《我们是共产主义接班人》，再唱《听妈妈讲那过去的事情》……春风将我们清凌凌的歌声传得很远很远，春风中，妳轻柔地摆动着细细的腰肢应和着我们的歌声，微微地、微微地笑出一派温润浅绿，一点儿也不计较我们这群不知高低的城里孩子的莽动，不记我们的仇。我老是在想，我们去扯妳身上的苇叶，妳也是会疼痛的吧？妳却总是，静静地，浅浅地，对我，对我们笑着。太阳升到头顶上了，空气中流淌着湿润微凉的青草和野花的芬芳，妳更是青翠秀美了，晶莹透亮地装扮着水荡与四野。微风轻吹，苇叶瑟瑟，妳，是在与我们，还是在与轻风娓娓长谈？

燕子又归，大地温了人间暖了。桃花红，梨花儿白，妳刷地一下子显现出全部的精气神，向着蓝天秀出妳轻柔又挺拔的腰杆，枝枝叶叶丰硕又厚实地向着四方舒展。最早的一缕夏风拂过，笔直修长亭亭玉立的妳，就与风共舞与水同吟，轻漾出无边的诗情和绿意。那挎着篮子提着网兜的乡下嫂城里妹成群结对地来到妳的身边，轻巧又无比爱惜地，从妳的身上捋下那最为阔大最为美丽的片片苇叶，妳慷慨地，大度地，扭转着身躯，将最为美好与壮硕的那片，奉献给人们，奉献出每个小院每家餐桌岁岁年年的端午正餐。在这块土地上生长的人们，有谁没有动手包扎或是看着妈妈、奶奶用苇叶裹出一只只粽子，再在又糯又香的咀嚼中，感受千年汨罗江的诗情与风骨呢？那年，在加拿大多伦多呢，坐在教室里对着那金发碧眼的老师想着今天是端午节了，一分神眼前就是五彩的香荷包、黄黄的小米粥，那方桌的正中间，就是一盆青青苇叶裹扎的三角粽，清香无比。是红豆的还是咸肉的？……中午去食堂，那华人厨师得意地向我们笑，那自取的餐盆里，奇迹般堆满了青青苇叶裹扎的端午粽。异国他乡的相见与相遇，那一刻，竟然是泪水盈眶不能自已。原来，一片苇叶，也是可以将思念，千里万里万水千山扯得如此远远长长。

如若说，春风中妳显现的是青翠可人，夏日中妳表现的是挚爱与奉献，秋阳下的妳，我笨拙的口中已无法表达——

那一日，我站在高高的海堤边，滩涂茫茫啊，秋风袭袭。雁子排着队，在高远的蓝天上描绘出工笔画般的写意。声声雁叫，雁叫声声中，妳缓缓地摇曳，摇曳出人世间的绝美茫茫。如梦似幻的芦花啊，茫茫若海的柔白啊，眼前这飘浮在金阳与湛蓝天空下的一派妩媚满眼温柔，这一份饱餐了金黄与蔚蓝随风摇曳的淡定与素雅，是妳的微笑吗？是妳的繁盛吗？这片柔软是那样有力地击中了我的心房与眼眶，晶莹的泪雾中，妳与金阳、蓝天一起编织出一个美好的梦，一个轻灵的梦，一个美好得不像样子的梦，童话般地闪现在眼前。我对自己也对妳说，这是真的，这不是梦，妳微笑颔首：不是梦，生命该有着如此的美好。

蒹葭苍苍，在水一方。有时不免在想，如此的秀美与温柔，这样的大度又热烈，妳，得到的是什么呢？采摘下一束芦花，透过絮絮柔柔的芦羽，我问妳。妳该记得，我问过妳。妳不语，妳无语。妳只是用妳的一生告诉我，春日里，妳仍是青翠欲滴，夏日里，妳仍愿意用身躯赠予人间以美味，更有思念与怀想。也有一点点，一点点思念与忧伤。当妳绽放出生命的漫漫芦花，那个帅气的背着画夹的男生曾从妳身边走过，坐下，在他的画布上留下妳曼妙的身姿，美丽的容颜，温柔的笑靥。久久地对视，深深地回望。一步三回头，三步一回头，他终走了。在秋天枯黄的原野上，一瞬间，只是瞬间，妳的花絮在秋风中漫溢出一丝丝忧伤。

总说是，芦苇花开就意味着生命即将终结。一阵寒风一层霜，寒意紧了，冬日里的妳，水荡里冰凌中苇苇簇簇，真个是浴露凌霜啊。寒风中，苇絮，一点点一片片一星星纷飞在水面荡边；苇叶儿，也枯了软了凋落了。妳，走过了生命的秋天？以后呢？想着还是有一点伤感。可妳却告诉我，不！妳腰杆仍然挺立，妳身躯依旧笔直，这时的妳，这个季节中的妳，被人们称作了芦杆。作为芦杆的妳，显现出芦的顽强芦的坚韧芦的巾帼气概。不管寒风肆虐，哪怕花落叶飘，妳永远是妳。妳对人间许诺：我的腰杆，还可以用来造纸，可以用来编席子，更可以用来编制成各种美观的工艺品。曾经的那年那月，我可是人们取暖的必需品呢。妳不信吗？我信，我服了！芦苇，我明白什么是柔弱里蕴含着刚毅，朴实中透着灵性，妩媚里彰显着大气，更懂得什么是品格什么是风骨什么叫以身代薪！

妳静静、静静地听着我的心语，仍是无语。眼前的妳，如箭似竹般地傲然挺立。我知道，妳的根还在，深深地扎在水荡里。我看见，明年的春天，当第一缕春风拂动之际，妳又会葱茏翠绿地拔土而出，染绿明媚着再一个人间四月，丰富妖绕着湖荡四野。

平原的守望

平原的记性很好，何时小草萌芽，何时野花打蕾，何时麦苗抽穗，何时向日葵绽放，还有那走来走去的人们。因为这些小草、野花，因为这些饱满的谷穗、雪白的银花，平原就觉得自己与这些是融为一体互依互存的，这些是平原的生命也是平原的花。平原总是觉得，有一片生命为一个生命活着是多么的不易，平原旷寂的生命因他们而丰富多彩。碧绿、金黄、嫣红、雪白，于是，岁岁年年风霜雨雪，平原有着他永远的守望……

守望碧绿

当春雨淅淅沥沥轻柔地叩打着平原袒露的胸膛，平原总是觉得酥软到血脉中去，仿佛沉睡了一个冬季就在等候着这甘霖的浇洒。平原听到自己无垠的身躯通体发出一种似有似无的声音和动静，这可是别人听不见的啊，平原自个儿笑着。是生命萌发的声音啊，是小草、是树根、是那些孕育了一个冬季的所有生物的声音和絮语。轻轻的却又是急不可耐的。平原沉稳地轻轻地舒展开四肢，就这一伸展啊，这四野就一片碧绿，那种润透万物的绿啊！

平原太熟悉这些绿了，他早已在心中千次万次地勾勒这些绿了：这近处幼幼嫩嫩的是小草，没有人问的野草，平原是那么喜欢他们，那样不顾一切地从他的身躯中最早钻出来的就是他们，总是弄得平原痒痒的，似一群淘气的孩子，探头探脑在风中叽叽喳喳的。可他们绿起来却又是那么野性与热烈，在坡沟旁，在田埂边，在无人去的空地和有人走的小径都蓬勃起碧绿的火焰，远远近近的，平原喜欢。

那整齐划一的齐齐整整地生长的，是平原的希望，也是农人的希望。如果说，平原对小草们是喜爱，对这些麦苗啊、青菜什么的，倾注更多的是关注了。平原敞开他的胸怀，无私地让这些牵系着人们希望的绿色在他的胸膛吮吸蔓延。这些绿色的麦苗、蔬菜也真的懂得平原的心思，一日一日就那么比着个儿往上蹿呢，很快就蹿得有半个小人高了。当阳光洒下之时，平原喜欢看这些绿色散发出的油亮；当春雨滴落之时，平原觉得这些深绿、浅绿就越发透明甚至有些诗意，平原真的喜欢。因了这些绿色，平原觉得自个儿明净又溢满生机。

一阵笑声，孩子的笑声传进平原的耳扉。一个男孩一个女孩在绿色中追着跑着，洒下银铃串串，平原触摸到一种动感。却原来是两个五六岁的孩子啊，女孩在前面跑着，男孩举着一束碧绿，是小草还是绿柳？男孩在后面追着，笑声在风中荡漾，小人儿好像在绿色中飞翔。平原有了一种感动，启示般地感动，平原抖动着身躯笑了，这一笑可不打紧，那麦苗儿那油菜那坡前坎后遍野的小草就都绽开了澄绿明净的笑意，顿时，绿满天涯。

守望金黄

如那男孩追着女孩，金黄差不多也总是追着翠绿的身影跑来的。

首先落入平原眼帘的是那绿色中隐隐现现的星星点点的黄，这是守望中来临的第一抹金黄。可这星星点点的金黄就迅速成了燎原之势，还没几天呢，一棵棵油菜花上密密地缀满了花朵，简直就是束束火把。遍野的油菜花啊，一畦畦、一丛丛、一簇簇黄灿灿地飞舞起来，简直是一片熊熊的火海，将整个大地整个天空燃烧得金灿灿的，平原的眼神都染得金黄金黄，平原觉得自己的身躯也燃烧了，心也燃烧了，自个儿也成了一束金色的火把。

坡坎上那一排排向日葵啊，低垂着的面庞在一个艳阳天忽地就绽放出一派明媚，她抬起头来向着阳光笑了，是那样很热烈的笑容，是那种优雅无比又风情万种的金黄。平原甚至听到那硕大的花盘花瓣绽开的细微颤音，清新的花香淡淡袭来。平原和太阳一起用目光抚摸这花盘花瓣，一粒粒玉色种子就在金黄的环抱中日日饱满丰硕起来。

金黄的稻浪是起伏着一夜之间呈现给平原的。一个恬静的夜过来，抖落清露平原看到自己的身躯已经被金色的锦缎缠绕覆盖，天地间似扯起了巨幅的辉煌。平原真是心花怒放！有谁比平原更知道这铺天盖地金黄的来之不易呢？从第一滴春雨的滋润到那一群可爱的农人将秧把抛向平原的身躯，从每一株稻苗蹿个儿到抽穗、扬花、结实，平原如那满脸皱纹的老农一样精心地守望呢，看着稻穗儿一日日灌浆一日日饱满起来。如果说春日油菜的金黄是妩媚，夏日葵花的金黄是热烈，那么，这初秋遍野稻浪的金黄是什么呢？朴实的平原觉得自己都像一个咬文嚼字的文人了。平原想不出来，那么，就是幸福吧，丰收就是幸福，平原这样对自己说。

稻海中，一对青年男女在悠悠漫步，那小伙子手中托着一本书，那姑娘挽着小伙子的胳膊亲亲热热的。平原怎么看着他们有点儿眼熟啊，平原想起了春日中那田埂上奔跑的男孩女孩，平原笑了，金黄的季节是成熟的季节啊。平原不去打搅他们，只是满心欢喜地向他们呈上金黄的祝福。

守望嫣红

是一株株桃，是一株株果，是一树树火红的石榴。红果绿叶，红欲流丹，红得美不胜收啊。一盏盏小红灯笼密密地布在农家袅袅的炊烟之间。平原竭力想去数一数呢，可是怎么数得清呢？这嫣红的点点片片如苍蓝夜幕上那一颗颗闪亮的星子啊。

为了这些美不胜收的嫣红啊，平原献出自己油黑的身躯让她们生长，那一条条蜿蜒流淌的河流是平原的血脉呢，平原心甘情愿地让她们去吮吸。平原甚至不太知道有些红果子的品种，平原只知道自己的无私奉献是为了谁，但平原更知道——

如果没有阵阵春风的唤醒，如果没有淅沥夜雨的浇灌，如果没有闪闪金阳的光照，这点点嫣红会找到她驻守的家园吗？

如果不是那一簇簇繁花的明媚的绽放和无私的谢落，如果不是那一群群嗡嗡叫的小蜜蜂的忙忙碌碌，如果不是那一批又一批勤劳的人们育苗、打枝、嫁接、除虫、施肥……这片片流丹会如此溢光泛彩吗？

为这片令你怦然心动的嫣红，平原的守望较之任何一次守望更为投入。每一次暴风，平原总是心疼那满地落花；每一次狂雨，平原总是担心那挂满了果子的枝头是不是承受得了。从一粒粒娇羞的花苞到一枚枚先是青涩后泛微黄再后来就如一个姑娘那样粉嘟嘟地羞红了脸，果子成熟了，平原的爱情也成熟了。平原伸展开自己全部的身躯，尽情地享受这红色的精灵温柔、秀丽着自己粗犷又炽热的胸膛。

呼！一粒红彤彤的果子砸向平原，平原不觉得疼，看着那穿着红衣的娃娃捡了起来，又大叫着：爸爸！妈妈！那远处红光笼罩下，笑吟吟走来两个人，那男人提着一篮熟透了的红，说说笑笑，多美啊。平原高兴自己和嫣红一起融成了一幅这世上最甜美的画。

守望雪白

平原的目光抚摸着这片河沟。平原总是有点弄不清这春日里碧绿秋日里金黄的芦苇怎么会秀出这束束蓬蓬勃勃洁白如羽的芦花。芦花在深秋的薄雾里凉凉地站立，清清地眺望，平原总是有点儿心疼，这样轻盈这样温柔的芦花啊，总是没有人去光顾她。可有一日，就来了一群背着大大小小画夹的年轻人坐到了沟坎旁，对着那片雪白画了起来。平原悄悄地看了看，呀，那就是平原心中的芦花呢。那个披着长发的女孩子还笑眯眯地捧走了一大抱芦花。平原真是高兴，他想象着这雪白的芦花绽放在女孩家的客厅里，想象着这些在秋风中摇曳的芦花变成了一幅幅画，再挂在城市里的什么地方，让好多人去认识，平原觉得芦花的美被人发现了，平原觉得自己还是很有眼力的。这时的平原如一个妈妈，心疼自己每一个孩子，又为每一个孩子的被人赏识而兴奋。

平原的目光抚摸着这片棉田。一株株紫黑色的秆儿挑起朵朵硕大的棉花，绵软银白，装点美丽着这个季节日显萧瑟的平原。这也是平原的成功与骄傲啊，从那么一棵棵两三寸长的小苗到今日吐絮如玉洁白如云，平原是她成长丰硕的见证。阔大宽厚的平原知道这洁白可以富足这田野上耕耘的千家万户，更知道这洁白可以为人类带来温暖还有平原不知道的许许多多。于是，平原总是敞开胸怀让那一群群女子带着欢声笑语尽情采撷，看着她们双手轻盈地飞舞，瞬间，胸前就隆起座座白色的小山。远处，一阵歌声飘来，唱的是什么，平原不太听得清，但是，平原感受到那歌声飞扬传递的是和自己心中一平涌动的喜悦之情。

在一个寒意清冽的夜晚，平原将活泼的犬吠声、闪闪的灯影儿、苍蓝天幕上亮晶晶的星星都收纳进自己的怀抱，静静、静静地睡去了，忽地，感到面颊一阵湿润，又是阵阵湿润。平原一下子醒了，呀！雪儿悄然而至哎。纷纷扬扬飘飘洒洒，才一瞬啊一瞬，这树那房那河沟坡坎真是四野皆白，万物银装素裹，好看得很呢。

平原觉得有什么正沁入肺腑，有点儿凉丝丝的又有点儿酥软软的。平原觉得自己在这个落雪的季节要休息会儿了，守望了四季花开花落的平原想睡上一个长长的觉。

蒙眬中，平原依稀见到两位老人相依相偎站在雪地上往通向城市的那条柏油路上守望，身后是一串串深深的雪窝。平原好像认识他们，想了一下，平原一下子从两位老人身上看到了在绿色的春野上奔跑的孩童，在金色的葵花边和稻海中徜徉的姑娘和小伙子，看到了那带着穿红衣的女孩在果园里采撷的夫妻。四季好快噢！生命好快噢！平原无声无息地笑了，这一笑就将自己深深地掩进了轻柔、绵软的雪白。一阵睡意袭来，平原蒙眬中还知道自己即使睡去还得静静地孕育，付出全部心血和精力去孕育，为着再一个季节再一片绿黄红白永远的守望。

夜色中的舞蹈

珍惜夜晚，从来珍惜每一个夜晚，珍惜到了无以复加的地步。夜夜，在苍茫无边的夜色中，我以我的灵性我的思绪我的生命，独自，翩翩起舞。

最有味卷中风景

是朝霞是日出，是满目的淡红粉红嫣红火红，是太阳出来了。是月色是星空，是瓦蓝苍蓝的夜空，朦胧秀美若女子面庞的弯月从那东墙爬上来了。是老式的暗绿色的铁皮火车，咣咣咣地一路前行，你跟着侦探福尔摩斯和助手华生对案情在抽丝剥茧；是唐诗是宋词，你见那个青衫男子玉树临风“问世间，情为何物”，你望那位素裙女子决绝一笑“零落成泥碾作尘，只有香如故”……

是圣彼得堡华美的广场，哥特式的建筑满溢浓郁的俄罗斯风情。透过岁月的烟岚你看见十二月党人聚集在广场上，激动愤怒的人群，呐喊着躁动着在反抗沙皇的集权统治。你看到被镇压的人群倒地挣扎看到广场瞬间血流成河，你跟着十二月党人的妻子追随真爱执着地走向冰天雪地的西伯利亚。是瓦尔登湖静谧的湖畔，满目的郁郁葱葱，偶尔一只水鸟从湖面上飞掠而过。穿越时光隧道你坐在梭罗的小木屋里，与哲人一起思索着何为生命的真谛何为生活的本质。你爱恋着忠诚于信仰面颊上有一深深刀疤的牛虻，你欣赏着自尊自爱不漂亮但终拥有超越尘埃世俗爱情的简·爱……

这样的夜晚有多久了？十年？二十年？夜夜风景啊，如此相伴。相伴走过多少岁月。一本书、本本书白纸黑字（在网络如此盛行的今日你还是痴情纸质书本）的携手前行，星子明明灭灭的照耀一起行过多少春夏秋冬？

你在文字中微笑与慨叹，你欣赏自然美景感受上天造化；你神往你沉思，书卷中你领略人生真谛你感悟生命本质；你掩卷而泣有时甚至热泪滚滚，为“此事古难全”为“但愿人长久”，还为那“料得年年肠断处，明月夜短松冈”（苏轼）为“记得那时我们小，梦里花落知多少”（三毛）……

你在文字中倾听与观照，你看见遥远的历史与今日的现实往往是这样的循环往复，你也看见人们无视历史的经验教训一意孤行；你越来越慨叹老祖宗的英明与睿智，几千年说过的话语至今乃明世、立世箴言。甚至，一语成谶。

在这样日复日夜复夜书籍的滋养濡染中，在人类智慧光芒的照耀下，你看到自己心智的成长与变化，你感到自己生命的丰富与步履的稳健，甚至，作为女子，你看到自己容颜上的焕发与清丽，还有优雅与大气。

你对生命、对情爱有了更好的审视与把握、明察与深入。你对自己说：生命，没有回程票，那么，就将每一日当作最后一日来珍惜；你对心儿说：爱一个人，其实，是没有理由的。无物质、利益之爱不仅值得尊重更是稀世珍品因而是最为宝贵的。你有时也对书本质疑：有的说得对，有的也未必其然……

有的变化是不知不觉的。开始你并没有意识到。这样的夜夜阅读这样的夜夜风景，使你能更客观地看待世间万物，更为你建构了一个与平素生活不同的空间，能将你从熙熙攘攘中很好地分离出来，不管何时，只要自己想，读书、写字，不管身在何处，瞬间，都能进入自己想要的境态。

没有喧嚣没有笙歌没有觥筹交错，你以你的本能推拒、远离着这些。说这些并非指责别人的喜好，只是各人有各人的，生命需要。譬如你的与书相伴。抛却八荒九垓的尘埃，与书本同思同语同悲同喜，或击节叫好或潸然泪下，不管此境何境今夕何夕，真正是最有味卷中岁月。

有一种执着是一生一世的。

一如习惯是经年累月地养成。好的习惯，我以为，如这样的夜夜，参透文字中典丽智慧的风景，如影随形，直至生命的终末。

心绪在文字中飞翔

有了阅读的夜晚更有了写字，落笔遣情，字字心语。

写字，敲键盘。从写字到敲键盘。拉拉杂杂，多少年了？以前，喜欢那种八开的绿格子的白色稿纸，那次搬家，竟然看到一沓沓泛了黄的稿纸，是自己那龙飞凤舞的字迹，在眼前亲切地呈现。再后来，作为较早换了电脑写字的人，又是近二十年了。

第一次落笔，并想到投入邮箱，是一个不眠的夜晚。你为那滩涂上以身殉职的好女孩独自哭泣，你想连与她仅谋一面的你都这样惋惜地思念，何况那由她精心侍候的丹顶鹤？第二日投进邮箱的长稿竟然隔了一日就在本地晚报的文学副刊上一字未动地发出，《人也依依鹤也依依》。自此，二十多年了，或长或短的文字，有时，也只是在自己的“思路花雨”的笔记本上记下的片言只字，十来本了，但，却真的是，字字心语。

心语中，你总是想将自己的心，拿出来，放至眼前，审视与观照，以这纷杂又真实的人世间为背景。物质与精神，善良与美好，高尚与卑劣，承诺与失信。

春风化雨，秋桂溢香。温柔无比的情愫，心中盈溢丝丝的水滴，心一触就乱风一拂即碎啊，梨花带雨落英缤纷，真个是才下眉头却上心头，唯有文字可消除！摘下星星剪裁云彩收集阳光，还有梦想。自幼就驰骋在生命中飞翔的梦想，尽管有时在梦中都飞不起来，但你还是见着一块旷地就想舞，看着无际蓝天还是想飞啊！你只能在文字中起舞飞翔。你知晓自己不善歌唱，但你自认为能用文字浅唱低吟出自己的心声。

因了写字你更加地读懂生命并珍惜生活中的美好。你感动于生命中的每一次的相遇，比如那海边二十年也用文字倾诉心情的乡村教师，那失去了父母却顽强地在低矮的茅屋墙上贴满了三好生奖状的孤女；你朝夕相处的同事，你在文字中邂逅的才华横溢的朋友。因了文字，你可以更好地看清楚前世今生，甚至，你可以傲然，傲然这尘世。这半生以来所见所闻所经历的，真正对你生命起到影响，也是你看重的无非一个情，亲情爱情不老情。从象牙之塔到十字街头再到乡野渔村。生存的意义，生活的目的，生命的意义，以文字来感受并提炼，单调的生活变得韵味悠长，窄小的心灵丰富又开阔。

自己用心写字，也喜欢别人真诚的文字。文字与文字的交流更引起他人的共鸣及以文字形式的辩争。不是文人相轻，是因文而阐理，是辩意而生情。现在的博客又延伸了文字交流与相融的平台与空间，千山万水也可以在文字中携手前行。但你有一点很清楚，你永不会为市场而摆弄、游戏文字，也从不牛年说牛、虎年话虎地捣弄应景的文字。你只是为了自己的心为了爱而写作。当然，有时也因恨，因而文字尖锐，咄咄逼人。但那还是因为爱啊，因为爱，因为希望这世间这人生更美好而鞭挞而尖锐。你希望自己笔下涌出的永远是真心真情，力争交出去的是艺术而不是商品。只能说“力争”。你知道自己在文学之路上的道行，很浅。文字、文学丰富了你，有时惭愧，不能为文学增添着什么。伸出手，生命若风儿从指尖掠过；但夜夜这样落下笔去，便永永远远地留住……

万籁俱寂，天上的星星不说话。将灯光打亮，心底沉淀的思绪翻涌成字词句章，敲响键盘，叩响充实一个又一个漫漫长夜，生活中的酸甜苦辣化作一篇又一篇至真至情的生命乐章。

步履中的丈量与审视

住在闹市的时候，你也曾闲闲地步入树影。有上弦月的夜晚，皎洁的月辉洒一路清影。漫步独行，享受月夜那一份清幽超尘。一次独坐街心花园长椅，迷蒙中把椅儿想成小舟一叶，那路灯下莹莹泛绿的树影一如忘川之水满顷碧波了，待凉风吹散一地树影，心头的悒郁、愁闷也飘落无几，心儿清澈澄明起来。夜露湿衣襟，无花也生香，神清气爽与默默相随的影儿一起打道回府。

也曾和天下女子一样，偶尔去逛街。你穿件红 T 恤白长裙对自己说：奢侈今晚。夜色遮掩了道路的一些不洁和丑陋，建军路火树银花异乎寻常的光鲜美丽。一男孩一女孩牵手相吻旁若无人；一对白发老人相依相扶说说笑笑，让人慨叹岁月的力量和爱情的恒久。难得“奢侈”。

今年春花开的时候，因了一些缘由，开始正儿八经地“走路”，不是那种闲闲地逛逛。这样的行路，开始了“丈量”与计算。这样的行走，在生命中，走多远，走多长的时间，不知道。现在还在走。走着走着，但你心中还是隐约有点不忍：夜晚是不是，不完整了？

内港湖畔。每晚，你都行走在这湖畔。你不喜欢这莫名其妙的

“内港湖”之名，但你喜欢这粼粼的水，还没走到她的身边，就会嗅到这清凌凌水的气息；喜欢这灯火阑珊，远处近处建筑的灯火，迤逦而温柔，迷离又辉煌。湖水汤汤，天上人间。面对此地此景，心底总是溢出这几个字。

你绕着湖边走，一圈又一圈。走过悠悠的柳树，绿意盎盎；走过蓬勃的月季，夜色中也知道她是绯红一片。走过在建的文化艺术中心，看着它一日日崛起，真心喜欢自己的城市日新月异的变化。古朴典雅的淮剧博物馆有一个很好听的名字：清风馆。还有水韵舞台，偌大的舞台闪烁着七彩灯光，周遭没人时，总忍不住上去旋转与翩舞。

清冷又深情的月光，洒在你的面庞与心上，想必也洒在了爱人、亲人、友人的心上，你总是这样地想，孩子般地想。因为你喜欢。你想这上天真是造化得好呀，赐人间这么一个柔美明丽的月儿，伴你，夜夜行路，夜夜丈量。

丈量走过的路途。丈量情感与生命。

前些日，你就读的母校着人来找你，说是学校满百岁啦，百年校庆真是不易啊。在十月。你配合着来人拍了照片。前些日，又接到通知，说是你少年时跳芭蕾的文工团要搞团庆，也是放在十月。距十年前的团庆，又有几位老师离开了人世。人生的路啊，走了这么长又好似一切就在眼前，那站在台上领诵的系红领巾的小女生呢？那穿着芭蕾鞋脚趾渗出血也坚持着足尖碎步的长辫子小姑娘呢？从青春岁月到繁花盛开，似乎只是刹那的事情。生命丰美，生活多姿，白驹过隙，汤汤逝水。真的短啊短促得若一声叹息。

一声叹息。声声叹息。世事无常，人生有青春就有衰老与死亡，再美好的情感有热烈就有冷落与忘却。这是常识也是道理，只不过，当事人是否能坦然承担与应对。一如身边若小说一样的情事，说是地老天荒信誓旦旦，但从深情到无情往往也只是一步之遥。想想，也是啊，生命也好情感也罢。也就在提起与放下的轮回，周而复始。有开始，当有结束。月儿忽隐忽现，前尘影事啊，有时缥缈若水似有似无；眼前的事儿啊稍纵即逝，若云似梦难以追索。知否知否？应是绿肥红瘦。李清照，莫名地，远远地，相干不相干地，在星空下，在耳畔响起。

月光透过树丫树枝，洒下斑驳一地。是月儿弄花影吗？是月光乱人心呢。不是智者，却向来喜欢水。何况这光影起舞风情万种的粼粼湖水。行走与徘徊。眷念与不舍。一如春风与春草的轻触摇曳，一如前世有约今生相遇的生命风景。天上的星星在水中，水中的星星在天上。遥远的旋律，深情的歌词。繁密密的星子纵身跃进了这湖水，湖水迅即荡开了满怀的喜悦。美轮美奂的湖光水色，宛若梦境，似曾相识的梦境。这样的梦境，适合思念，适合想念。将这梦，带回吧，梦里梦外。

总是这样地行走，总是这样地思索与丈量，人生的里里外外，岁月的长长短短。

模糊的，在这样的行走中，清晰；

犹豫的，在这样的丈量中，决绝；

拥有的，在这样的审视中，更加珍惜。珍惜这夜色中的花好月圆。

夜夜风景，夜夜心语，夜夜对内心的审视与丈量。这样一个又一个的夜晚，输入不尽的元气，心不死也不老，心、灵翩翩跹跹，迎来一个又一个明天，再期待生命中一个又一个新鲜灵动又充实的夜晚。

这是生命的独舞，只属于自己的——夜色中的舞蹈。

红尘中，流浪远方

一

“长安柳絮飞，箜篌响，路人醉，花坊湖上游，饮一杯来还一杯”……多少次你看见自己身着长衫，头戴蓑笠或是手摇折扇，梦回大唐。你挥鞭策马在七世纪“车马交相错”的长安古街，你莲步轻摇在“歌吹日纵横”灯红酒绿的东市、西市。你在那酒铺中沽一壶小酒或是花坊中拈一朵小花，再醺意然然去找那座壮美嵯峨的大明宫。你跑啊跑的，从东墙的春明门到西墙的金光门，从南墙的明德门再到北墙的玄武门，俯视一地花，花间诗满行。仰首浩天宇，云端尽繁华。你看那个伟大的女人，在万象神宫一叩拜二叩拜三叩拜，建立了一整套的礼仪制度绵延至今；你见那李姓帝王自信开放地说：佛教可以治心，儒教可以治社会，道教可以治身。于是儒、道、佛在这个朝代竟然可以交融贯通。你看见诗文佳作若繁星璀璨，你看见经济、政治如此比肩辉煌！这是中华文化脉络多么漂亮的一个节点，你想跪拜这样一个思想开放自由、文化极度自信的盛世大唐。“盛唐城门内，智者狂，痴者悲，愚者酒一壶，依柳早就入睡”……

古希腊是挂在心间的永恒。总是想去朝拜，哪怕千山万水。你绾起长发，你身着裙衫，你轻提裙裾一步又一步地攀上雅典卫城，你虔诚隆重地来到帕特农神庙。你将那山下采摘的一束带露的野花放到雅典娜的手中，那从儿时就随希腊神话驻进你心中的女神。有琴声渺渺自远古而来，是盲诗人荷马演唱的《伊里亚特》还是《奥德赛》？“人是万物的尺度”，古希腊智者派代表人物普罗泰戈拉的声音在山水间深厚地回荡，“笃信人本主义，重视人和人的自身价值”的古希腊文明，在世界飘起理性思维的猎猎旗帜光辉灿烂，这么多岁月，地球上还有枪林弹雨还有杀戮抢劫……

是大漠孤烟直，是长河落日圆。你在敦煌，伴着叮咚的驼铃在鸣沙山行走；你在长江之源，与皑皑雪山对视，何谓永恒何为人生，漫漫人生路啊，永远有多远？

是粉墙黛瓦，是小桥流水。在深夜中，你绕着古镇静静地行走，月色将你的身影与几千年无数的身影在青石板上重重叠叠，于是，你知道，这样的行走，就是走进岁月走进历史。

那次在青城山，你看那着灰色长衫的青城道士，在敲钎一叠黄裱纸，每张都敲下八卦的图样，且不能将纸背穿透，这个力道如何地平衡与把握？有人说，这位道士日复日年复年在这儿四十年了，不悲不喜不言不语。太阳落月儿起星子回回落落，是怎样的遭遇还是何样的信念，令他就这样将青丝敲成白发，将热血敲成冷凝……

那次在青海湖，你看着虔诚无比的朝圣者，一步一个长头，沿着青海湖虔诚得五体投地，双手双膝上都套着护毡，绕着周长 360 多公里的青海大湖，一步一叩首，三步一长叩。“这一世，我翻遍十万大山，不为修来世，只为途中与你相遇”。为这样一个信念或是信仰，这样餐风露宿这样胼手胝足？你以为，为了一份爱为了一份情，你可以做到。为了一个高高在上的佛？你这没有佛根的人无从理解……

二

其实，茫茫尘世，烟火人间，又有哪多的时间与条件，容自己如此千山之万水之跋涉流浪？上班下班，上有老下有小，你总不能撒手不管，头脑一热就背起行囊。

但，只有一次的生命，青春的花说开就开过了，秋风中枫叶说红就灿烂了，又怎能不听从内心的召唤，永远地奔向远方？

于是，有时，是身心合一的流浪远方。你去雪山你去草原你去心仪的古镇你去浩瀚的大漠，你去梦中的香格里拉、你去莫高窟。你在秀山丽水中奔跑，你慨叹大自然的博大宏阔，你在海浪雪花中沉思，自觉生命的无常甚至哀怜自身的渺小……

于是，更多的是孤寂之时的灵魂出窍，在星光月色间的遥思远想。万籁俱寂之时，星子为你燃亮，月色伴你的思绪前行。你去那个有阿拉丁神灯的远古。你去了巴黎圣母院看那个吉卜赛少女爱斯梅拉达翩翩起舞。甚至你去了那株苹果树下，坐在那位叫作牛顿的先生旁，看那颗果子是如何砸了他的礼帽，天才脑袋闪烁出震惊世界的伟大光芒。

更多、更多的，是在书本与图片间的行走与流浪。当由于俗事的羁绊或是主、客观的不可能，你只能囿于一方，你会流连于书本与图片间的行走与流浪，甚至，基本不看电视的你喜欢上了“有多远走多远”，常常是，在视频与图片中海阔天空地想象与遐想，满怀欣喜。

有时，你也在音乐中流浪。细雨中的斯卡布罗集市，“我是那用麻线织衣的姑娘。我的爱人啊你在哪里？”那股彻骨的忧伤，那份浓烈的思念。你随着乐曲在集市间流浪，淅沥小雨啊，洒在你的黑色衣裙上，那从前线回来的男子是否找到他心上的姑娘？你坐在遥远暗寂的夜色中，看见那姑娘、那男子天各一方的身影，欲近不能欲远不忍，只让思念与疼惜在冷雨中扯得既远又长，扯成尘世间难以逾越的漫漫雾障。爱是什么呢？情是什么呢？谁又能下出最准确的定语？也许，是下不了，才如此永恒，如此的地老天荒吧。

三

思，遥遥，神，远远。

大多的时间，你还是坐在这钢筋水泥的格子里。但真的坐不住的。枯坐久了，凛凛然感到寒意袭人，感到身上的元气似乎被这样惯性、木然和无须太多创意的工作，悄无声息地抽走。一点一点的隐疼，心灵与肉身都有支离破碎的感觉，恍恍然一种与“废”、与“木”、与“僵”甚至与“死亡”相关的元素不可遏制地漫溢而来，向四肢与躯体漫溢而来。

于是，你，一次又一次，暗示甚至明示自己，放逐自己，流浪吧，心儿流浪远方。遵循内心的呼唤，一次又一次，流浪远方。

有时是人声鼎沸有时是摩肩接踵之间，有时是灯红酒绿觥筹交错之际，有时是星星闪烁漫野月华之时，有时就是坐在偌大的会场上，你捧材料，你端坐，可你的魂灵“嗖”地一下，就弹向远方。你看到你的肉身从容在会场，魂灵却已欣喜无比，雀跃着活泼泼地流浪远方。

这样的流浪，周而复始，没有终点；
这样的流浪，千山万水，八荒九垓；
这样的流浪，提神养气，滋润生命。

这样的放逐与流浪，追索与寻求，是独赴清欢，是寂寞开花，是汲取天地之精华，是博采古今之灵慧。这样的日子这样的流浪将自己搅得激情满怀又意气风发，读懂夏花之绚烂，知晓秋叶之静美，知道春花似锦知道落叶也是飞花还有雪片也是水凝的晶莹花，在尘世间圣洁地飘飘洒洒。

于是，你听到内心如竹子拔节成长的声音，你看到生命的思想的花朵，一朵又一朵，春夏秋冬，在周而复始的流浪中，密密匝匝绚丽绽放。

舞蹈课

爬墙头的女孩

地区大会堂，一座青砖红瓦的礼堂。有无数水杉和老银杏环绕，有红色绿色的小彩旗在大门前招招摇摇。红底黑字的大海报：革命样板戏《白毛女》《红色娘子军》公演！吴琼华红衫红裤倒踢紫金冠的硕大的画作，在来来往往人们的注视中，尽显着抗争与刚强。而在那年那月，在十来岁女孩的眼中，吴琼华则若女神般的美丽，这长长的发辫，这双手握拳腾空跃起的舞步。就这样，在七月的阳光下，女孩在这幅画面前伫立，久久地伫立，一头一脸的汗水。

地区文工团第一晚演出，女孩和大院里的小伙伴绕着大会堂转了几个圈，在水杉树下打转，与看门的警卫捉迷藏，也只能是在围墙外听着“北风吹”的音乐还有如雷的掌声。一直守到最后，听那些大人们兴奋地说：和样板戏一样一样的！真是不甘哪，怏怏地踩着月光往回走，月色中小伙伴们说是我们为什么不能翻墙头过去呢？那邻家大一点的男孩说，墙头又不多高的，就是有些爬山虎罢了。

第二日下午六时，五个人到齐了，脸涨得通红。老盐阜宾馆向西，隔了几间平房，就是那一人多高的墙头了。最大的男孩十五岁，说那一排大银杏树可以作为“脚手”。商量的决议是：爬进大会堂的墙头，先分别躲藏进男女厕所，待观众进场后，我们再混进去。一切若预想的那样顺利，除了女孩的手在墙头上往下爬的时候，在墙头上蹭破点皮而已。找后排的空位坐下，一晚、两晚、三晚。“北风吹”甜美悠扬，“窗花舞”活泼灵动，“太阳出来了”热烈欢快……小伙伴们有争议的是，那在舞台上竖起脚尖的鞋子，前面是否有一块钢板？第四晚，女孩钻进了后台，弥漫着香香的油彩味和胭脂味的后台。她一眼认出头上扎羊肚毛巾的大春，那大眼睛红衣绿裤扎着根大辫子的喜儿。后台很乱，也有小孩在跑来跑去。是演员的小孩吧。忽地，那大春对着女孩招了招手：你是哪家的孩子？怎么我不认识呢？女孩有点紧张，说是我想看看你们跳舞的鞋子。大春笑了，对着喜儿招手：这小姑娘想看看你的芭蕾鞋！喜儿和舞台上一样甜美地笑着，将她那双红色的舞鞋递到你眼前，你伸出手去摸摸，鞋头那一寸见方的果然是硬硬的：是钢板吗？大春和喜儿都笑了：不是钢板。喜儿摸摸你的小辫子：想学芭蕾舞？脸红了，一下子从大春的胳膊下钻了出去，跑出了后台……

多少岁月多少路？地区大会堂早已拆除建成了老年大学，与繁华的商业街区隔路相望。但，每次走过这儿，你都会伫足，那株老银杏树还顶着满头的翠绿，在老年大学那座楼的东山头。你回眸，你凝望，有阳光清亮亮地从岁月的枝头穿洒，朦胧又清晰的，是那个十二岁的女孩，攀着银杏树爬上墙头，月色中看着大会堂舞台上的演出，胆怯又欣喜，眼神中满是向往……

血渍斑斑的红舞鞋

当穿着浅蓝色的练功服，拎着芭蕾舞鞋走进练功房之时，你已从芭蕾的梦境中走出。整日里的绷脚、擦地、压腿、踢腿还有永无休止的“足尖五位碎步”，就是将双脚脚尖立起，双臂打开，在艺校校园中那简陋的排练大厅的方砖地上，一圈又一圈。你知道，芭蕾美妙轻盈的梦境只是在梦中，现实中，是与无止尽的枯燥、与钻心的疼痛还有泪水相依相连。

那个冬天第一场雪飘的时候，她来了。灰衣黑裤一条黑围巾将面庞裹得严严实实，只露着一双有着密密睫毛眼睛的她，作为试用学员住到了你的宿舍。换上练功服的她优势尽显：长胳膊长腿，脖颈也细长。她练起功来那才是刻苦，她做起动作来那才叫严谨认真。清晨她去练功房要比你们早一个小时，晚上她要迟回来一个小时。寒冬腊月，每日晨练以后，她的练功服总是沁出大片的汗斑。练功之时，她总是停不下来，不似你，累了，不等教练喊停，就将脚尖悄悄地换成了脚掌；再不就找个理由到门口高高的合欢树下看看自由的小鸟，叽叽喳喳后翅膀那么一扑直向蓝天飞翔。跳芭蕾舞总得要过脚尖这一关，哪一个学员脚趾没流过血？破了流血了练功是不能停的。裹着纱布的脚趾，在水泥地上立起来真是锥心的疼啊，“哎哟哎哟”的叫唤伴着音乐与泪水，就这样度过你十六岁的花样年华。那日在宿舍，你无意看到她在裹脚趾，一看吓一跳，她的两脚前面三只脚趾都磨破了，她的芭蕾鞋里血渍斑斑，更可怕的是她右脚的大脚趾盖都破裂了，黑掉了。你失声叫唤她却淡淡一笑。

一个月下来，基础训练汇报，轮到她了。音乐响起，只见她如入无人之境，脚尖擦地、五位下蹲、足尖碎步、大跳旋转，她的身材柔软修长，她的舞姿舒展圆润，她的神情喜悦飞扬，她一个后控腿就是 135 度，旋转 36 圈稳稳的再是挺拔的阿拉贝斯造型……艺校校园轰动了：舞蹈队来了一个条件与舞感特别好的学员！大家都来练功房看基本功训练汇报……老团长兴奋地当场拍板：上吴琼华的 B 角！大家一齐鼓掌，她有点不知所措低下了头。一脱下舞鞋，她总是那样低垂着眼睫。

那日下午，我们休息。她破例地主动和你谈起了她的家，她说她那在村小做音乐教师的妈妈，她说全家因父亲是右派从南边那个城市下放。她说她家在“西乡”，是有着宽阔湖面的地方。你知道“大纵湖”吗？那儿的夏日都是绿绿叶子的荷开着粉粉的花，湖中的螃蟹又肥又大。为什么父亲为她取名为“淼”呀？我家四处都是水呀。她的眼中难得的笑意闪烁，晶晶亮亮。我说夏日放假你带我去湖中玩，她说：一定！

两个月的排练，《红色娘子军》公演。第一天晚，吴琼华是A角D老师跳。第二日的晚上，就是B角淼上场。就在淼梳好了大辫子换上了吴琼华的一套红衣衫时，导演与老团长急匆匆地赶到了后台，他们不忍看淼的眼神，艰难地说：今晚还是D老师上吧。我接住了淼的眼神，我这么多年都忘不了的眼神：惊恐、无助接着是无边的失望、绝望，冰冰凉凉……

淼来的时候雪花飘飘，淼走的时候艺校校园中的油菜花金黄绽放。淼离开文工团的原因和她不能上台的原因一样：家庭成分不好，家庭背景复杂。那么多年都过去了啊，盐渎平原又是一年的油菜花灿灿金黄，可你在这金黄中隐约又清晰看到的，还是淼的眼神，冰彻冷凛的绝望……

合欢花开

在十六岁女孩的眼中，艺校校园中最好看的当数马路两边的合欢树，其实不是树好看，喜欢的就是合欢的那叶、那花。合欢树纤细密碎的绿叶酷似含羞草，而那绒绒柔柔的花粉粉簇簇，更显娇羞与妩媚。常常是，练功、排练，洗完澡后，星空月光下沿着这条路散步，从北向南，再从南向北，一直在合欢树下。

七十年代中期，团里的学员已有大几十个。舞蹈队、声乐队还有乐队中的二十岁左右的，占了大半壁江山。老团长、导演在我们演出之时总是得意扬扬笑眯着眼：朝气蓬勃，后生可畏啥啥的，尽挑好话来调动我们的积极性。不演出时又如防贼般防着这批年轻人，大会小会总是说：禁止抽烟禁止喝酒禁止谈恋爱。可又哪里禁得了呢。爱情若春风一样说来就来了呀！

年龄略小的我们多少还有些懵懵懂懂，常常高高兴兴地去做声乐队、器乐队那些哥哥姐姐们的“电灯泡”，人家两个在宿舍含情脉脉，我们几个被喊去吃“大白兔”，喝麦乳精，老师或是团长进来，看我们一帮在一起高高兴兴，就也高高兴兴地走了。可终究还是出了问题，当团长在大会上板着脸宣布：有七八对在做地下工作呢！思想、作风不健康着呢！统统回去写检查，三天之内，交到每个队队长那儿，声乐队的直接交给我！全团百十号人，会场中一片寂静，大家的目光都给了声乐队的队长，那身材高挑秀丽端庄的独唱演员，也就是被团长不止一次地表扬过的“天生就该唱歌的，天赋好悟性高！”，每场演出只要她一亮嗓子，总是掌声雷动，不多唱两首下不了台的。寂静中，这“声乐队的直接交给我”不明摆着她也触了高压线了！她低着头一声不吭。

总记得那晚，记着那无际无涯密密闪烁的星华。那日晚，依旧是排练。冲完澡洗了湿漉漉的练功服，查宿舍的老师已走了，忽地怎么也睡不着，想着出去散步吧。尽管才十六七岁的年纪，但每每散步之时，奇思怪想与长长短短的句子就会在脑海中风起云涌。看着在一阵又一阵的春风中已是粉红、翠绿的合欢树，心中忽地就涌起“缱绻缠绵、柔情万千”这样的词组。走到艺校校园北面的围河，应该折回了。夜色中的艺校校园中好静啊，静谧中看微弱的星光迷蒙着这房这树，却又在这不宽的河面上璀璨出满目的波光粼粼。万籁俱寂，河岸上这最大的一株合欢树下却一阵窸窸窣窣，绝不是风吹树叶！

“给你，还给你！”是她的声音，压低了也能听出是女高音甜美的声音。“为什么？为什么呀！你听我的，我们检讨照交，我们爱情不变！”一阵推搡，塑料纸哗哗作响。“不能，不能啊！我是共青团员，要对组织上坦诚。不能说一套做又是一套。”低低的声音已伴着痛苦的抽泣。“不信，我就不信！管天管地管得了感情！”这不是团里那鬈发的首席小提琴手吗？“我们不谈了！我不能要你的礼物。手表你拿去，还有衬衫。”“求你了，求求你了！不要让我们痛苦好不好？不要让我们后悔好不好？”只听见抽泣声。“你真的舍得放弃我们这两年多的感情？”她哇的一声哭了出来。我不敢挪步，我怕惊动了她和他。“你记着，从今天开始，我每晚九时都在这儿等，你一天不来我就等一天，你十天不来我就等十天，你一个月不来我就等一个月，你一年不来我就等一年，一直等下去，你来不来？你信不信？！我们必须在一起，大不了，我们离开这个团！”夜风轻拂合欢花树一阵叹息，星子在河面洒下泪光点点……

走进艺校校园，合欢花树们依旧排列在路的中间。绿密密的树叶，粉茸茸的花，默默地缠绵、缱绻出无际无涯的柔情爱意。路西最北边的一株合欢，已是如蓬的华盖。冬去春来，这合欢树，是不是也常回想那有着密麻麻星星的夜晚？那长辫子的有着甜美歌喉的姑娘，那高个儿鬈发的小提琴手？他等了她多少月多少年？现今这尘世间，若合欢花般细腻、娇柔得不能触碰，一碰就碎就散的清纯与含蓄还有没有……

芭蕾的精魂

当从擦地、下蹲、足尖碎步的枯燥到腾空的大跳、旋转36圈、倒踢紫金冠的高难度技巧，当从练功房中轻盈飘逸上五彩灯光的华美舞台，《白毛女》《红色娘子军》及若干舞蹈的娴熟与演出，五年的花开花落、太阳朗朗星子明明灭灭，早已令你对芭蕾有了全新的了悟：芭蕾是浪漫而轻灵的，芭蕾是飘然又飞扬的。但芭蕾又何止于此？

你总是记得第一次穿上芭蕾鞋，教练看着说：脚形的条件不错。可你喜滋滋地一立起却感到锥心的疼痛；你总是记得那些日子练腰的柔软度，一字劈腿在水泥地上，双手向后高举将腰肢尽可能地向后弯，教练在你的身后将你的双手向后压，这么多年你依旧听见腰部向后弯时发出的咯吱咯吱的声音；你还记得为练胯部的开放度，你将小皮箱里放上砖头，沉甸甸地压在平躺的胯上……泪水、汗水、脚趾的血水，你终知道，以一个足尖支撑起整个身体，还要塑练出这样那样的舞姿和优美的的造型要付出多少血汗和艰辛。

地区一级的文工团演芭蕾终究是时代的误会，没能成为一名出色的芭蕾舞人，但教练指导练芭蕾时说的话却已浸润在血脉并时时启迪着人生行走的脚步：“抬头挺胸，收腹提气——好！你前方有一个目标，也许可望而不可即，但你要去争取。打开双臂—立起脚尖—将全身的力量凝聚到胸腔—从胸腔传送到双臂—直至手腕直至每一根指尖。你尽力了，也许能达到前方的目标也许达不到，但此时，你的身体舒展了你的胸怀开阔了你的精神飞扬了”！这是练芭蕾的基本要领，你以为也是芭蕾的精魂。

一直更以为，芭蕾实质也隐含着一种人格趋向，试想，伛着胸，弯着脊梁，低眉顺眼，伸手怕打落树叶，吹气畏惧惊落云彩，又凭什么精神气质去演绎这生命力如此张扬的如梦如幻超越世俗红尘的芭蕾？

足尖上的美丽梦幻，要实现真是不易。那仅靠足尖支撑的岌岌可危的平衡，那在几乎无法抗拒的地心引力下，不可思议的瞬间腾空飞翔的造型，做到、做好难上加难；那交织着生命脉动和情感流泻的浪漫梦境，在有限的空间、苛刻的条件下营造出来谈何容易？人生的梦境也大抵如此。但只要铭记芭蕾的要诀：昂起头，挺起胸，投入全部身心舒展双臂真诚地拥抱生活和世界，哪怕只有一块仅能供足尖插下的小小的土地，就可以支撑起自身的重心，就可与巨大的地心引力抗衡，使躯体挺直，心儿升腾，去渴求苍茫天空的展翅翱翔，去追逐超越世俗红尘的澄明梦境。

在任何时候任何境地这样坚持着，就可以活出生活的精致浪漫，更可以谱就生命的高贵和尊严。

于是，每每再见芭蕾，你总是清晰地看见那红舞鞋的红，那足尖血渍的红，那舞台上地毯的红，在生命的旅途中，绽放出如霞似锦、丰硕厚重的花花朵朵。

只为途中与你相遇

纯净的蓝，清澈的蓝，这样地将潋滟波光直映入你心底的蓝，这样的温润若玉忍不住想盈盈在握、舒怀相拥的蓝，这将人整个裹住温柔熨帖、又阔大无垠的蓝，摄人心魄直击五脏六腑的蓝——青海湖，做了999个梦，跑了9999里地，此刻，终置身于你蓝色无垠的怀抱。五色经幡在玛尼堆上在夏风中鼓荡起红黄蓝绿，高高的雕像吉祥四瑞（白象猴子白兔鸽子）周遭相机的“咔嚓”声此起彼伏，聚集了很多“到此一游”的人们。离开家到这儿，也就三天的时间，却好似已有了很多的日子，的确，飞行的刹那，已然越过千山万水。沿着金色沙滩走远一点再走远一点，安静一点再安静一点，就是这儿了，抱着双膝坐在静得逸心的阔大无垠的湖水边，任心在湖水与白云间舒啊放的——

一

心一动，眼就热了，春草绿得大慈大悲。

——仓央嘉措

想起那日在高原的坝上，与轻盈、安静又大气的美人党氏相遇，她为我们提供着方便是那样的自然，却又一句没问我们姓甚名谁，甚至都没问我们从哪里来往哪儿去，那么文雅那么沉静地笑着，那么自然那么宽厚地任我们随便地在她洁净的小院里转着再拿出相机拍着。甚至，我在那偏房里看到那具褐色棺木，油亮亮的（我在那文章里没有写进去），她微笑着说，这也是她的房子，将来。那么风轻云淡地说着，好似说的是天空的一朵白云或是院里的一簇油菜花。八十六个年轮的风霜雨雪花开花落，是岁月的沉淀赐予她如蓝天般的阔大还是青藏高原的旷达成就她的如此从容？

还想起前一阵我采访并让我感动的海丰农场的见证人与守望者田先生。从国民党将军的公子到儿童教养所的“游童”，从十三岁做首长的通信员到成长为农场的管理者，从父亲分别后的一声嘱托记好日记，到从十二岁时每日每天一直记到今日。当见到分别四十年生死茫茫的父亲，他从床下面拖出那只装满了日记本的小木箱，见着那日日、月月、年年儿子坎坎坷坷牵挂思念的生命记载，老父亲与他抱头痛哭……这位经历了失父丧母、胼手胝足在那片盐碱地上风霜雨雪六十年的老人，认真地对我说：人来到这世上一遭不容易，生活真好，活着真好。

是的，是的，心有多阔，天地就有多阔，心中有美好，看见的就是花香鸟语。一如眼前这青海湖水，湖水蓝得大慈大悲。有波光潋滟也有冰封千里，有锦绣阳光也有阴霾密布。但都是生命的礼物，都是有滋有味的岁月与人生。世界上，美丽与美好在本质上甚至在外在的显现上有惊人的相似，宽厚大气，宁静从容。一如眼前这波光粼粼的青海湖水。

二

世间事，除了生死，哪一件事不是闲事？

——仓央嘉措

想起，早晨邂逅的灵鸟斑头雁。我看那队列整齐稳健傲然的斑头雁，我看那相亲相爱缠缠绵绵的斑头雁，我看那领着自己的孩子收养着别人家孩子的斑头雁妈妈，那若湖水般的阔大胸怀；我看一方不在了另一方凄鸣哀号永不再嫁（娶）的斑头雁，那对爱情的无比忠贞；我更看到那共御强敌的斑头雁，那齐心协力的阵势令人震撼。这具有神性的鸟啊，令人对尘世间发生的许许多多心生惭愧，对人性中存在的琐屑与卑劣声声叹息。见多了，恨的心是有的，但，恨又如何？还是只能叹息。

想起那年秋夜，在大纵湖湖面上坐着船儿看星星。当遮住苍穹的无边天幕已被秋风完完全全地掀开，高远深邃的夜露出了她宝石蓝圣母般纯净的面容。多少多少密密麻麻的星星啊！闪闪烁烁、远远近近、高高低低地映亮着乡村的古老与湖面的沉寂，洒在小船上每个人的眼底心中——那一刻，你看见每人的眼中都满是凝澈的清辉，“天上有一颗星，地上就有一个人”，星子每一点闪耀都是一个鲜活的生命吗？每一次隐没都喻示着一个人的消亡吗？生命之短暂和宇宙之无限，生命的限定原比一颗星儿的生灭更加短暂，在这广远清明的星空下，只觉得所有起伏纠结的羁绊、所有琐琐碎碎的烦恼都融化消解……

蓝天铺陈在湖里，白云漫卷在湖里。这是云和水亲吻的地方，这是人与蓝天可以相拥的地方，这是鲜花与牛羊一起微笑的地方。与这样的青海湖相遇，是与一种开阔博大相遇。两亿多年的青海湖，见证了一方阔土的沧海桑田，也看透了多少鲜活诡谲的人事过往？眼前，青海湖，已是风轻云淡。生活、生命，情也罢、爱也罢，烦也罢、恼也罢都是生命赐予的礼物呢，有哪一桩是闲事？

“世间事，除了生死，哪一件事不是闲事？”也对，也不对。

三

我放下过天，放下过地，却从未放下过你。

——仓央嘉措

想到海心山一年出湖一次的僧尼。那青海湖湖心的几乎与世隔绝的小岛上，十六位僧尼将女人的四季全部交付给寂寥宁静的晨钟暮鼓，信仰如此坚定，诵经无比虔诚。爱不要了，情不要了，亲不要了，红尘不要了。是爱不在所以不要？是情还在，所以放弃？这两者有着本质的区别。一种是无望而放弃，一种是拥有而撒手。从六十多岁海心山莲花庵的住持西尼王毛，到从四川跑来的女大学生再到那十三岁的僧尼女童，从对尘世的绝望到绕着青海湖历时七个月“五体投地”的一步一长叩，再到历时三年多的长叩至拉萨大昭寺的虔诚。从母亲身旁撒娇的女孩，到视风花雪月如如不动，时时日日吟诵着“唵嘛呢叭咪吽”。按着教规，她们一年只有一次出湖的机会，当青海湖冰封数日的那一日，她们牵着自己侍养的牦牛，去附近的县城备足一年的生活日用品，在傍晚的时候，在空蒙苍穹的冰湖上回岛，一列褚红色长袍的身影漫漫……这些放下尘世一切的女子，如此，为人生提供着别样的版本，做着另样的诠释。

我做不到。世上，有几人能做到？

似纯真爱情一般澄蓝至心间的湖水，与白云蓝天依依相拥出地老天荒。这样的况味，令人思念，这样的景致，柔肠万千。忍不住拿起了手机，想着告诉你：我在青海湖边，我爱你。其实，又何止在湖水边，这一路走来，在塔尔寺，燃亮油灯，那盏盏灯花间，许下的愿中有你；那寺间的菩提树间，高原阳光下晶莹剔透的叶片间，看见的是你；现在这青海湖水的漾漾波光间，看到的，依然是你。其实又何止是这一路？这么多岁月这么多个日日夜夜，太阳起月儿升星星闪烁，心与心的交流、情与情的相依、爱与爱的交融，生命中的地久天长。知道自己是个易感更重情的人，也知道自己是什么都可以放下，唯独真情真爱是放不下的人。

我放下过天放下过地，从未放下过你。与你相遇，是生命中的大美。一如与这青海湖相遇。

四

我生命中的千山万水，任你一一告别。

——仓央嘉措

魂牵梦萦青海湖一如喜欢仓央嘉措的诗。其实，念着青海湖，是六世达赖仓央嘉措的情诗走红以前的事了。活佛仓央嘉措的情诗走红，源于那部电影的走红。但面对这浩渺又温润的澈蓝，脑海里还是想着，那诸神将世界托付给了他，他却只想要回他自己的活佛，那徘徊在宗教与尘世之间的情圣，那身着红色僧袍的诗人面对这湖水曾独自长吟：白色的野鹤啊/请借给我飞翔的本领；我不会飞到远处/只到理塘（青海湖）作片刻的停留……这吟着诗的年轻达赖就这样，在蓝天白云下一步一步沿着自己的预言，将二十五岁的生命走进了这青海湖水？

这是个很真的人，即使转世灵童的光环闪耀在他的身上。他说：我是不是可以不受比丘戒？让我还俗吧。他说，我是不是可以去喜欢那个女孩子？那个云卓仙女？他唱：住在布达拉宫时，我是僧人仓央嘉措；游荡在拉萨的街头，我是荡子宕桑旺波。他吟：夜里去会情人，黎明天降大雪，还有什么秘密，雪地足印明白……仓央嘉措不要黄金不要宝石不要高高的活佛位置，只是要自由，要爱情，要做最本真的自己。可是，自由的代价太高，向一个制度叛逆，其成本何其昂贵？人生，当你不按那命定的路径走，你遇到的往往是想不到的险恶，甚至得付出你的余生或是一生，自古如此。纵观世界，从东方到西方，上下五千年，不自由毋宁死的先行者比比皆是。于是，他从高高的活佛座上下来，在拉藏汗士兵的押送下，吟着自由的心，吟着自由的诗，与生命中的千山万水一一告别，将二十五岁的青春，一个活佛的生命，走进了青海湖水。

青海湖边，不断地看到朝圣者，一步一个长头，沿着青海湖虔诚地五体投地，双手双膝上都套着护毡，绕着这周长 360 公里的青海大湖。曾经，为写情诗、当垆喝酒、挚爱女人的仓央嘉措是真、假活佛，藏史上不无纷争。但在这些朝圣者的心里，仓央嘉措是他们的六世达赖永远的活佛，藏族永恒的诗人。

“这一世，我翻遍十万大山，不为修来世，只为途中与你相遇。”

是的，又有谁，修得了来世？

如此，今生今世，所有的相遇相逢，都是生命，只有一次的生命的宝贵赐予，都得以真心真情将此高高地托起。

感谢生命，感谢上苍，我的爱人，我的亲人，我的朋友，还有，我的文字，我们得以相遇。

这一世，已然越过千山万水，却又都近在眼前恍若昨日。山一程水一程，云一程雨一程，彼时只感漫长，此时却觉瞬间。这么多年，也就好似几天；这么几天，譬如，坐这湖水半个时辰，却又似走过千山万水。

真的呀，这一世，我翻遍十万大山，不为修来世——只为途中与你相遇。

残梦敦煌

敦煌是久藏在心底的一个梦，苍凉又厚重，壮美又风情万种——

是驼铃叮当，是残阳如血。骑在高高的驼峰上，一步步走进鸣沙山的漠漠金黄，走进广袤无垠；

是翠绿葱茏，是清澈灵动。掬起月牙泉一捧清凉，向她询问、与她对视，再依偎着她做一个美好得不像样子的梦；

是古拙厚重，是华丽飘逸。叩响一千多年莫高窟的神秘与苍凉，感受历史的睿智，艺术的绚烂，还有耻辱的隐痛……

于是，在兴奋与期待里，走进期许已久的梦幻，走进敦煌……

喧闹鸣沙山

逶迤起伏的绵绵沙峰，在晨曦中闪烁出无际无涯的漫漫金黄。晨风夹带着大漠的刚劲硬朗扑面而来，清新怡人。一只，就一只骆驼，在鸣沙山高高的沙峰中屹立，逆光，剪影，一份孤寂九份桀骜。大气的写意。壮观的油画。抡起手臂放声高呼：我来啦！——

喊声未落忽地身边的沙漠里怎么呼啦啦钻出这许多人。要鞋套吗？橘红色齐膝的鞋套，15 元一次。要口罩吗？一次性的 5 元一个。要越野车吗？50 元将你送上去。几辆与金黄色沙漠无比协调的金色越野车帅气地伫立、等候。热切的眼神、亲切的呼喊：姐，买我的！那与越野车同样剽悍的汉子喊出的则更吸引人：可以自己驾车的。你在沙漠里飙过车吗?!我说我要骑骆驼。那车主长长的手臂拦住牵骆驼的：可以的，先驾车 50 元上山，再骑骆驼 30 元去月牙泉，您这不就体验全了吗?越野车在沙漠中顺着沙势起伏颠簸，软软的沙地上开起车来是有劲没处使的感觉，非高技术好体力这越野车是驾驭不了。而一步步攀上沙峰，才真正领略到鸣沙山的雄奇，茫茫大漠的壮观。

平沙万里，莽莽苍苍。定格这满目金黄，依稀见有队队骆驼在沙峰上向西走过……

叮咚叮咚，这队队旅人承载着老少亲人的多少期冀，从强汉盛唐时的长安起步，从东往西从西往东。在夕阳中在晨光里，起初为生计你来我往的交易，最终却将东方文化与西方文明相互传递甚至血脉交融。

斗转星移，这茫茫黄沙印刻下多少行者的脚步，驼峰上的毛皮、茶叶，丝绸与陶瓷的贸易，穿越茫茫沙漠，到达阿拉伯、欧洲，直抵地中海、大马士革及亚历山大，成就了蜿蜒悠长的丝绸之路。

岁月荏苒，这曾经渺无人烟的荒漠又留下多少探索者的思考与足迹，宗教、民族、和亲与战争，鸣响千里之韵的鸣沙山啊，埋藏了多少个啸吟的灵魂?天地之间上下求索的孤魂是不是至今仍在大漠间飘荡?……

蓝天。白云。金沙。心动得无所适从。我来了。我是谁?!只是这漫漫沙漠中的一粒。而舒展双臂，极目沙峰，我又拥有这蓝天白云和茫茫大漠，“一沙一世界”呢。举起色彩斑斓的英吉沙小刀迎风放在耳边倾听：可有一千多年前这大漠上金戈铁马的铿锵啸音?摘下颈边的七彩丝巾，在风中与嫣红的朝霞一起翻飞起舞，可有胡笳、羌笛凄婉苍茫的和韵……坐上滑板，两手在沙窝中猛地向下一推，耳边是风在呼响，飞的感觉，翔的意味。人体重心随着滑板向着沙谷疾驰而下。人还没站稳，那牵骆驼的已蜂拥而至：这头是大的呢!那一位面目清秀的妇人则扯着我的衣袖：这头的编号是518！多吉利！还有这金黄色的鞍垫，配你的红衣服，不要太好看哟……

金戈铁马没有了，胡笳羌笛的余音没有了，蓝天金沙没有了，还飞啊翔的呢，都落到地上了。两句古诗连带不伦不类的后缀在耳边响起：

“大漠孤烟直”，吆喝闹耳庭；

“长河落日圆”，处处皆铜钱……

走近月牙泉

十多年前在《文化苦旅》中邂逅了这沙漠中的隐泉：清澈和宁谧，纤瘦和婉约。余秋雨先生这样地诠释她。自此，亲睹她的芳容，感受其润泽，成了敦煌梦中重要的一环。于是，从鸣沙山下来就直奔月牙泉而去。

果然是翠绿葱茏，恬静妩媚；果然是山泉共处，沙水共生；果然是泉不离山，沙不掩泉。东西长300余米、南北宽50余米清澈的泉水犹如一颗明珠，静卧于金色沙山的怀抱之中。导游说是相守相伴，历经千年。沙漠与泉水的千年爱情？该有千年的，来之前查过，东汉的《辛氏三秦记》中就有着关于月牙泉的记载。

弯弯的泉水还真若一钩月牙啊！泉之湄，头顶束束芦花的丛丛芦苇婀娜多姿，摇曳着柔软的腰肢与这湾泉水相依相偎；水之边，金黄的长寿菊、嫣红的大丽菊许多知名不知名的野花绿草，簇拥在泉边欢喜地绽放，绚烂夺目。刹那，大漠古风远去，茫茫黄沙远去，是回到了亲爱的家乡，回到了千里万里之外的里下河平原。一个声音切入了恍惚与遐想：美女，替你与月牙泉合影如何？戴牛仔帽的汉子晃动着手中一叠样片：拍出来好美哟！愠怒：我自己带相机的。牛仔帽不依不饶热情有加：我的相机有过滤镜哟。一生只来一次的地方哟！被这“一生只来一次”打动了。拍就拍吧。你向天看！你向泉看！你坐在沙上，对！将手深深地插进沙窝，抛啊，将沙向上抛啊……尽管拍吧，反正“弱水三千我只取一瓢而饮”，买个满意就得了。

来了就得走进，走进就得亲近。掬起一捧清澈与沁凉，梦一般美啊晶莹剔透月牙泉的水。

楼兰古城，那楼兰美女经过这月牙泉吗？那么，这清澈如镜的泉水肯定映照过她美丽的容颜、乌黑黑的眉眼还有帽子上那根俏丽的羽毛。

驼铃叮当，那经丝绸之路的商贾、牵骆驼的牧民，在这月牙泉边歇过脚吧？掬捧泉水濯面庞、清手足、解乏累，再灌满一皮囊的泉水跃上驼峰，继续在叮当声中迎着漠漠风沙行向漫漫征程。

也真是奇啊，在如此浩瀚广袤的沙山与沙丘群之中，当肆虐的骤风席卷漫天的狂沙，有什么样的东西不会被吞没和湮埋呢？可是为什么偏偏这一湾小小的泉水历经了千年的风暴袭击却没有被吞食？一如唐《元和郡县志》载：“鸣沙山有一泉水，名曰沙井，绵历古今，沙填不满，水极甘美。”月牙泉在众多文人墨客的笔下更是熠熠生辉：少女的眼睛；天使的眼泪；古传说更将神仙与妖怪、惩恶与扬善的主题与这美丽的月牙泉紧紧相连。但有一点都认同：黄沙绿洲，大漠明珠。

野花依旧绚烂，摇曳了千年的芦苇满目青翠。似梦非梦。现实与梦幻的基本吻合是生命中的奇迹，晶莹温润的月牙泉之梦啊就在眼前。人沁凉了，心也妥帖地安放了。

一个声音在耳边响起：15元一张，张张漂亮！那牛仔帽满脸是笑：30张，400元怎么样？梦被惊醒非常恼怒：我一张也看不中！牛仔帽声音低而凄楚：就200元吧，除去冲洗成本，我也赚不了多少。孩子学费全靠我呢。总是吃软不吃硬，何况还是孩子的学费，叹口气将照片收入包中。

再见！月牙泉。

遗憾莫高窟

特喜欢舞剧《丝路花雨》中伎乐天（飞天）的飘逸、灵动，使凡间行走的吾等之辈有了飞翔的幻想。那女主角英娘身着绚丽的裙衫反弹琵琶的舞姿更是了然于心：左膝微弯，右腿略收于左膝，左胯送出，张开双臂向上向后，举着一柄琵琶。舒展又典雅，含蓄又风情。这就是心中最初的莫高窟。当跟随着莫高窟那位身着黑色上衣银色短裙的讲解员一个一个洞窟中转悠时，灰暗的灯光使我这视力又不好的人看不见一位飞天，瞪大眼睛寻来看去，乘风翱翔、翩翩起舞的飞天我真是一个也看不见。人面蛇身的女娲，遨翔天际的凤鸟，凌驾太阳的飞车，还有大大小小的佛，坐的，站的，巨大且一派慈悲和宁静躺着的卧佛。几个洞窟下来，忍不住发问：飞天在哪里？讲解员头也不回用手电筒不经意地向洞壁晃了晃：处处有飞天。那不是吗？

模糊中终于看见：顶壁上似乎有几根线条圆润又流畅，勾勒的是飞天的裙袂吗？黯淡的色彩使我还没分清是几位飞天在飞舞，就被吆喝着去下一个洞窟了。我说怎么没有画册上的色彩瑰丽？我问如何不见《丝路花雨》中英娘反弹琵琶的那个曼妙舞姿？那普通话字正腔圆却不带丝毫情感、职业性解说的姑娘面无表情朝我上下打量：你是搞敦煌研究的还是舞蹈的爱好者？最好都有你这么感兴趣，还要有大把大把钞票的。话音未落又掏着钥匙吆喝着游人向下一个洞窟走去。丢下我一个，静静地伫立在莫高窟三层的崖壁之间。

开凿在鸣沙山崖壁上的莫高窟有 492 窟，洞窟上下五层，高低错落，迤逦绵延，重重叠叠。是蜿蜒曲折的栈道，是巍峨兀立的楼阁。与我来之前想象的苍茫间的古朴，古朴间的荒凉之影像不很一致。更大失所望的还不是没见着想象的瑰丽飞天，是那将莫高窟生硬拦起的绿色栅栏，是那将每一个洞窟冷漠锁起的金属门，是那将壁画和塑像与人们隔开的玻璃墙或围栏，是那不能随心所欲选择洞窟观瞻只能跟着解说员的机械和匆忙。我魂牵梦萦这么多年，就这样跟着人群人流急匆匆地“游行”，连千佛洞都观瞻不到且只能无序地看几个洞窟，真是不甘！

可我知道，真的知道，这些自公元366年始建，历经北凉、北魏、西魏、北周、隋、唐、五代、回鹘、宋、西夏、元等十多个朝代的苍老的壁画实在经不起大量的观者了，窟室、塑像、壁画、雕饰，或壮丽浓烈，或深邃逼真，或细密流畅，精美绝伦的壁画和彩塑许多已暗淡或者损伤过，早已不再金碧辉煌、流光溢彩。想起樊锦诗这个名字，这位将一生都献给敦煌研究和保护的了不起的女性，想起年近七旬的敦煌研究院的樊锦诗院长从二十三岁就在极其简陋和恶劣的条件下对莫高窟进行研究，想起她提出的关于敦煌石窟也必然从诞生走向衰退的观点，想起她计划的筹建数字、保护、展示敦煌三大综合中心的远景规划。

莫高窟的对面，有着一条小河，几株金色的向日葵在热浪中摇曳。小河的那面，几座小小的塔，高高低低地。那座圆顶的，说就是那个被人唾骂，为了一壶浊酒几块银元，将莫高窟宝贝、藏经洞文物拱手相送给斯坦因、伯希和与大谷光瑞等国际大盗的千古罪人王圆箓的圆寂塔。王圆箓也算长眠在此，目击着莫高窟的兴衰存亡。这个姓王的道士在被人唾骂之时，会偶尔将眼光投向大英博物馆吗？心中是不是也有些许得意：骂我呢！你看，我卖出去的东西不是得到很好的保护吗？

四周一片静谧。

如果能给予莫高窟的研究与保护以更好的设施与条件，也许樊锦诗们的计划将不再是纸上的梦想。

如果有意识地培养更多的莫高窟研究者，也许可以令更多专业的目光关注这窟壁、藻井和人字坡上的壁画。

如果能给予莫高窟的研究人员包括讲解员以相对丰厚的薪酬（毕竟这儿的气候与工作条件是很艰苦的），也许这块东方瑰宝在沙洲中会延续出佛教世界和艺术的永恒。

敦者，大也；煌者，盛也。西天的晚霞如裘似锦，已是晚八时了，敦煌的太阳依旧高蹈着长天。这世界可以“如果”，但有许多“如果”岂是我一个写作者可以实现？这人间的“也许”更是存在着若干的可能与不可能。将“如果”“也许”这两个词组成为现实，真的会实现奇迹，一个积聚着智慧感悟与历史沧桑的莫高窟，一个古拙又厚重、神奇又雍容的新敦煌。

那么，我的敦煌梦，将不是残梦。

我将再次、再次地朝拜这非个体生命一次就能解读、能感悟的莫高窟，大敦煌。

图书在版编目（CIP）数据

有的路只能一个人走 / 张晓惠著 .—北京：中国社会出版社，2018.6

（当代著名作家美文自选集 / 凌翔主编）

ISBN 978-7-5087-5595-3

Ⅰ.①有…　Ⅱ.①张…　Ⅲ.①散文集—中国—当代 Ⅳ.①I267

中国版本图书馆 CIP 数据核字（2018）第 130436 号

丛 书 名：当代著名作家美文自选集
丛书主编：凌　翔
书　　名：有的路只能一个人走
著　　者：张晓惠

出 版 人：浦善新
终 审 人：王　前
责任编辑：张　迟

出版发行：中国社会出版社　**邮政编码：**100032
通联方式：北京市西城区二龙路甲 33 号
电　　话：编辑室：（010）58124856
销售部：（010）58124848
网　　址：www.shcbs.com.cn
shcbs.mca.gov.cn
经　　销：各地新华书店

中国社会出版社天猫旗舰店

印刷装订：北京楠萍印刷有限公司
开　　本：165mm×230mm　1/16
印　　张：16
字　　数：240 千字
版　　次：2018 年 8 月第 1 版
印　　次：2018 年 8 月第 1 次印刷
定　　价：49.80 元

中国社会出版社微信公众号